내 친구 노무현

내 친구 노무현

지은이 · 김수경
펴낸이 · 김언호
펴낸곳 · (주)도서출판 한길사

등록 · 1976년 12월 24일 제74호
주소 · 413-120 경기도 파주시 광인사길 37
   www.hangilsa.co.kr
   http://hangilsa.tistory.com
   E-mail: hangilsa@hangilsa.co.kr
전화 · 031-955-2000~3 팩스 · 031-955-2005

My Private Roh Moo-hyun
by Kim Soo Kyung
Published by Hangilsa Publishing Co., Ltd., Korea, 2014

부사장 · 박관순 | 총괄이사 · 김서영 | 관리이사 · 곽명호
영업이사 · 이경호 | 경영담당이사 · 김관영 | 기획위원 · 류재화
책임편집 · 백은숙 서상미 이주영 | 편집 · 안민재 김지희 김지연 이지은 김광연
마케팅 · 윤민영 | 관리 · 이중환 김선희 문주상 원선아

CTP 출력 및 인쇄 · 예림인쇄 | 제본 · 경일제책

제1판 제1쇄 2014년 11월 5일
제1판 제3쇄 2014년 11월 14일

값 15,000원
ISBN 978-89-356-6925-7 04810
ISBN 978-89-356-6926-4 (세트)

내 친구 노무현

김수경

한길사

미안합니다 정말 미안합니다

.

나는 아무것도 바라지 않는다.
나는 아무것도 두려워하지 않는다.
나는 자유다.

• 카잔차키스

그녀 김수경은 아까 전기포트에서 미리 끓여놓은 물을 철 주전자에 붓고 책상 옆에 놓아둔 전기풍로 위에 다시 올려놓았다. 찻물의 비등점을 몇 도 더 올리려는 의도에서다. 뱀이 불의 똬리를 트는 것처럼 전기코일이 빨갛게 달아오른다. 물이 끓는 동안 그녀는 서랍에서 꺼내두었던 여권 지갑을 열어 여권의 공란에 찍힌 출국도장과 입국도장들을 꼼꼼히 살펴본다. 발급일은 2008년 2월로 여권번호 JR3771784. 한국정부가 그녀에게 여행할 권리를 부여해준 증명으로 2018년에 시효가 만료된다.

2008년 이후에 그녀가 출국했던 날짜와 시간, 방문했던 나라의 입국 스탬프가 VISA라고 인쇄된 페이지에는 거의 빈 곳 없이 가득 차 있다. 수없이 한국을 떠나고 돌아온 그녀의 개인적 여행들의 역사인 작은 수첩은 아직도 유효기간이 몇 년이나 남았는데도 손때로 낡을 대로 낡아 조만간 갱신해야 할지도 몰랐다.

뉴욕으로 떠나기 바로 전이었어.

그녀는 노무현하고 마지막으로 통화했던 날을 정확하게 기억해내고 싶어서 그 스탬프들에 조그맣게 찍혀 있는 일시들을 일일이 확인해보고 있는 중이다.

왜 기억이 그리도 정확해야 하는 거지?

그녀는 지금 노무현이 65년 인생 중에서 단지 5년간 가졌던 직업인 그 권좌에 대해서, 그가 그 자리에 오르기 전 백수시절에 그녀의 인생과 잠시 겹쳤던 우정에 대해서 기억을 해내려고 한다. 그 우정 때문에 온 나라가 소란스러워졌던 우스꽝스럽기 짝이 없는 사건에 대해서도 그녀 인생뿐만 아니라 또 다른 많은 인간의 인생을 그렇게 흔들어놓은 그의 세기적 죽음이 몰고 온 그 쇼크에 대해서도. 그런데 왜 이 순간 그 해와 날과 시의 구체성이 필요한지 여권을 뒤지다가 흠칫한다. 사실적 기술記述의 기법인 거지.

그렇지.

노무현이란 사람은 한국의 역대 대통령 중의 한 사람이었고 역사적 인물이니까.

정말 끔찍하게 많이도 지구의 표면 위를 돌아다녔군. 이렇게도 많은 도시를, 거리를 섭렵했었단 말이지. 마라케시, 카타르헤나, 부에노스아이레스, 피게라스… 마치 치매를 예방하려고 지도상에 있는 도시 이름들을 외우는 노인처럼 지금은 이름조차 기억할 수 없이 잊힌 낯선 도시에서 보낸 밤들을 떠올린다. 걸어다녔던, 혹은 기차를 타고 자동차를 타고 헤매다녔던 거리와 골목길들 말이지.

지구상의 모든 아름다운 바닷가와 숲, 여로에서 그녀의 고픈 배를 채워준 식당들까지. 눈앞에 병풍이 펼쳐지는 것처럼 여권을 펴들고 있자니 그것들이 낯설고 기괴한 이미지들로 변해서 그녀의 뇌리를 파노라마처럼 스쳐갔다.

이 낡은 여권처럼 그녀가 친애했던 친구 노무현마저 이제 빠르게 시간 속으로 매몰되어 완전히 사라져버리고 말 과거에 귀속되어가고 있었다.

2009년 5월 17일.
맞아.
출국도장이 찍혀 있었고 당일 미국 입국도장도 있었다.
맞아, 맞아.
그렇군.
그날 뉴욕으로 떠났어.

그러니까 노무현이 마지막으로 전화를 한 것은 4월 30일과 5월 17일 사이의 어느 날이 틀림없었다. 그녀는 애초부터 이 책의 첫 장을 그녀와 노무현 사이에 있었던 간단하기 그지없었던 통화를 기록하는 것으로 시작하려고 마음먹고 있었다. 그 시작 부분을 막연히 '어느 날'이라는 말로 시작하고 싶지는 않았다. 그런데 그 날짜가 언제였는지 아무리 생각해도 정확히 기억나질 않았던 것이다. 그가 4월 30일 검찰에 불려갔던 날 전이었는지 그 직후였는지 아니면 그때가 아침 녘이었는지 오후였는지 아니면 서울에 드물게도 별이 총총했거나 달 밝았던 어느 밤이었는지도 모르겠다.

그랬다.

그게 노무현과 그녀 사이의 마지막 통화였다.

전화가 울렸고 '발신자 정보 없음'이라는 글자가 떴다.

그녀는 휴대전화 액정화면에 '발신자 정보 없음'이나 모르는 번호가 뜨면서 벨이 울리면 때로는 신비한 호기심에 사로잡히기도 했다. 가끔 그녀에게는 미지의 전화벨 소리가 폴 발레리의 시「젊은 파르크」의 서두 부분으로 들릴 때가 있다.

"누가 울고 있는가.

저곳에서

바람도 아닐진대

누가 울고 있는가."

발신자 정보 없는 이 전화벨 소리는 특히 더 그랬다. 전화벨이 한참 울려도 받지 않았다. 그러다 갑자기 누가 전화를 걸었는지도 모르는 채 이 전화가 끊어져버리면 어떡하지라는 불안감이 밀려들었다. 그녀는 서둘러 대답했다.

"여보세요."

"저 노무현입니다."

그는 퇴임하고 나서 바로 안부전화를 했었다.

"저 대통령 끝내고 잘 돌아왔습니다."

그리고 얼마 지나지 않아 그녀가 세무조사를 받기 시작했을 때 두 번의 통화를 한 뒤로 2009년에 들어서는 그것이 최초의 전화였다.

그때는 6개월 지속된 세무조사가 끝나고 사건이 검찰로 넘어간 직후였다. 그 세무조사 시절은 그녀에게는 생각하는 것조차 피할 수 있으면 피하고 싶은 시기였다.

그 사건은 그녀 자신의 존재가 국가에 귀속된 사회적 물체라는 것을 확인시켜주었다. 그건 별로 유쾌한 기분이 아니었어. 짙은 푸른색으로 마구 덧칠을 해버려 엉망진창인 추상화를 만들어놓고 싶은 그런 충동을 느끼게 했다.

여권을 뒤적이며 그녀는 CD플레이어를 ON으로 올려놓는다. 자동으로 스피커에서 음악이 흘러나온다. 6개월 전쯤엔가 넣어두었던 쳇 베이커의 「올모스트 블루」가 시도 때도 없이 흘러나온다. 이 음악은 그녀가 나른한 퇴폐 속으로, 지하 속으로 들어가 숨고 싶은 욕망에 감염되기 시작한다는 신호다. 호된 기억으로부터 벗어나 깊은 수심으로 숨고 싶다거나 할 때 말이지.

이미 지난해 연말에 노무현의 형 노건평이 특정범죄 가중처벌법상 알선수재 혐의로 구속당했고 그녀와 동시에 세무조사가 시작된 태광실업 박연차 회장도 특정범죄 가중처벌법상 조세포탈과 뇌물공여 혐의로 구속당해 있었다. 그의 주위 사람들 다수도 같은 처지였다.

이 일련의 사건들이 공정한 것이었느냐 묻는 것은 바보 중의 바보 같은 질문이다.

봄이 되면서부터 그들의 직접적인 최종 목표물은 노무현이라는 것이 확연해졌다. 그들을 그 목표물로 인도해줄 사람을 그녀 혹은 박연차로 삼고 있다는 것이 명백했다. 그런 시점이라 안부전화를 할 것이라고는 예상하지 못했다.

그녀는 놀라서 아! 하고 탄식하는 숨을 삼켰다.

꿀꺽하면서 침이 넘어가는 소리를 자신도 들을 수 있었다. 전화기 저편으로 잠시 숨을 고르는 노무현의 긴장된 호흡도 느낄 수 있었다.

순간적으로 드는 이런 감정은 두려움인가. 두려움이라면 무엇에 대해서? 도대체 그들이 그녀에게서 빼앗아갈 수 있는 것이 무엇이며, 그것이 그토록 치명적인 것일까.

지금 일어나고 있는 모든 사건이 믿기지 않았다. 노무현에 관한 표적수사이고 정치적 보복이 틀림없는데도 국세청에서나 검찰에서 노무현의 이름이나 참여정부라는 단어는 단 한 번도 나온 적이 없었다.

누구나 다 아는 사실인데도 공권력의 비수는 그렇게 '닌자의 칼'처럼 소리 없이 숨어서 자상刺傷을 만들어내고 있었다. 이미 퇴임해버린 대통령에게서 그들이 취할 수 있는 것이 무엇인지 짐작도 가지 않았다. 더구나 하잘것없는 그녀에게도.

많은 감정이 치밀어올랐다.

그 감정은 대단히 복합적이고 복잡했다. 그녀는 노무현의 목소리에 약간 콧등이 시큰해지는 것을 느꼈다. 한편으로는 이상하게 나른해지기도 했다.

그들은 전선을 좁히며 노무현의 주위를 멀리서부터 포위해 가고 있는 중이었다. 그녀도 노무현의 가장 가까운 주위라고 세상에 알려져 있었다. 새 정부가 마땅히 소탕해야 할 패잔병 집단의 중요한 전방기지로 간주되었던 모양이다. 심지어 우리들 병원이 각종 촛불시위 때 뒷돈을 대주었다는 소문도 파다했다.

촛불시위에 돈을?

신임 대통령이 했다는 말이 신문에 실리기도 했다.

"누군가는 촛불시위에 돈을 대줬을 것 아닙니까."

그때는 우스꽝스러운 조크라고 생각했는데 실제로 국세청 조사원 중의 한 명이 은밀하게 그녀에게 물어보았다.

"송금된 그 돈이 촛불시위에 들어간 건 아닙니까?"

그녀는 기억도 안 나는, 탄핵 즈음에 돈을 송금했던 상대방과 그 돈의 사용처 등을 소상히 알아보고 보고해야 했다. 그들은 군중들이 자발적으로 모일 수 있다는 것을 믿을 수 없어하는 것 같았다.

그녀는 촛불시위 때 10만 원짜리 수표 한 장을 모금함에 넣었다는 것과 그녀가 사용한 돈이 촛불시위에 들어가지 않았다는 증거를 밝혀야 했다.

완전 코미디였다.

정치적 담론은 쏙 빠지고 그녀에게 부과될지 모르는 혐의는 횡령, 배임 같은 것들이었다. 횡령, 탈세, 배임이라는 법률적 언어들은 그녀 자신이 시궁창에서 나뒹굴고 있다는 더러운 느낌을 상기시켜주는 불쾌한 용어였다.

2008년 여름부터 시작된 국세청 4국 4과 특별세무조사는 11월경부터 방향이 그녀에게서 박연차에게로 바뀐 느낌이 확연했다. 8월부터 3개월 동안 이루어진 조사가 미비하기 때문에 '3개월 연장 추가 정밀조사'를 한다는 통보를 받았고 2009년 2월까지 연장되었다.

그때부터 그들의 태도가 미세하게 달라져갔다. 정치적인 공격이 아니라 짐짓 적법한 정기 세무조사라는 것을 가장하고 적법하다기보다는 적법하게 보이기 위한 노력을 기울이는 것 같았다. 가까운 미래에 있을 수 있는 국정감사나 야당 측의 정치적 공격에 미리 대비한다는 인상이었다.

첫 3개월간의 세무조사에서는 그녀가 촛불시위의 배후인지, 노무현을 기소시킬 만한 정치자금을 주었는지 혹은 노무현이 해먹은 돈이 그녀 측에 숨겨져 있지는 않은지 밝혀내는 것이 주목적이었다면, 11월부터는 기능적이고도 용의주도하게 정밀한 세무조사가 진행되고 있었다.

결론적으로 국세청은 3월에 그녀를 검찰에 고발했다.

기소유지를 못 해서 체면을 구기거나 책임을 질까봐 조건을 충분히 충족시켜주는 진술을 하지 않을 시에는 법정 구속될 수도 있다는 협박을 계속하고 있었다. 그러나 그녀는 구속되지는 않을 눈치였다. 세무에 능한 전문가라고 자처하는 사람들은 그녀가 약 500억가량의 세금을 납부할 것이라는 예상을 내놓기 시작했다. 그 정도의 액수가 앞으로 그녀가 야당에게 어떤 정치적 후원도 할 수 없도록 만드는 마지노선이라는 것이었다. 국가공무원인 국세청 직원이 90명 이상 왔으니 1인당 곱하기 5억이면 500억이라는 계산도 있었다. 어떤 경우건 세금으로 모든 재산을 다 날려야 할 풍전등화의 처지였다. 로펌에도, 세무 조사를 대행해준 회계 법인에도 막대한 액수의 수고비를 지불해야 한다.

앞으로의 운명은 어떻게 되지? 스스로 시뮬레이션을 해보려 해도 답이 없었다.

예측은 불가능했다.

누구나 위기에 마주치면 그럴 것이다.

빌어먹을!

그녀는 그동안 자신이 인생을 위해서 기울였던 모든 노력의 순간들을 생각해보았다. 인생은 그녀의 육체를 부려먹을 만큼은 부려먹었다. 산부인과 분만대 위에서 고통을 무릅쓰고 아들과 딸을 분만하던 일, 그 생명들을 먹이려고 젖꼭지를 짜내며 안간힘 쓴 일, 그토록 도마질을 해대고 그토록 세탁기 버튼을 눌러대면서 그토록 허무에 둘러빠지지는 않으려고 여자들과 수다 떤 일, 박봉의 남편을 내조하려고 코흘리개들에게 영어를 가르쳤던 그 모든 수고, 노동과 땀과 시간을 축약시킨 모든 것의 최소단위인 돈을 그들이 내놓으라고 한단 말이었다.

그녀는 돈 자체에 관해서 포괄적 죄의식에 시달리기까지 했다. 돈이라는 상징물이 내포한 그 어마어마한 의미에 의해 그녀는 마치 감옥에 갇힌 죄수처럼 전전긍긍하고 있었다. 어쩌면 노무현에 관한 글을 쓰는 것보다 돈에 관한 가장 철학적인 명상록을 써야 할지도 몰랐다.

물리적으로 노무현과 그녀 사이에 있었다고 추정되는 우정에 상응하는 현실적 교환가치가 얼마나 되어야 적당한 것일까. 꼭 이런 추상적인 것들을 돈으로 환산해야 한단 말인가. 정말 진부하고 통속적이다. 그 조사라는 행위를 통해 인간으로서 가져야 할 존엄성과 품위는 모두 말살된다. 정치에는 열정도 없고 오로지 교환가치에 준하는 거래와 협잡만 있다는 가정 아래 다 알고 있으니 불라는 식이었다.

이제 그녀는 거의 모든 재산을 잃어버릴 운명에 처해 있었다. 그녀는 매일 아침마다 가산이 탕진되는 꿈을 꾸면서 일어났다. 인생은 그녀에게 상처와 외로움을 주었지만 한때는 푹신한 소파에 궁둥이를 깔고 짓뭉개고 앉아서 노닥거릴 때도 있었다. 따뜻한 이불 속에서 유능한 남편의 팔베개를 베고 밤새도록 일장춘몽을 꾸고 있었던 그녀 자신이 발 담그고 있었던 세계를 뒤돌아봤다. 그 달콤하고 씁쓰레하고 권태로운 삶이 어쩌면 끝날지도 모른다고 생각하니 미련과 회한이 밀려들었다.

달콤했던 안락이여. 부르주아 여편네의 삶이여. 이제 안녕!

그녀는 4월 30일 그날 검찰청으로 불려 들어가면서 포토라인에 섰던 노무현의 모습을 기억한다. 아니 기억했다. 언제나 기억할 것이다. 그건 말이지 그녀 의식의 표면에 부조가 되어 너무도 또렷이 새겨졌으니까. 그녀는 거울 속에 비친 자신의 얼굴에서 그와 같은 표정을 수없이 봐왔다. 폭력에 노출된 채 모욕과 굴욕을 견뎌야 하는 그런 얼굴이 이제 그녀에겐 일상이고 익숙했다.

한없는 연민과 고통. 그녀 자신이 스스로에게 가지지 않을 수 없었던 똑같은 연민과 고통의 마음으로 TV 뉴스로 그 얼굴을 몇 번이고 보고 있었다. 그것은 그의 얼굴이기도 했고 그녀 자신의 얼굴이기도 했으니까. 일상적 삶의 생태계가 완전히 초토화되고 유린되고 침탈당하고 몰락해야 하는 자의 얼굴이었다.

고요히 전쟁은 수행되고 진행되고 있었다.

이 전쟁에서 붉은 피는 흐르지 않는다.

나날이 피가 말라갈 뿐이었다.

그런데,

그런데 말이다.

참 이상한 것은, 억울한 것은 언제 한 번이라도 그녀가 그들의 진정한 적이었던가 말이다.

기억나지 않았다. 때때로 그 사실 자체가 부끄러웠다.

한 번도 진정으로 그들을, 비록 그들이 실제로 누구인지는 몰랐다 하더라도 적시하여 공격하지 못했다는 사실이 그녀에게 비굴함을 던져주었다. 통탄스러웠다. 적을 제대로 공격해본 적도 없었는데 혼자 지키던 안전한 요새가, 그 내밀한 자기만의 진지가 포격당해버렸다는 사실이 견딜 수 없이 굴욕스러웠다. 혼자 그 속에서 편안하게 슬프고 안락하게 먹고 안전하게 숨어 있었던 비겁함이 들춰진 것 같아서 더욱 화가 났다. 그야말로 그건 그녀 자신의 내면 깊숙이 파인 방공호였는데 말이다.

현실이 마음에 들지 않으면 언제나 망명 가서 숨을 수 있는 곳 말이다. 그 안에서 완전히 혼자 살고 있었다.

그녀는 철든 이후부터 박정희 정부의 국민이었고 전두환·노태우 정부를 겪으면서도 얌전하게 조용히 그들과 대척해서 싸워본 적도 없고 굴복한 적도 없었다. 그 방공호 속에는 이상李箱이 살고 있었고 제임스 조이스나 이청준처럼 순진하기 짝이 없고 총칼을 들어본 적도 없는 사자死者들의 텍스트만 가득한 곳이었다. 그러니까 그녀는 지하에 살고 있는 족속이었는데 말이다.

그녀의 인생은 말할 수 없이 탈정치적이었으며 권력적이거나 산업적인 측면에서는 완전 무능했다. 그런 그녀가 유능한 그들에게 위협이 되거나 두려움이 될 수 있는 근거는 아무것도 없었다.

그녀는 그녀의 친구인 노무현이 그가 염원했던 바대로 대한민국의 대통령이 되기를 열망했던 때가 있었다. 그것은 정치적이라기보다는 시적이고 혁명적인 열정에 의해서였다. 현실적으로는 한 번도 그가 속한 정당에 당원으로 가입한 적이 없었고 단 한 번을 제외하고는 그의 후원회에 가본 적도 없었다. 더구나 어떤 때에도 그의 고용인, 즉 그의 정부에서 직책을 맡은 적도 없을 뿐만 아니라 그에게 정치적 민원을 해본 적도 없었다. 물리적으로 봐도 그가 대통령직을 퇴임하고 봉하로 내려간 이후에는 단 한 번도 만난 적이 없었다. 재임 중 5년 동안에 세 번 만난 것이 전부였다.

환장할 일은 그런데도 불구하고 그녀가 여전히 그들에게는 토벌되어야 할 대상이라는 것이었다. 똥 덩어리나 쓰레기 더미라 할지라도 인생이 던져준 모든 것을 고스란히 받아들여야 하나? 아니면 그 뭉치들을 도로 그들을 향해서 내던져야 하는가 말이다. 바야흐로 그녀는 인생의 후반기에 때늦게 굴복해야 할지 싸워야 할지 선택해야 하는 기로에 서 있었다. 자고 일어나니 갑자기 아침에 벌레로 변해 있었다는 상황보다도 그녀 자신이 처한 상황이 더 기괴하고 초현실적이기까지 했다. 도무지 이해할 수 없는 일들이 일어난 것이었다.

사실 재산을 없애버리는 것이 고전적인 정치적 복수 방법이라면 그녀는 성공적으로 토벌되고 있는 중이었다. 그녀가 어쩌면 평생 구축해놓은 집, 방, 방공호는 아예 없어져버리고 있었다. 문학적 상상력도 퇴행되어 이제 상실될 수백 억의 돈을 애통해하며 다섯 살 때 할머니가 가르쳐주었던 춘향전의 칠언절구까지 다시 외워야 할 판이었다.

상상력의 퇴화현상.

1900년에 탄생하셨던 할머니가 어린 그녀에게 낭랑히 외우기를 가르쳤던 금준미주金樽美酒는 천인혈千人血이요, 옥반가효玉盤佳肴는 만성고萬姓膏라. 촉루낙시燭淚落時는 민루낙民淚落이요, 가성고처歌聲高處에 원성고怨聲高를 이제 와서 새삼 떠올렸다. 그때 할머니는 친구들 면전에서 그녀가 시조나 시를 큰소리로 장단을 맞추면서 창唱으로 외우면 100환 지폐 한 장씩을 주셨다. 그녀는 그 100환짜리 한 장으로 알사탕을 사다 입안에서 녹여 먹었다.

우스운 일이다. 그녀가 서 있는 땅에서 지진이 났다면 아마도 힘을 다해 그 지역을 벗어나려고 어디론가 달리겠지. 손에

쥔 것은 모두 다 놓고 살기 위해서 뛰겠지. 그리고 살아남는다면 그건 행운이라고 여기며 감사하겠지.

모종의 두려움에서 벗어나기 시작했던 것은 가진 모든 것을 다 잃을 것이라는 가정을 현실적으로 받아들인 순간부터였다. 만약 세금이 합리적으로 부과되고 그들이 인격적으로 그녀를 대했다면 아마도 그녀는 마음의 지옥까지 갔다가 일상으로 되돌아오지 못했을 것이다. 여전히 비겁했을지도 몰랐다. 이제 그녀는 마음의 사막에서도 마음의 절벽에서도 편안히 잠들고 먹고 살아남는 것을 배운다.

전기풍로 위에서 물이 끓기 시작했다.

철주전자를 사용하면 물의 비등점이 100도보다는 조금 높아진다고 한다. 일본의 제철회사에서 대량의 제철이 생산되기 전의 주물로 만든 철주전자로 끓이면 물맛이 다르다고 한다. 비등점이 불과 몇 도 높아지면 물맛이 좋아진다는 말은 맞는 것 같다. 그녀는 식도암을 걱정하는 어머니의 충고에도 불구하고 100도 이상으로 펄펄 끓는 뜨거운 물맛을 즐긴다.

펼쳐진 여권에서 미국 입국 스탬프가 찍힌 페이지를 찾아내고 나서 그 페이지 위에 묵직한 옹기 호리병을 얹어두고 미리 찻잎을 넣어둔 자사호에 끓는 물을 붓는다.

의례적인 퇴임인사 전화를 한 이후 그녀가 세무조사를 받기 시작한 지 얼마 되지 않아서 노무현이 다시 전화를 했을 때는 정기용의 전화를 사용했다. 아마 모든 전화가 도청되고 있었을 거다. 봉하의 사저를 설계했던 정기용이 오며 가며 어쩌다가 안부를 전달하고 있었다. 물론 정기용의 전화도 도청되지 않았을까.

그가 말했다.

"정기용에게 그간의 사정을 전해들었습니다. 나 때문에 고생 많습니다."

"아니요."

사실은 하고 싶은 말이 있었다.

"나 너무 힘들고 어떻게 운명이 결정날지 두려워요."

하지만 차마 말할 수 없었다. 하고 싶은 말은 많았다.

"그렇게 전략적으로 완전히 무장해제를 할 거면 애당초 대통령이 되는 꿈을 꾸지도 말았어야지요. 그 언젠가부터 그러니까 2000년 부산 선거 지고 난 다음에 아니 그전에도 말했지요. 노무현 당신이 말했던 것처럼 김해 어딘가 바다가 보이는 농촌에 소박한 집을 짓고 마음 맞는 사람들과 책도 읽고 토론도 하고 살았으면 더 좋지 않았겠어요?

현실정치에서는 손을 놓고 한국민족의 정치적·역사적 지도자로 애당초 역사와 씨름하는 것이 어떠냐고 했을 때, 아니라고 굳이 대통령이란 현실권력의 맨 꼭대기까지 올라가겠다고 왜 고집을 하셨습니까?

또 대통령이 되었으면 권력을 지켜야지 왜 이렇게까지 고통을 주는 상황을 만들고 말았습니까?

당신의 친구였다는 사실 하나로 내가 왜 이렇게 고통을 당해야 합니까?

마키아벨리의 『군주론』도 읽지 않았습니까?

불과 몇 년 전만 하더라도 막스 베버 이야기할 때 현실적 힘의 균형에 대해서 동의하지 않았습니까?

오히려 내가 노무현 당신이 크롬웰처럼 될까봐 걱정했는데 이게 뭡니까?"

수천 가지를 원망하고 싶었지만 모든 것을 목구멍 너머로 삼켰다. 도대체 그렇게 속사포로 불만을 쏟아놓는다고 뭐가 달라질 거냐 말이다.

말을 한 마디도 할 수가 없었다.

노무현도 1, 2분이라는 길고도 짧은 시간 동안 한참을 말없이 침묵했다.

1, 2분간의 침묵의 공간이 우주만큼 넓고 깊었다.

그 침묵의 끝자락에서 노무현이 말했다.

"미안합니다. 정말 미안합니다."

그녀는 마음속에 따뜻한 강물이 흘러 들어오는 것을 느꼈다.

아! 그렇구나. 우린 친구로군요. 너무 오랜만이라 잠시 잊을 뻔했어요. 친구란 돈이나 다른 것으로 환산되는 것이 아니라 오로지 서로 주고받는 위안으로 서로의 존재를 알 수 있는 거로군요. 잠시 생각해보니 당신이 내게 오늘 해준 안부전화가 많은 위안을 줬던 것 같아요. 내가 잘 지낸다는 안부도 당신에게 조금이나마 위안이 되었기를 바란답니다.

그러나 그녀는 그런 말들을 입 밖에 내어 말하지 않았다. 할 수도 없었다. 그도 그렇게 느꼈을 거야. 침묵이 넓고 깊은 것은 그 모든 말을 다 삼켜버리기 때문이다.

"괜찮아요… 나는 정말 괜찮습니다."

그녀는 조용히, 고요할 정도로 조용히 대답했을 뿐이었다. 굳이 정기용이 말해주지 않았더라도 신문이나 TV를 통해서 그녀와 그녀 주위 그녀가 관계하는 업체들에 대한 대대적 세무조사에 대해서 그는 잘 알고 있었을 것이다. 그런데 그가 안다고 해도 무슨 소용이 있겠어?

대통령일 때조차 보호해줄 수 없었는데 말이다.

그는 내게 당연히 미안하겠지. 당연히.

마지막 통화에서도 노무현이 그녀에게 한 말은

"미안합니다. 정말 미안합니다."

가 전부였다. 그리고 그녀도 똑같이 대답했다.

"괜찮아요. 나는 괜찮습니다."

그뿐이었다.

달리 할 말이 없었다. 무슨 말을 할 수 있었겠냐고.

길고 깊은 침묵밖에 없었다. 그게 끝이었던 거다.

전화가 끊어지기 전에

"건강하십시오."

라고 말했던 것 같은 느낌도 들었다. 실제로 그가 그렇게 말하고 끊었는지

"계십시오."

라고 했는지는 잘 알 수 없었다. 옛날에 자주 통화를 하면서 지낼 때 그는 전화를 끊기 전에 꼭 그렇게

"건강하십시오."

라고 인사하는 버릇이 있었다. 다른 사람에게도 그랬는지는 알 수 없지만 언제나 그랬다. 그래서 환청 같은 기억이 생겼는지도 몰랐다.

가끔 "건강하십시오"라는 그의 약간 울리는 듯한 목소리가 색소폰 음악처럼 울릴 때가 있다. 이 정치적 우정 물론 그녀는 여기서 정치적이라는 수식어를 붙이는 것에 대해 어느 정도 망설임을 갖고는 있지만 그 대가는 그만큼 혹독했다. 그 쓰나미도 대단했다. 그러나 노무현이 아직도 봉하에 살아 있다면 그가 부엉이바위에서 그렇게 몸을 던지지만 않았다면 그녀는 아

마도 대한민국 정치의 지질하고도 비극적인 코미디에 대해서는 물론 노무현에 대해서 아무런 글을 쓸 시도도 하지 않았을 것이다.

쓸 말이 하나도 없었을 것이다.

아마도 개천에서 용 난 대통령의 통속적인 이야기는 그녀와 노무현이 한때 자주 어울리던 노래방사단 사이에서나 거론되다가 사라졌을 것이다. 그런데 결국 노무현이 부엉이바위에서 투신함으로써 한국 역사상 유례없는 비극의 원천이 하나 탄생하게 되었다. 아마도 최초의 그리스적 위용을 갖춘 대비극大悲劇 말이다.

비극!

그녀는 가만히 비극!이라고 말해보았다.

그 비읍 발음을 하면서 50년대에 만들어진 극상품 보이차를 마셔버리기 전에 그 향을 깊이 들이마신다. 이 차는 침향헌에서 조금 얻어온 차다. 차가 식도를 거쳐 오장육부를 타고 흐르고 있다.

과거가, 아니 영속되는 시간이 현재 그녀의 육신 속에 실존하고 있었다. 오감을 통해 그녀의 육체 속으로 파고들었다. 그녀는 충분히 코로 차향을 즐긴 뒤에 차를 한 모금 입안에 넣고 혓바닥으로 잇몸으로 입안의 존재하는 모든 감각을 동원하여 그 맛을 보았다. 그리고 즐겼다.

시간의 냄새!

그러고는 그날 아침,

TV 모니터로 그의 유서를 읽게 되었던 것이지.

뉴욕으로 출국해서 23일 서울로 돌아온 날 아침 모든 대한민국 국민이 다 읽게 되었던 그 유서를 TV로 읽게 되었단 말이다.

그런데 그건 정말 그가 쓴 것이 맞을까.

맞겠지.

맞을 거야.

그녀는 봉하에서도 49재에서도 안희정이나 양정철에게 거듭 확인하고 나서야 그가 스스로 그 유서를 컴퓨터에 입력한 것이 맞을 거라고 인정했다.

그들이 결국 노무현을 그렇게 분리수거해버렸던 날.

아니 그 스스로 온몸의 뼈가 바스라지고 온 피를 다 쏟으며 막으려 했던 것은 대한민국 역사가 코미디로 전락하는 것이 아니었을까. 그의 영혼과 육신을 미래라는 아득한 시간 속에 던져놓고 그의 명예를, 자존을 역사의 장 속에 스스로 영원히 봉인해버린 날 말이지.

피의 봉인封印.

너무 많은 사람들에게 신세를 졌다.

나로 말미암아 여러 사람들이 받은 고통이 너무 크다.

앞으로 받을 고통도 헤아릴 수가 없다.

여생도 남에게 짐이 될 일밖에 없다.

건강이 좋지 않아서 아무것도 할 수가 없다.

책을 읽을 수도 글을 쓸 수도 없다.

너무 슬퍼하지 마라.

삶과 죽음이 모두 자연의 한 조각이 아니겠는가?

미안해하지 마라.

누구도 원망하지 마라.

운명이다.

화장해라.

노무현이 죽은 그날 2009년 5월 23일 그녀는 아침 6시 30분 대한항공으로 뉴욕에서 귀국했다. 비행기에서 내려 입국장을 걸어나올 때, 아니 잠시 눈을 붙였다 승무원이 비행기가 하강한다고 좌석을 바로 세우라며 그녀를 깨운 뒤 시야에 들어오는 인천 바다를 내려다보면서부터 그러긴 했지만 입국장 밖으로부터 세찬 바람이 한꺼번에 불어오듯이 가슴이 싸해졌다.

왜 이렇게 찜찜하고 쓸쓸한 거야?

물론 2008년 가을 이후 아니 정확히 말하면 노무현이 대통령으로 취임한 2003년 이래 2005년 한 해 동안의 짧은 평화를 제외하고는 늘 검찰조사·보건복지부 감사·관세청 등의 조사를 받아온 고통스러운 현실이 계속되고 있는 터라 언제나 분노와 찜찜함, 또 안타까움이 범벅이 된 기분으로 살고 있었지만 이 여행은 그녀가 일생 동안 해온 모든 여행 중에서도 가장 최악이었다.

그날 몇 시간 지나지 않아서 일어날 노무현의 죽음을 예감이라도 한 걸까. 아니면 다가오는 그해 연말에 그녀에게 닥칠 결혼 파탄을 본능적으로 예감한 것일까. 암튼 혼란과 파경이 기다리고 있는 2009년의 심장으로, 잔인한 서울의 봄으로 그녀는 돌아왔다. 얼마나 더 봄이라는 계절 앞에 '잔인한'이라는 수식어를 붙이게 될까 말이다.

T.S. 엘리엇이 「황무지」를 쓴 지도 100년이 되어가지만 잔인한 4월은 사라지지도 않고 21세기 한국의 신물 나는 상투적 수사가 돼버렸다. 이번 세월호 사건에서도 여러 정치인이 수사적으로 잔인한 봄과 4월을 말하고 있었다.

정말 오랜만의 여행이었다.

무슨 방법을 쓰더라도 출국금지를 풀어달라고 계속 재촉하는 그녀에게 변호사 중의 한 사람이 진지하게 권유하기도 했다.

"어디론가 이유 없이 떠나고 싶어지는 마음이 든다면 다시 말해 자주 울적해진다면 이것이 우울증의 시초입니다. 어디로 떠나고 싶다는 생각은 하지 마시고 먼저 정신과 의사하고 상의를 해보시지요."

그녀는 고집을 부렸다.

"어디라도 좋으니 출국을 하면 너무 좋을 것 같아요."

그 변호사는 대책회의가 끝나고 잠시 한담을 할 때나 로펌 복도에서 인사하며 헤어질 때 그녀의 약간 신경질적인 반응들을 이해한다는 듯이 말을 맺곤 했다.

"하긴 이런 상황에서 누가 우울증에 안 걸리겠어요?"

"정신과 의사에게 가는 대신 매일매일 주량을 늘리고 있습니다."

사실 그랬다. 참고인, 피의자 자격으로 서초동으로 출근하듯이 불려다니는 생활을 하는 동안 자연히 술이 늘었다. 시아버지 제사 때 남은 정종을 전자레인지에 데워 혼자 홀짝거리다 보면 어느새 큰 병이 다 비어 있었다.

회의를 끝내고 변호사들과 취하도록 술을 마시는 날도 있었다. 이상하게도 변호사이거나 검찰 조사를 받은 전력이 있는 사람이거나 전과 전력이 있는 사람들하고가 아니면 대화가 안 되는 것이었다. 구속, 수감 이런 말이 빠져버린 담론의 자리에서는 술이 한 잔도 목에 넘어가지 않았다. 그녀는 약간 극적인 과장을 섞어서 자조적인 어투로 건배사를 하는 버릇이 생겼다.

나를 변호해주는 변호사들을 위해!

인류 역사 이래 법을 저촉한 적이 있던

모든 사람들에게 존경을!

세계 범죄의 연대기에 이름을 올렸던

그 모든 이들에게 연민을!

피의자들과 구치소에서 밤을 보내고 있는

모든 이들에게는 행운을!

이렇게 외치면서 술을 마셨다.

잘 취하지도 않았다.

감방에는 가지도 않았는데 얼굴도 모르는 역사상의 모든 수인囚人들에게 모종의 감정적 연대가 생겨나는 것이 이상했다.

겨우 출국금지 정도인데라고 사람들이 말하지만 열렬한 여행가인 그녀 같은 존재가 신체 이동의 자유가 박탈당해 있다는 개념 자체가 더할 나위 없이 불행이었다. 그런 그녀의 재촉 탓인지 그들의 타깃이 박연차로 바뀌어버렸기 때문인지는 몰라도 결국 출국금지는 풀렸다.

그렇다고 그녀가 완전히 자유로워진 것은 아니었다. 검찰이 기소를 하고 법원에서 판결이 나야 하고 국세청의 세금 확정 그리고 징수 절차 등 남은 요식절차는 첩첩산중이었다. 물론 검찰은 구속영장을 곧 발부할 듯한 허세를 계속 보이고는 있었다. 하지만 법정 구속될 확률이 없는 것은 아니지만 그럴 일은 희박했다. 그러나 변호사들은 아직도 구속될 확률이 아주 없는 것은 아니라는 의견이었고 매일 연속적으로 악몽을 꾸고 있는 것이나 다를 바 없는 생활이 계속되고 있었다. 일견 검찰청과 집을 반복적으로 왕복하는 단순한 일과였지만 그 순간순간에도 절벽의 맨 끝에서 위험한 모험을 체험해야 하는 것이었다.

개 같은 한국의 역사 속에서도 잘 먹고살 수 있었던 내면의 요새 자체가 없어져버렸기에 시간은 위험하기 짝이 없는 롤러코스터였을 뿐이다. 그렇지? 인생이란 예상했던 것보다 더 혹독한 거지? 뼈가 시리도록 외로운 겨울도 결국은 지나가고 있었다.

봄이 되어도 춥긴 마찬가지였다.

그 지난해 가을보다도 겨울보다도 더 추웠다. 가족들이 옆에 있어도 전혀 위로가 되지 않았다. 같은 집에 살았지만 가족들과 그녀 사이에는 인식적 국경이 분명하게 존재했다. 도청당하고 있다는 것, 주목당하고 있다는 것은 끔찍했다. 어느 날 우연히 만난 그녀가 잘 아는 정보계 형사의 말을 듣고는 질겁했다.

"저는 회장님이 누구와 문자를 하는지 들여다보고 있습니다."

무조건 한국을 잠시라도 떠나 있고 싶었다. 출국금지 상태라는 사실 자체는 젠장, 감옥 안에 있는 것은 아니었지만 거의 비슷한 감정상태를 유발했다.

어느 날 남편이 그녀에게 말했다.

"아무래도 영어를 집중적으로 공부해야겠어. 여름에 있을 학회를 주관하려면 영어가 좀 더 자유로워야 할 것 같아. 벌리츠 뉴욕에서 몇 달만 영어 브러시 업하고 올까? 여기서는 아무래도 잡무가 너무 많아서 힘들어."

그는 강남역에 있는 벌리츠에서 아침마다 영어교습을 받고 있었다.

아! 뉴욕 좋지. 이제 돌아갈 수는 없는 곳이지만 뉴욕에서 살 때가 그리웠다. 다시 한 번 그 자유를 느낄 수가 있다면! 감탄사들을 연발할지도 모르지. 아침에는 근처 다이너로 걸어가 금방 내린 커피 한 잔에 신선한 버터를 발라 구운 베이글에 크림 치즈를 듬뿍 발라 먹고, 밑도 끝도 없이 걸어다니다 반즈 앤 노블에 들어가서 몇 시간씩 공짜로 책 보고, 32가 코리아타운에 들러 순두부찌개를 사먹고… 마치 동화책 같지. 그녀는 뉴욕행에 동행하자는 남편의 아이디어를 대환영했다.

"출국금지가 곧 풀릴 거라고 변호사가 그러던데 같이 가서 당신한테 레지던스 같은 거 얻어주고 며칠 휴가 보내고 와야겠다."

그런데 남편과 함께한 뉴욕 여행은 쓸쓸한 뒷맛만 남겨주었다. 그때는 몰랐지만 이별의 전주곡이었다. 플라자 호텔 근처의 작은 레지던스 호텔 방을 얻어서 일주일 정도 있었는데 기분이 영 더러웠다. 처음에는 계속되는 조사, 감사 등의 정신적 후유증일 것이라고 생각했으나 그것만은 아니었다.

그녀는 결국 서울로 돌아오기 전날 밤 서점에서 1,000페이지에 달하는 『안나 아흐마토바 시 전집』을 한 권 사서 예정보다 일찍 귀국길에 올랐다. 아흐마토바의 시들은 말로는 도저히 표현할 길이 없는 내부에 존재했던 막연한 공포와 상처와 외로움을 언어라는 형식으로 되돌려주었다. 차르 시대의 한 상징주의 시인이 겪어야 했던 고통과 굴욕의 생존이 그보다는 강도가 훨씬 덜한 그녀의 고통을 완화시켜주는 데 도움을 줬다는 것이 아니다. 오히려 그 고통을 달게 받아들이게 하는 데 커다란 위안을 주었다.

만약에 세무조사 사건이 일어나지 않았다면, 또 노무현이 그렇게 죽지 않았다면 그녀는 평범하고도 세속적인 일상 속에서 그녀가 수없이 알아왔던 사람들 중의 한 명으로 잊혀버렸을 사람이었다.

운명이 임의로 그들을 돈독한 친구로 만들어버렸다.

뉴욕에 머물렀던 일주일간의 우울하고 음습한 기분은 서울에 도착했을 때는 좀 나아지긴 했다. 그러나 돌아오는 비행기 안에서도 내내 기분은 찜찜했다. 무엇인지는 몰라도 결혼생활에 커다란 빈 곳이 생긴 것은 틀림없었다.

혹시 남편에게 여자가 생겼나? 그러나 이럴 때 설마!

그녀는 그 숨 막히는 감정으로부터 도망쳐서 결국은 집으로 돌아와버린 셈이다. 일종의 외면이었는지도 모른다. 협심증 환자처럼 심장 부근이 조여오고 남편이 그녀를 배신하고 있다는 느낌이 명료해질수록 현실에서 얼굴을 돌려버리고 싶었던 것 같다.

세무조사, 검찰조사 때문일 거야.

그녀의 결혼생활 자체에 근본적으로 문제가 생긴 것은 아닐 거야. 어디서 구멍이 생겼는지 점검해볼 의지도 능력도 지금은 없지만 작은 그 방의 공간에서 남편과 단둘이 있다는 것은 허공에서 줄다리기하는 것 같은 공허함만 배가해주었어. 뉴욕을 떠나야지. 집으로 돌아가 혼자 있는 편이 오히려 더 나을 것 같아. 그리고 나의 인생에 대해 찬찬히 주의 깊게 생각해봐야지.

일주일 떠나 있는 사이 벌써 이른 여름이 돼버려서 따뜻하고 눈부시게 빛나는 5월의 아침이 그녀를 맞았다. 베란다의 장미화분에서도 한 주일 사이에 몇 송이나 꽃이 봉오리를 맺고 있었다.

단지 일주일인데도 말이야.

시베리아 같은 데서 오래 유배생활을 하고 돌아온 사람처럼 그녀는 가슴을 열고 36층의 베란다에 나가 서서 잠시나마 5월의 푸른 하늘과 태양이 몸속으로 스며들어오도록 심호흡을 했다. 물의 온도를 24도 정도에 맞춰서 샤워를 하고 침대 위로 몸을 홀러덩 눕혔다.

내 집, 내 침대, 내 식탁과 손때 묻은 커피기계, 찻잔 따위들의 친숙함에 적어도 주말 동안은 편안히 기대고 쉴 수 있겠지. 새벽에 공항에 내렸는데도 토요일 아침이라 차가 막혀 9시가 다 돼서야 집으로 돌아오니 온몸이 나른했다. 한나절이나 된 것처럼 집은 너무 환하고 밝아 그녀는 두꺼운 커튼으로 창을 이중으로 꽁꽁 가려버렸다.

자야 될 것 같은데도 막상 침대 속에 들어가니 잠은 안 왔다. 비행기에서 얻은 눈가리개로 두 눈을 가렸는데도 잠이 안 올 것 같아 TV를 켰다.

외국에 머물다가 돌아오면 TV에서 한국말이 들려오는 게 기분이 참 좋지. 계속 외국어만 듣다가 눈 감고 들어도 의미를 하나도 놓치지 않는 한국말이 음악처럼 들려온다는 자체가 신기한 일이 된단 말이야.

목요일 날 검찰에 가기로 되어 있으니 적어도 사나흘은 푹 쉴 수 있어. 침대에서 뒹굴면서 창밖으로 펼쳐진 한강 줄기를 내려다보며 차를 우려 마시고.

그녀가 TV를 켜자마자 '뉴스속보 노무현 전 대통령 중태'라는 자막이 떴다.

자리에서 벌떡 일어났다.

어떻게 해야 할지 서성이며 초조하게 몇 분이 흘러갔다. 등골로 연신 소름이 돋았다. 그녀는 전화기를 들고 떨리는 손으로 안희정에게 전화했다.

"무슨 일이 벌어진 거지?"

"네. 선생님, 저 지금 내려가고 있어요. 아마도 대통령께서는 이미 돌아가신 것 같습니다."

안희정의 목소리는 낮아서 쇳소리가 나고 쉬어 있었다.

전화를 끊고 난 이후에도 그녀는 계속 TV 속을 들여다보고 있었던 것 같다. 뉴스 자막에는 중태라는 말만 한참 나왔다. 그녀는 이미 돌아가신 것 같습니다와 중태라는 말의 의미 사이를 왔다 갔다 했다. 그 화면 속에 무슨 기적을 품은 깊은 샘물이라도 있다는 듯이 바라보았다. 반복해서 몇 번 뜨던 자막이 사라졌다. 화면의 밑부분은 뉴스속보 없이 텅 비어 있었다. 그녀는 방금 전 읽은 그 자막이 모두 헛것이라고 생각했다.

'노무현 전 대통령 서거'라는 자막이 떴다. 이어 방송된 문재인의 기자회견이 그 모든 것을 사실로 확정시켰다.

"오늘 새벽 5시 45분쯤에 사저를 나와 봉화산 등산을 하시던 중 6시 40분쯤에 봉화산 바위에서 뛰어내리신 것으로 보입니다. 당시 경호관 한 명이 수행을 하고 있었습니다. 그래서 그 즉시 가까운 병원으로 옮겼습니다만 상태가 위독해서 양산 부산대 병원으로 후송을 했습니다. 대통령께서는 가족들 앞으로 짧은 유서를 남기셨습니다."

뉴스를 듣는 짧은 순간에 노무현의 모습을 떠올리려고 애썼지만 잘 기억이 나질 않았다. 신문에 난 것이거나 TV에 나온 것들만 겨우 기억이 났다. 그녀에게 말하고 그녀를 향해 웃고 악수하던 모습은 어디론가 사라져버리고 없었다. 대부분이 지워져버린 꿈처럼 희미하거나 아예 아무것도 없었다. 그녀는 일어나 옷장 서랍을 열고 속옷을 끄집어내려고 했다.

아무래도 봉하로 가봐야지?

가봐야겠지?

손이 떨려서 옷이 자꾸 미끄러지고 잘 집히지 않았다.

그래, 검은색 옷을 입어야 하는데 검은 옷이 꽤 있을 텐데 왜 자꾸 손에는 파란색, 빨간색 옷이 집히는 거야? 여기 검은색 시폰 블라우스가 있군. 그래 검은색 바지도 입어야지. 아니 스커트를 입을까. 시폰 블라우스의 단추를 잠그려는데 단추가 몇 번이나 미끄러져 구멍에 들어가지도 않았다. 단춧구멍이 왜 이렇게 작은 거지? 내가 봉하를 간다고? 그가 퇴임해 내려간 이후에도 봉하는 마치 존재하지도 않는 허구 속의 마을 같았는데 내가 그곳으로 가서 그의 주검을 확인한다는 말이지?

그녀의 차에는 그녀의 어머니와 노혜경이 함께 타고 있었다. 그러나 그들은 각자의 생각에 잠겨 아무 말도 없었다.

초록의 가로수가 눈부신 빛을 뿜어내는 거리를 지나 경부 고속도로로 진입하고 있었다. 봉하는 물론 그녀에겐 초행이었다. 길게 이어지는 고속도로를 쳐다보고 있노라면 아스팔트가 백야의 하늘처럼 새하얗게 모든 것을 빛 속에 와해해버리고 아무것도 남기지 않고 없애버리는 것 같았다. 그녀 앞에 산적한 모든 문제까지도 다 빨아들이는 것 같았다. 노무현의 죽음은 전혀 실감나지도 않았다.

가본 적은 없지만 노무현은 자주 그의 고향을 언급하고 묘사했다. 유년 시절의 모든 장면의 무대였으니까. 연거푸 이야기를 들었던 그녀도 아름다운 풍경화 하나를 그릴 만했다. 도시에서 태어나고 자란 그녀이고 목가적 농촌 풍경을 특별히 애호한 적도 없었지만 그녀에게 새겨진 봉하 마을은 막연하지만 아름다운 곳이었다.

왜 한 번도 그곳에 가볼 엄두를 못 냈을까. 퇴임 후 봉하로 낙향하고 나서도 한 번쯤은 가볼 수도 있었는데 말이다. 세무조사에 주눅이 들어 마치 스파이질하는 것처럼 두려움에 젖어서 가보지도 못했어. 그토록 두려워해야 할 것이 있었던가.

봉하는 노무현이 어머니 상을 당했을 때 올 뻔했던 곳이다. 그녀가 조문을 가겠다고 하니까 그가 막무가내로 오지 말라고 했다. 아마 1998년 가을이 아니었을까. 그동안 수차례 온갖 수

사법으로 그의 고향을 묘사했던 만큼 그녀가 실제로는 반촌으로 변해버린 고향의 풍경에 실망을 할까봐 그랬는지도 모른다. 사람들이 조문 버스를 빌려서 봉하까지 가는 데 슬쩍 실려 가볼까 했지만 노무현의 얘기를 존중해서 망설이다가 안 가고 말았다.

봉하까지의 여로는 닿을 수 없는 시간을 향한 질주 같았다.

허공의 질주.

그가 어머니 상과 삼우제를 지내고 상경했을 때 조문을 가지 못했던 노무현 노래방사단이라고 스스로 불렀던 그들은 미안한 마음으로 각자 10만 원씩 거둬서 때늦은 개인적 조문을 하기로 했다.

지금 생각해보니 노래방사단 회원들 중 벌써 두 사람이 작고해버렸다. 노무현과 조선일보 정치부장이던 이상철.

대부분의 만남이 그랬던 것처럼 아미가 호텔 중식당이었다.

김원기와 김정길은 봉하까지 조문을 갔다 왔는데도 그날 저녁값이 모자란다고 노래방사단 회원들이 떼를 써서 10만 원씩 내라고 강권해서 거두었던 것 같아. 아니 김정길은 그날 너무 늦게 와서 10만 원을 안 냈던 게 아닐까. 잘 기억도 안 난다. 사실 고깃집 하로동선이 문을 닫고 난 다음에는 노래방 모임을 해도 좀 시들했다. 그것도 오랜만의 모임이었고 여남은 명 정도가 조문만찬답게 숙연하게 저녁을 먹었다. 그날 노무현은 장례식 절차로 과로했는지 좀 야위고 슬프게 보였다. 그들은 각자 약간 의기소침해진 그를 유쾌하게 만들어주려고 노력했다.

그때 그는 노 의원이었고 김정길은 행정자치부 장관이었고 김원기는 노사정위원장이었던 것 같다. 상당히 오랜 기간의 낭인생활 끝에 DJ의 품 안에서 더부살이일지라도 형편은 YS정부 때보다는 조금 나아진 상태였다. 그는 조의금을 받지 않겠다는 시늉으로 손을 휘휘 내저었다. 짐짓 유쾌한 척하는 조문에 노무현도 유쾌한 척하려고 좀 과장된 몸짓을 했지.

"장례식 때 조의금 들어온 것은 형수가 다 가져갔어요. 오늘 모아주신 돈으로 저녁값 내십시다. 그럼 오늘은 제가 사는 거네요. 돈을 자주 못 내서 마음속으로 늘 미안했는데."

그날 저녁식사 메뉴인 유산슬 속에 들어 있던 전복 조각이나 탕수육 고깃덩어리 같은 것이 왜 기억나는지 몰라. 혓바닥으로 들어가 시장한 위장을 채워주던 음식의 맛은 하나도 기억이 안 나는데 왜 지극히 물질화된 고깃조각이나 밀가루 반죽 입힌 새우 같은 것이 기억의 매개물로 떠오르는 걸까. 육체가 없는 영혼과 정신은 아무것도 아니라는 듯이.

김원기가 선물받은 술이라고 위스키 한 병을 들고 왔던 것 같아. 배갈도 마시긴 했었지. 모두들 평소보다는 많이 마셨던 것 같아. 노무현은 술 두 잔에 고꾸라져버렸어. 노무현에게는 술 취하면 함부로 말하는 버릇이 있었기 때문에 그의 보좌관들이 그에게 과음하지 말 것을 언제나 충고했고 그는 이 충고를 대체로 잘 지키는 편이었다. 촌마을 이장같이 단정하게 양복을 입고 얌전한 넥타이까지 매고 쌍소리하는 그를 보면 참 우스웠다. 그의 말에 따르면 "노가다 시절에 저절로 익히게 된 수사법"이라고 했다.

"때로는 이런 살아 있는 말들이 진짜 말 아닙니까?"

생생한 비유들을 예로 열거하기도 했지만 그는 언젠가부터 그의 무례한 언사를 의식적으로 조심하고 있었다. 참모들이 절대로 술을 마시지 말라고 말리고 있었다.

"노가다 시절뿐만 아니라 어릴 적 형님과 형수가 싸울 때도 그런 막말을 듣기도 했지요."

고인의 명예를 생각해서 여기다 그대로 옮길 수는 없지만 그녀는 특별히 몇 번 듣게 된 그의 그런 말투를 근본적으로 싫어하지는 않았다. 보좌관들과 마찬가지로 타인들이 있을 때 꼬투리 잡히는 것을 경계했을 뿐이다. 평생 온실에서나 살아온 그녀가 언어학적으로 F가 들어가는 말이나 쌍시옷 들어간 말을 들으면 해방감을 느끼며 자신도 살아 있는 거리의 말을 구사할 줄 알면 좋겠다고 생각했다. 그녀 자신도 때로는 프랑수아 라블레처럼 쌍욕으로 성을 쌓아버리듯 거친 말로 소설을 쓰고 싶은 충동을 느낄 때도 있었다.

암튼 그날은 예외적으로 노무현은 많이 취했다. 저녁식사

후 내려간 가라오케에서 조선일보 이상철 정치부장이 「나 그대에게 모두 드리리」를 부르고 서혜숙이 「문 밖에 있는 그대」를 불렀지. 김원기 의장이 「애모」를 불렀던 것 같아.

여느 중년들의 가라오케 모임과 다를 것도 없었다. 다른 때 같으면 노무현은 언제나 「작은 연인들」을 부르고 기분이 내키면 노래 제목 중에서 '연인'자가 들어간 노래를 멋대로 골라 메들리로 부르곤 했다. 그런데 그날은 누군가가 노래 부르는 도중에 마이크를 빼앗아 아무 번호나 눌러놓고 「임을 위한 행진곡」을 부르고 연달아 「어머니」를 부르고 마지막에는 「작은 연인들」까지 불렀다.

처음에는 그가 슬프게 보인다고 생각했는데 시간이 흐르면서 왜인지 무엇엔지 노해 있는 것같이 느껴졌다. 그리고 연이어서 운동가 노래를 메들리로 부르다 꼽추 춤을 추기 시작하는 것이었다. 그는 코에다 과일 꽂이를 접어 끼우고 휴지통을 양복 뒤에 넣어서 곱사등이를 만들어 우스꽝스러운 몸짓으로 춤을 추기 시작했다.

한마디로 그는 타고난 광대였다. 몸 한구석에 그런 피가 흐르고 있었어. 무엇인가 처연한 느낌이 그 방을 사로잡기 시작했다. 진짜 비애스러움이 찾아온 것은 그 순간이었지. 누군가 중간에 빠져나가고 일행은 일곱 아니면 여덟 사람이 작은 방 안에 모여 있었다.

처음 노무현이 춤을 추기 시작했을 때는 사람들이 킥킥거리면서 웃어댔다. 키가 작은 그가 꼽추 등을 만들어서 몸을 움직이는 것이 우스웠다. 그러나 그가 계속 춤사위를 하자 그 웃음은 점차 잦아들었고 다들 무겁고 슬픔에 젖은 얼굴로 꼽추 춤을 추는 것을 보고 있었다.

춤.

그것은 인간의 육신이 할 수 있는 가장 순수한 상태의 행위다.

목적도 없고 필요에 종사하지도 않는 행위.

노무현 그는 춤을 잘 추는 사람이었다. 누군가가 어떤 몸짓을 하면 금방 따라 하고 그것도 썩 잘하는 편이었다. 몸을 음악에 맞추는 튜닝을 할 줄 알았다. 그녀가 말했다.

"세상에는 음악을 몸으로 듣는 사람도 있고 귀로 듣는 사람도 있지요."

노무현이 물었다.

"저는 어떤 타입입니까?"

"물론 몸으로 듣는 사람이지요. 무엇보다도 노무현에게는 정치가 춤 아닙니까? 진짜 춤꾼이지요."

지금도 가끔 허공 속에서 그가 꼽추 춤을 추고 있는 모습이 보일 때가 있다.

그녀가 진영에서 봉하 마을로 들어서는 입구에 도착했을 때는 이미 마을 초입부터 차가 빽빽이 들어섰고 사람들이 차량 진입을 막고 있었다. 그 초입에서부터 마을로 걸어들어가야 할 모양새였다.

그녀처럼 무작정 길을 떠난 수많은 사람이 마을로 모여들고 있었다. 결국 마을 안까지 차가 들어갈 수 없어 그녀는 아무 데나 빈 곳을 찾아 겨우 주차하고 자연스럽게 여러 대열에 끼어 사람들이 걸어가는 방향으로 걸음을 옮기기 시작했다. 어머니는 중간에 부산에서 내렸으나 함께 있던 노혜경과는 어디에서 헤어졌는지 알 수도 없었다. 사람들은 서로 섞여들었다.

수많은 인파의 발걸음이 자연스럽게 멈추는 그곳이 봉하 마을일 것이다. 여느 읍면과 별반 다를 것도 없는 평범한 시골길은 상당히 오래 계속되었다. 이 길을 매일 걸어서 등하교했겠지.

그의 국민학교 때 담임이었던 김종대 선생은 이 길을 이렇게 기억하고 있었다.

"제가 노무현이의 국민학교 4학년 담임이었지예. 그때는 가정방문이 있어서 무현이의 집을 갔는데 아버지도 없고 어머니도 안 계시고 지 혼자 있더라고요. 우째 공부하는지 우째 묵고 학교에 왔다 갔다 하는지 이런저런 이야기들을 나누다가 돌아오는데 어째 참 쓸쓸해요. 정말 쓸쓸했어요. 무현이가 이 길을 걸어서

학교 왔다 갔다 하는구나, 그때 한 여선생님과 같이 갔는데…"

오른편으로 둘러싸여 마을 안쪽까지 따라오는 이 논들이
화포천인가?

그녀는 자신의 머리에 봉하 마을의 지도가 그려져 있는 것
이 신기했다. 한참을 가다가 고개를 들어보니 왼편으로 동산
이라고 불릴 만한 작은 산이 하나 보였다. 그 산의 봉우리 약간
아래에 우람한 바윗덩어리가 보였다. 마을은 산을 등지고 옹기
종기 산자락에 붙어 있었다.

아! 저게 부엉이바위인 게로군!

어찌 저렇게 거친 부엉이가 야트막한 언덕 같은 산에 자리
를 잡았지?

그녀는 부엉이바위를 보자 가슴이 철렁 내려앉았다. 온몸
으로 가느다란 경련이 감전된 것처럼 지나갔다. 심산의 숲에나
둥지 틀어야 할 부엉이가 우람하게 마을 뒤에 앉아 있는 것 같
았다. 산세에 비해서 비례가 좀 맞지 않아.

어쩌면!

지리산이나 설악산이나 큰 산속에나 있지.

마치 노무현 같아!

맞아. 저곳이 그가 몸을 던졌다는 부엉이바위 맞아.

심장이 쿵쾅거리며 뛰기 시작했다. 등줄기로 땀이 흘렀다.

둔탁한 통증이 밀려왔다. 그냥 그대로 이 자리에서 뒤돌아 서울로 올라가버리고 싶은 충동마저 일었다.

그가 1994년 출간한 『여보 나좀 도와줘』 중의 「내 마음의 풍차」편에 나오는 봉하 마을에 대한 이야기를 책을 처음 읽었던 1994년 이후로도 되풀이해 들었다. 나중 49재에 가서 자세히 봉화산을 살펴보고 나서야 봉하 마을이 노무현이 말했던 것처럼 아름다운 마을이라는 것을 알 수 있었으나 첫인상은 그저 애처로운 작은 마을이었다.

마치 전혀 다른 마을에 와 있는 것 같았다.

"진영 읍내에서 10리쯤 떨어진 곳에 말이 달리는 모양처럼 생긴 바위산이 하나 있다. 옛날에 봉화를 올렸다 하여 사람들은 모두 봉화산이라고 불렀다. 김원일의 소설 『노을』의 무대가 되기도 했던 그 산엔 오래된 절터가 있다. 옆으로 드러누운 부처님이 큰 바위에 새겨져 있고 근처에선 깨진 기왓장도 나온다고 한다.

사람들은 가야시대의 왕자가 살았다 하여 자왕골이라고 부른다. 해방 이듬해인 1946년 8월 봉화산과 자왕골을 등지고 있는 그 작은 마을에서 나는 태어났다. 유년 시절의 내 기억에서 봉화산과 자왕골은 빼놓을 수 없는 무대다. 나는 그곳에서 칡을 캐고 진달래도 따고 바위를 타기도 했다.

풀 먹이러 소를 끌고 나오는 곳도 항상 그 골짜기였다. 아이들은 소를 골짜기에 몰아넣고 모두 발가벗고 놀았다. 골짜기의 맑은 물에서 목욕도 하고 물장구도 쳤다.

물놀이가 시들해지면 산사태가 난 곳에서 미끄럼을 타기도 했다. 중학교를 졸업할 때까지 나는 그 마을에서 살았다. 그러나 마을에는 학교가 없었기 때문에 아이들은 모두 진영 읍내의 학교까지 약 10리를 걸어다녀야 했다. 나와 아이들에겐 그 등하굣길이 곧 놀이터였다.

봄이면 밀을 꺾어 밀사리를 해먹었다. 보리싹이 나면 보리피리를, 버드나무에 물이 오르면 버들피리를 만들어 불었다. 보리 깜부기를 뽑아 얼굴에 새까맣게 바르고 보리밭에 숨어 있다가 지나가는 여학생을 놀래키는 장난도 많이 했다."

– 노무현, 『여보 나 좀 도와줘』

그러나 이 모든 게 무슨 대수인가. 노무현식으로 표현한다면 "부질없고 부질없는 운명의 한 조각에 불과한걸." 슬퍼할 필요도 애통해할 필요도 없지. 이 많은 사람들은 어디에서 왔으며 그들은 바로 얼마 전만 해도 노무현에게 돌팔매를 들어 던지기를 서슴지 않던 바로 그 사람들 아닌가. 이 미친 추모의 열기는 또 무슨 의미인가.

돌아갈까 그냥.

그러나 그녀는 자동인형처럼 사람들을 따라 마을 안으로 안으로 걸어가고 있었다. 시간이 끝나지 않을 원 속의 길이었다. 평범하고 남루하게 느껴지던 마을 안까지 들어와서 오던 길을 되돌아보니 노무현의 말대로 마을은 정답고 소박하면서도 마을 뒤를 병풍처럼 받쳐주는 봉화산의 위용 덕에 격조와 위엄이 있었다. 시야에 굽이쳐 흐르는 산세는 비단이 겹겹이 주름진 것 같았고 노무현이 얘기했던 대로 김원일의 『노을』에서처럼 여러 색깔이 겹쳐져 오묘한 빛을 만들어내고 있었다.

88년인가, 92년인가 선거 때 그는 이런 슬로건을 사용했다.

"큰 새는 바람을 거슬러 날고 살아 있는 고기는 물살을 거슬러 헤엄친다."

생명이 있는 한 언제나 물살을 거슬러 올라가야 한다는 것이었다.

사랑하는 사람을 죽음으로 이별하는 일에는 그녀도 이미 익숙한 경험이 있는 사람이었다. 84년부터 88년까지 동생과 아버지, 키워준 할머니를 잃었다. 연이어 네 살 된 조카까지도. 짐짓 죽음과 밀담을 나누면서 친해지려고 노력하면서 살고 있는데 그런데 이건 뭐야? 그 익숙한 슬픔과 사뭇 다르고 온 가슴을 쥐어뜯기는 이 날카로운 통증은 뭐지? 걷잡을 수 없는 이 깊은 비애는 뭐지? 그녀는 사람들 틈에 섞여 봉하 마을을 이리저리 휩쓸려 다니고 있었다.

노무현은 어디에 있는 것인지 지금은 어떤 상태인지 가늠해볼 여지도 없이 그녀는 인파 속에 그냥 내맡겨져 있었다. 어둠이 내리기 시작하는 마을을 배회하는 이방인 같았다. 어디에서나 열외의 존재였지. 그저 수많은 군중 중의 한 사람이었을 뿐. 물끄러미 지나치는 사람들을 쳐다보고 서 있었다.

사람들이 점점 많아졌다.

서면 로터리에서 어디서 왔는지도 모르는 인파 속에서 체 게바라 셔츠를 입고 알지 못할 충동에 이끌려 거리로 나가 노무현을 처음 봤던 날처럼 누군가 그녀에게 알은체를 하면서 묵례를 건네기도 하고 가볍게 어깨를 툭 치고 지나가기도 했다. 그러나 그들이 누구였는지 인지할 수도 없고 기억나지도 않았다.

노을이 지고 어둠이 내리기 시작하자 어둠 속에서 움직이는 사람들 모두가 유령 같았다. 그렇게 우왕좌왕하다 안희정과 부딪쳤다.

"그는 어디에 있나요?"

그렇게 묻는 그녀에게 안희정이 어깨를 토닥거려주면서 말했다.

"좀 있으면 봉하로 오실 겁니다. 잠깐 마을회관으로 나오셔서 인사의 시간을 갖게 될 것 같습니다. 선생님, 마을회관으로 먼저 가 계세요."

안희정의 목소리를 듣는 순간부터 그녀의 눈물샘이 터졌다.

멈추지 않을 듯이 눈물이 흘러나왔다. 왜 그런지 몰라도 그는 아직도 노무현이 살아 있는 듯이 말하는 것이었다. 아마도 그의 영혼이 그곳을 배회하고 있었고 안희정과 교통하고 있었나 보다. 그 순간에는 안희정이 영매였던 게지.

그때도 이렇게 울었었지.

그러고 보니 안희정은 그녀를 몇 번이나 울게 했다.

서울구치소에 안희정을 면회 갔던 일이 떠올랐다. 2003년 창업투자회사 투자금 1억 9천만 원 사건과 대우건설 남상국 사건 때문에 결국 안희정이 구속되었다. 그녀는 참고인으로 검찰에 불려다녔고 창살 저편에 푸른색 수의를 입은 안희정과 마주하게 되었다. 생전 처음으로 수의를 입은 누군가를 면회했을 뿐 아니라 억울함 때문에 그녀는 유리창 너머에 있는 그를 보면서 엉엉 소리 내어 울었다. 안희정은 울고 있는 그녀를 보면서 면회하는 동안 내내 웃고 있었다.

"잘나가는 강남 사모님이 왜 이런 데서 이렇게 울고 계십니까? 전 괜찮아요."

그의 두 눈이 유리창 건너편에서 그녀를 따뜻하게 다독이고 있었다.

맞아. 일종의 파수꾼 같아.

언젠가 안희정이 쓴 글 중에 한국정치에서 '호밀밭의 파수

꾼'이 되고 싶다던 내용이 있었다. 그에게 샐린저 같은 그런 면모가 있긴 했어.

"저는 요즘 여기서 불경을 읽고 있습니다. 도움이 많이 돼요. 이곳에서도 상상으로 이것저것 다합니다. 여러 군데를 다녀보기도 하고요. 정말 저는 괜찮거든요. 선생님 걱정하시지 마세요. 울지 마세요."

안희정은 웃고 그녀는 울었다. 가만히 생각해보니 그 상황이 우스웠다.

가만히 울고 있는 그녀를 들여다보는 그의 눈빛 때문에 그녀는 자신이 엄살을 떨고 있다는 것을 깨달았다. 좀 부끄러워지기 시작했다. 안희정은 아마도 자신이 견딜 수 있는 정신의 한계를 미리 그어놓고 영혼까지는 구속되지 않으려 모질게 마음먹고 있었나보다. 결국 그녀도 웃고 말았다.

"선생님께서 저를 위해 이렇게 우시는 걸 보니까 점점 마음이 행복해지네요. 한동안 즐겁게 지낼 수 있을 것 같습니다. 제가 감옥에서 나갈 때까지 부디 건강하세요."

안희정은 사람들 속으로 섞여 사라졌다가 어디서 나타났는지 이내 되돌아왔다.

"저기 보이시지요? 저 빌라에 묵으시도록 하세요. 문자로 몇 호에 가 계셔야 할지 알려드릴게요. 잘 못 모셔서 죄송해요."

그는 다시 그녀의 어깨를 토닥여주고는 금방 인파 속에 다시 섞여버렸다. 그녀는 무의식중에 마을회관인 것처럼 보이는 곳을 향해 걸어갔다. 마을회관 앞에도 사람들끼리 엉겨 떠밀고 밀치고 거의 아수라장이었다.

벌써 해는 지고 밤이 내리고 있는데 그러고 보니 종일 아무것도 먹지 못했다. 배가 고팠다. 시차 때문인지 몸이 스르르 가루로 풀어져내릴 듯 피곤했다. 바리케이드를 치고 마을회관 입구를 지키는 젊은 남자들은 아무도 그녀를 알아보지 못했다. 마을회관 안으로 못 들어가니 마지막 인사를 할 기회도 포기해야겠다고 생각하면서 망연히 그 자리에 서 있었다.

시간이 얼마나 흘렀을까. 누군가가 그녀의 소매를 말없이 안으로 잡아 이끌었다.

유시민이었다.

그녀는 유시민을 따라 마을회관 안으로 들어갔고 방에 앉을 수 있었다. 몇 시간을 걷고 서성였는지 다리는 더 이상 영혼도 육신도 지탱할 수 없을 듯했다. 그녀는 힘없이 방바닥에 턱 주저앉아버렸다. 방 안에는 여러 사람이 있었다. 아는 사람들도 더러 있었던 것 같다.

그녀는 한순간 옆자리에 앉은 유시민의 눈알 속을 깊이 들여다보게 되었다. 그의 두 눈은 울어서 빨갛게 물들어 있었다. 그에게로 줌인 되면서 그의 눈에 돋은 빨간 실핏줄들이 낱낱이 클로즈업되었다. 잠시 멈췄던 울음이 유시민의 눈을 보자 그녀 속에서 오열이 다시 터져나왔다.

아버지 장례 때 이젠 어떤 죽음에도 눈물을 보이지 않겠다 다짐했다. 비록 그녀 자신의 죽음조차도. 그런데 아직도 배 속에 그렇게 많은 눈물이 남아 있었던가. 복부 근육과 살이 흔들리도록 마을회관 구석에서 그녀는 울었다. 그 방에서 숨죽이며 울고 있는 사람들 또 마을회관 밖에서 엉엉 울고 있는 사람들이 고맙게 느껴졌다.

얼마나 흘렀을까. 검고 붉은 포에 덮인 관이 마을회관 안으로 옮겨져 들어왔다.

그녀는 그렇게 노무현에게 마지막 작별을 할 수가 있었다.

아니 사실은 그 이전에, 훨씬 이전에 친구로서 작별을 마쳤다. 작별의 형식이나 요식이 애당초 필요 없는 관계였다. 관계 자체가 없는 관계였다.

그의 관이 들어오자 마을회관 안에 있던 사람들의 흐느낌이 더욱 거세졌다. 고통스럽게 숨을 추스르는 소리도 들려왔다. 그녀는 사람들의 눈을 들여다봤다. 그들을 그곳에 함께 묶어주는 끈은 단순한 소금과 물일 뿐이었다. 강줄기가 마을과 마을을 연결해주는 것처럼 그들은 슬픔과 눈물로 그렇게 한군데 묶여 있었다.

그의 관은 이윽고 그녀가 있던 방에서 나가 다른 곳으로 떠났다.

경호원들이 머물던 곳인지 빌라들이 여러 채 있었다. 안희정이 일러준 방에서 몇 시간 졸다 그녀는 봉하를 떠났다. 5월의 밤이었지만 이불도 없이 춥고 슬픈 쪽밤이 그렇게 흘러갔다. 그날 봉하에서 바라다보이는 산자락에 굽이굽이 아름다운 노을이 졌는지 그 하늘에 별이 떴는지 달빛이 있는지 기억도 나질 않았다.

TV 속에서 안희정이 관을 들고 가면서 말하고 있었다.

"이명박 대통령, 당신이 원했던 것이 이것입니까?
조중동, 당신들이 원했던 것이 바로 이것입니까?"

49재.

시간을 향한 항거, 압도적이고 이론의 여지없는 부서짐을 통해 그는 그의 일생을 극도의 추상으로 압축했다. 49재는 정토원에서 행해졌고 그녀는 다섯 번째와 일곱 번째 재에 참석했다. 그 재도, 그것조차도 그녀는 그 장면을 실제로 본 것인지 환상인지 TV 속인지 구별할 수도 없었다. 악당들은 실제로 누구였는지. 이명박 대통령? 조중동… 그러나 어떤 죽음의 형식도 죽음에 대한 해석도 슬픔을 넘어서지는 못했다.

Metaphysical Requiems

신해철에게

금은 녹슬고
강철은 썩고
대리석은 부서진다.
모두 죽음을 위한 채비로
땅 위 모든 것보다
더 영구한 건 슬픔이고
당당한 말은 더 오래간다.

• 안나 아흐마토바

미리 예정했거나 기획된 것은 아닌데도 죽은 자들의 도시를 횡단하는 여행의 시발점은 노무현의 5주기 때 베이징에서부터 비롯된 것이나 마찬가지다. 5년이라는 시간 단위가 특별한 의미를 지니는 것도 아닌데 베이징에서 그날 아침 문득 그녀는 비로소 노무현의 죽음을, 아니 그의 자살행위를 해석할 수 있는 것처럼 느껴졌던 것이다.

그날 그녀는 베이징에 머물고 있었다.

왜 갑자기 그 시가 잠에서 깨자마자 떠올랐는지 모른다. 한 번도 애송한 적 없고 수십 년 동안 기억 속에 사장되어 있던 김소월의 시「초혼」이 마치 누가 큰 소리로 암송해주는 것처럼 또렷이 기억났다.

아, 그렇구나.

이 시는 골절된 뼈들을 부르고, 사방에 허공에 흩어진 피를 한곳으로 부르는 초혼의 노래였어. 왜 노무현이 자신의 육체를 그렇게 산산이 해체해버렸는지를 자신의 육체 내에서 체험하고 있는 것 같은 느낌에 그녀는 사로잡혔다.

그녀가 홀로 맞은 그의 5주기를 위한 초혼이었어.

죽은 자들의 도시로의 여행은 그렇게 시작되었던 거다.

노무현이 살고 있을, 그녀의 아버지도, 그녀가 아는 또 모르는 모든 사자死者들이 살고 있는 도시, 그녀는 버스에 실려 바르셀로나에서 포르부로 가면서 다시 그 시를 입속으로 외워보았다. 그녀 외에 스물여섯 명이 타고 있는 버스 안에서 마이크를 잡고 크게 낭송해주고 싶은 욕망을 잠시 느꼈으나 참았다. 그러니까 이 여행 자체가 하나의 초혼인 셈이었어.

"경찰과 검찰은 유족 측의 정재성 변호사 참여하에 부산대병원 법의학연구소 허기영 교수, 신경외과 송근성 교수, 경찰 측 5명, 검찰 측 6명 등 총 14명의 참여하에 시신을 검시하였다. 노무현의 온몸은 성한 곳 없이 부서졌다. 부검이 필요하지 않을 만큼 그는 처참하게 바스라졌다. 늑골 골절, 척추 골절, 골반 골절, 우측 발목 골절, 흉골 골절, 요추 골절 등 다발성 골절 및 내부 장기손상에 의한 것이며 부검은 필요 없었다."

5년 전의 이 간단한 뉴스가 김소월의 이 넉 줄의 시행詩行으로 완역된 셈이다.

산산이 부서진 이름이여!
허공 중에 헤어진 이름이여!
불러도 주인 없는 이름이여!
부르다가 내가 죽을 이름이여!

5주기 날 아침 베이징 근교의 산자락에서 새벽 4시경에 잠에서 깼을 때 맨 처음 떠올린 것이 이 시구절이었다. 한기를 느끼고 잠에서 깨어나면서 순간적으로 집인 줄 착각했다가 전날 밤 저녁식사 자리에서 중얼거렸던 것이 어렴풋이 기억나기 시작했다.

"아! 마침 노무현의 5주기를 만리장성에서 보내게 된 셈이군!"

침대 발밑에 어렴풋이 켜져 있는 불빛 때문에 완전히 캄캄하지는 않아서 휘돌아보니 낯선 방 안이었다. 올해는 세월호 사건 때문에 5주기 행사도 축소되거나 없다고 했는데, 왜 좋아한 적도 없고 기억한 적도 없는 시 「초혼」이, 그 직접화법과 과장된 슬픔이 그토록 가슴을 때렸는지. 잠에서 깨어난 후에도 한참 동안 애절한 꿈처럼 소월의 시가 남아 있었다.

사실 세월호 사건은 나라 자체를 하나의 악령의 도시로 만들어버렸다. 2009년 당시 노무현 자살 때도 그랬다. 황당한 추문들과 혼란들, 귀기鬼氣가 온 나라를 뒤덮었다. 마치 이승과 저승의 혼들과 정부와 비밀 결사들이 악마와 공모하여 일부러 자행했던 것 같았다. 믿을 수 없는 사건과 모든 도시와 마을에서 벌어진 추모라는 열띤 슬픔들이 죽음 그 자체마저도 집어삼킬 것 같았다.

낯선 방은 쓸쓸하고 이상했다.

저녁식사 때 와인을 마시고 방에 들어와 뜨거운 물에 샤워를 하고는 5분만 쉰다던 것이 그냥 침대 위에 쓰러져 잠이 들어버렸던 모양이다. 간밤의 일들이 하나씩 떠오르기 시작했다.

여기가 어디지?

관 속인가, 아니면 배 속?

세월호 사건이 모든 것을 죽음과 또 배와 연관시켜버렸는지도 모른다.

한 잔의 술이나, 지나가며 얼핏 들리는 음악이나, 후루룩 마시는 된장국물 한 모금이나, 사람들의 눈길이 지나치는 농담들마저 죽음의 냄새를 풍기는 것이다.

모든 것이 그랬다. 『내 친구 노무현』을 쓰기 시작했던 봄날 내내, 공교롭게도 세월호가 겹쳐져 그녀는 죽음에 시달렸던 셈이다.

수장당한 300여 명에 대한 이미지가 너무 강렬하고 애통해서 매 순간 모가지까지 물이 차올라 곧 얼굴을 덮고 숨이 막힐지도 모른다는 착각을 하도록 만들었는지.

숨이 컥컥 막혀왔다.

황당하기 짝이 없게도 유람선에 전 국민이 실려 표류하고 익사하고 질식사하는 것이나 마찬가지였다. 단지 우연한 재난만은 아닌 이 불행한 사건의 발발로 2014년이라는 해는 모든 이들의 악몽이 되었고 죽음이라는 치명적인 질병의 해가 되었다.

소월의 시가 떠올랐다가 꿈인지 집인지 기억이 경계선을

맴돌다가 서서히 깨어나는 순간에 시야에 맨 먼저 들어온 것이 검은색 대리석 바닥이었다.

그래. 맞아.

노무현은 스스로 산산이 부서지려 했던 거야.

허공 중에 흩어져버리려고 했던 거야.

그들에게 뜯어먹힐 살 한 점 피 한 방울 남기지 않으려 했던 거였어.

그녀는 노무현의 심정을 그대로 느낄 수 있었다.

고통이 전해져왔다.

바닥이 검고 어둡다.

방이 너무 크다.

왜 관 속에 혹은 물 속에 잠겨 있는 것 같은지 모르겠어.

그녀는 천천히 지난밤의 기억을 차례대로 되살려보았다. 혼자 사용하기에는 너무 큰 방을 배정받았어. 고전적이면서도 육중하게 꾸며진 방인데… 아니야. 고전적이라고만은 할 수 없었다. 그녀가 묵은 378호가 복도의 맨 구석에 있는 ㄱ자 방이었기 때문에 좀 더 크고 텅 빈 것처럼 여겨지는지도 모를 일이다.

그녀와 일행이 묵은 만리장성 호텔은 광활한 베이징 근교의 숲 속에 지어진 여러 개의 독립된 건물들로 조합을 이룬 호텔군이라 할 수 있었다. 전날 도착해서 저녁을 먹은 클럽하우스를 중심으로 갤럭시처럼 숲 속에 흩어진 객실들 중에서 그들 일행이 투숙한 곳은 승효상이 설계한 방 16개로 이루어진 외벽이 하얀 하나의 건물이었다.

그녀의 몸은 두꺼운 타월로 된 목욕 가운의 허리끈이 풀어져 있어서인지 밤새 서늘한 공기에 서리 맞은 것처럼 차디찼다. 가운이 열려 드러난 가슴과 복부 부분의 맨살은 대리석이나 얼음보다도 더 차가운 것 같았다. 마치 시체가 된 것 같아. 체온이 0.5도 정도 내려가지 않았을까? 추운 것도 아닌데 한기가 몸속을 달렸다. 겨울의 차가움보다도 이런 으스스한 여름의 한기가 더 견디기 힘들어.

그녀는 손바닥으로 양팔을 문질러 마사지하기 시작했다. 그리고 허벅지와 배까지. 살갗과 살갗이 부딪치며 미미하게나마 발전을 하는지 제 몸이 스스로 온기를 만들었다. 그래도 그곳은 숲이 울창해서 공기가 베이징 시내와는 달리 실내에서도 상당히 신선했다.

둔탁한 타월로 만들어진 가운을 벗어던지고 침대 속으로 우선 기어 들어간다. 아무래도 체온을 좀 높여야 할 것 같았기 때문이다. 그런데 아무도 들어가 자지 않고 밤새 그대로 버려져 있던 침대 속이라 온기가 없기는 마찬가지였다.

천천히 감각을 일깨우던 한기는 순간적으로 으스스한 소름으로 온몸을 감전시키듯 지나갔다. 바슬바슬하고 빳빳한 면의 감촉이 마치 종이 구겨지는 소리를 내지르는 것 같았다. 그러나 점차 그녀의 몸은 따뜻해져갔다.

자세히 바라보니 3층이지만 1, 2층이 반지하라 베란다를 통해 숲 속으로 나갈 수 있게 설계되어 있었다. 아무리 춥다고 그래봤자 이미 여름은 시작되었고 자체적으로 데워진 체온 덕에 한결 따뜻해졌다.

우연히도 정말 딱 5주기였다.

『내 친구 노무현』을 시작한 이래 어디를 가도 원고가 들어 있는 USB를, 그러니까 노무현을 들고 다닌다. 아이패드 안에는 에버노트에 따로 넣어 보관한다. 수없이 덮어쓰기를 하며 새로운 기억들이 옛 기억을 지우는 것이다. 이 마지막 기록들인 최종 편집본을 잃어버리기라도 한다면 그건 완전한 기억상실증 환자가 되는 거지. 노무현은 영원히 사라져버릴 것이다. 조심성 없는 그녀지만 망각하지 않기 위한 노력으로 이중 삼중의 안전 장치를 달아놓은 것이다.

외부 조건과 단절된 시공간이라 그런 건지, 5주기라는 것이 특별한 음운적 의미를 만들어내는 건지, 이전에 본 노무현 묘역과 너무 흡사한 클럽하우스의 붉은 철벽 때문인지 그녀는 최근에 그의 장례를 치른 듯한 느낌에 사로잡혀 있었다.

산산이 부서진 이름이여!

하!

아니면 만리장성 그 자체의 분위기 때문인지도 몰랐다. 달에서도 만리장성의 윤곽은 희미하게 식별될 수 있다고 한다. 인간이 지구표면 위에 만들어놓은 유물들 가운데 시간과 기억의 풍화를 견디면서 살아남은 가장 오래되고 가장 거대한 규모가 아닌가. 만리장성이라는 환경의 효과 때문인지 5주기란 말이 그녀의 감성에 그 어느 때보다도 반향을 불러일으켰다.

1주기 때도 2주기 때도 오히려 덤덤히 보냈는데 말이야.

그야말로 특별한 감정 없이 그가 죽었다는 사실조차도 기억하지 않고 마치 이 세상에 여전히 살고 있는 듯이 아무렇지도 않게 시간을 보냈다는 말인지.

그러니까 글을 쓰기 시작한 이후부터 주기적이라 할 만큼 밀려왔던 감정들도 이제는 내적인 조율을 끝내고 비로소 저만치 거리에서 그 사건을 바라볼 수 있는 침착함을 유지하고 있었다. 그런데 전날 오후 이곳에 도착했을 때 클럽하우스의 붉은 철벽을 봉하에 있는 노무현 묘역의 곡장曲墻이라고 잠시 착각했었다.

이상했다.

다시 봐도 그런 느낌일지는 모르겠지만 그날은 그랬다.

왜 낯선 베이징에 와서 노무현의 무덤에 와 있는 느낌이 들었을까.

그 붉은 코르텐 철제 외벽은 그곳 말고도 여러 군데에서 본 적이 있었는데 무심코 지나쳤다. 그런데 그날은 마치 그 철의 산화된 빨간색을 난생처음 보는 것처럼 가슴이 뭉클했다. 뭐가 달랐던 거지? 규모의 차이 때문인가 아니면 마음의 상태 때문인가.

그녀는 묵고 있던 건물에서 그곳까지 다시 내려가 자세히 한 번 더 보려는 생각을 하다 포기하고 말았다. 상당한 시간 산에서 걸어내려가야 할 것이었고 그들이 체크인 해서 들어왔을 때는 이미 어둠이 짙게 내리기 시작하고 있었다.

잠에서 깬 시간은 새벽 4시.

아직도 캄캄한 어둠이라 나갈 수도 없었다. 어쩔 수 없이 날 샐 때까지 기다려야 할 것 같아. 그냥 온전히 발가벗고 숲 속에서 있고 싶은 생각이 문득 들었다.

옛날 생각이 났다. 10대 때였다. 방학이면 천태종 무량사란 이름의 절에 머물곤 했다. 그 절의 빽빽한 대나무 숲에서 비 오는 날이면 발가벗고 비를 맞곤 했어. 그 감촉의 기억이 실로 오랜만에 떠올라왔다. 온몸에 흐르던 물의 감촉, 바람의 촉수를 찾아 그 감각의 극치를 다시 한 번 맛보기 위해 얼마나 여기저기를 헤매었던가. 매번 시들하게 끝나는 여행의 끝. 문득 그때처럼 나체로 숲 속으로 걸어나가고 싶지만 여기는 공공장소니까 발가벗으면 안 되는 곳이지.

그녀는 다시 가운을 걸친 뒤 베란다로 나간다. 슬리퍼를 꺼내 신고 나갈까. 신고 나가봤자 밑바닥이 너무 얇아서 벗겨지기 십상일 것이다. 맨발로 어둠에 젖어 있는 흙을 느껴보는 것도 괜찮을 것 같아. 희미한 베란다의 LED 불빛으로 숲 속 나무들의 자태를 겨우 어림할 수 있었다.

조심스럽게 땅을 밟는다. 보슬보슬하고 부드러웠다. 따뜻했다. 앞가슴의 매듭을 일부 풀고 그녀는 자신의 피부가 한껏 공기를 맞도록 열어놓았다. 시공간을 초월하여 무량사에 있던 그때와 직선적으로 감각이 연결된다. 다른 방들은 다 잠들어 있겠지. 다행히 어디서도 인기척은 없는 것 같았다.

지난밤 샤워를 마치고 일행들은 바로 옆방인 377호에 모여 남은 와인을 함께 마시기로 했었다. 마실 기회를 놓쳐버린 토스카나 와인이 좀 아쉽기는 해도 그녀는 몇 시간이나마 숙면했던 것이 다행으로 느껴졌다. 모공으로부터 새로운 새순들이 송송 돋아나오는 것 같아. 캄캄한 새벽의 숲 속은 신선하고 황홀한 향기로 가득했다. 간간이 작은 돌멩이가 발바닥을 찌르긴 해도 미세한 돌덩이들의 통증은 그녀의 신경이 아직도 날카롭게 살아 있다는 것을 의식시켜주는 발 마사지 같아서 그리 나쁜 느낌도 아니다.

오랜만이야.

이렇게 감각이 살아난다는 것 말이야.

아무리 먼 곳에서 풍겨오는 냄새라도 모두 맡을 수 있을 것 같아.

아무리 멀고 먼 곳에서 들려오는 소리도 다 들을 수 있어.

그녀는 코를 벌름거렸고 귀를 열어젖혔다.

흙 냄새, 나무 냄새, 돌 냄새, 바람 냄새, 말할 수 없이 많은 물질이 가까이에서 혹은 멀고 먼 곳으로부터 서로 칵테일되어 스며들어왔다.

윙윙 파도소리가 들린다. 마치 그녀가 태어나고 자란 부산의 해운대에서 불어 보내주는 것 같다.

나뭇잎들은 몸서리치게도 강렬한 파도소리를 질러대고 있었다. 시공간의 구별이 소실점도 없이 그대로 사라져버렸다.

그녀는 천천히 가운을 벗어 나뭇가지에 걸쳐놓고 발가벗은 상태에서 잠시 숲의 정기를 복식호흡으로 내장 깊이까지 들이마셨다.

그들 일행의 여행목적은 승효상과 다른 아시아 건축가 열두 명이 설계한 만리장성 호텔을 견학하는 것이었다. 그녀는 조만간 승효상에게 설계를 부탁할 일이 있어서 그가 설계해놓은 중국의 비슷한 개념의 건물을 한 번은 와볼 필요가 있다고 생각했다.

승효상 그는 노무현의 무덤을 디자인한 사람이다. 그러나 호텔 클럽하우스의 철벽을 보기 전까지는 그 사실을 까마득히 잊고 있었다.

아! 그랬지!

봉하의 노무현 묘역을 승효상이 디자인했다는 사실을 상기
했던 것이다. 노무현이 살던 집을 설계한 정기용과 승효상 사
이에 서 있는 것 같다. 정기용은 장수천 인수 때 노무현에게 소
개했다.

일종의 영감이었던 게지. 그리고 결국 그날의 베이징 여행
이 우연히도 죽은 자들의 도시로 향하는 여행으로 이어지게 되
었다. 베이징에서 서울에 도착하자마자 얼마 지나지 않아 바로
떠나왔으니까.

도망자run away life야.

내 뇌세포는 아무래도 집에서 멀리 떠나 있을 때만 잠에서
깨어나나봐.

그런데!

그녀는 생각했다.

아직 지난 5년 동안 한 번도 그를 애도해본 적도 없었던 것
같았다.

그 죽음은 압도하는 현실에 가려 보이지도 않았던 거야. 세
무 조사, 검찰 조사, 재판과 이혼 소송 사건들이 한꺼번에 태풍
이 되어 그녀를 덮쳐왔다.

복기를 해볼 엄두도 못 냈지 뭐야.

살아남은 것만 해도 다행이지.

그녀는 달려온 지난 길을 돌아보았다.

완전히 개처럼 쫓기고 있었으니까 말이지.

그런데 날 추격했던 것은 누구였던 거지? 나치에 추격당하던 발터 벤야민처럼 날 뒤쫓던 이들은 도대체 누구였던 거지? 하긴 도처에 개들은 있으니까.

벤야민이 죽고 난 다음에 남은 약간의 프랑과 미국 달러는 그의 장례비용으로 쓰였다지. 이상하게 그 모든 내적인 고민과 고통의 물리적 원인은 결국 돈으로 계량되었던 거지. 지금도 그녀는 아직 다 납부하지 못한 세금 때문에 아침마다 빌어먹을!이라는 중얼거림으로 잠에서 깨어난다.

모든 조사와 은근한 협박과 공포를 생성시키던 과정은 돈! 세금이라는 변증법적 결과로 귀착되었잖아. 벤야민이 손에 꼭 쥐고 있었던 몇 푼의 프랑과 달러처럼.

자본의 유령.

아직도 다 납부하지 못한 국세가 나치의 비밀경찰처럼 그녀의 등을 채찍질하면서 쫓아왔다. 재판은 1년 징역에 4년간 집행유예로 결론났지만 값싸게 흘러가버린 시간은 또 어떻고!

속절없었다.

지금도 누군지도 모를 그들은 그녀를 잡으려고 안간힘 써서 달려오고 있다. 몇 달 전 겨우 집행유예에서 벗어났다는 것이 약간의 안도감을 선사하긴 했지만 그동안은 친구의 죽음을 애도할 여유도 마음도 남아 있지 않았던 것이 자연스러운 일인지도 모른다.

살을 물어뜯으려고 달려드는 개 떼들에게 쫓기다가 마치에메랄드빛 지중해를 선물로 받은 것 같았단 말이지. 지금 이 푸른 지중해를 끼고 해안 길을 달려갈 수 있는 이것만이라도 행운이라고 그 모든 운명의 결과에 대해 감사를 표해야 할지도 모르지. 창가를 줄곧 따라오는 바다 빛이 너무 눈부셔 그 물 속에서 헤엄치거나 배를 타고 있다는 착각이 든다.

상처투성이의 삶.

여기저기가 부서지고 돛도 찢어진 쪽배를 타고 항해를 하고 있는데도 날씨는 쾌청이라고 할까.

이틀 전 그들 일행은 서울을 떠나 바르셀로나에 도착했다. 공항에서 그들을 맞은 새하얀 50인승 메르세데스 벤츠는 아침에 바르셀로나의 몬주익 정원 공동묘지를 시작으로 그들을 싣고 지중해의 푸른 바닷길을 달려가고 있다.

이제 막 피게레스를 통과 중이다. 빨간색과 흰색의 유도화가 만발해 있고 산등성이마다 라벤더, 로즈메리, 올리브 나무며 포도밭이 즐비했다. 살바도르 달리의 고향인 피게레스를 지나면 바로 스페인과 프랑스 국경도시 포르부에 다다른다.

그곳에는 발터 벤야민의 무덤이 그의 일행을 기다리고 있었다.

그렇지. 이 아름다운 바다를 순항하고 있는 듯한 여로야말로 그녀가 친구인 노무현에게 바칠 수 있는 최고의 애도일 거야.

비문일 거야.

메소포타미아와 이집트까지 이어지는 푸른 길, 신화들의 통로, 문명화된 인간들의 놀이터를 따라… 80년대 초 그녀는 난생처음으로 지중해를 보았고 마음속 깊이 촘촘한 지도를 새겼다.

오랫동안 그녀가 무심코 세계라고 불렀던 곳 유럽. 한반도의 남쪽에 갇혀 있던 그녀는 전두환이 여행자유화를 선언한 덕분에 안기부에 가서 반공교육을 이수하고 낭만적으로 그리던 그곳에 갈 수 있었다. 파리를 경유하여.

처음 유럽 파리의 샤를드골 공항에 내려 택시 기사에게 말했다.

"미라보 다리로 가주세요."

'미라보 다리 아래 센 강이 흐르고 사랑도 흘러갈' 것이며 아름다운 교회에서는 종소리가 울려퍼질 것이었다. 그런데 놀랍게도 미라보 다리는 그냥 평범한 철교였다. 예쁘지도 않았다. 아폴리네르는 왜 미라보 다리를 시로 썼을까. 왜 이 시를 그토록 애송했을까 말이다.

에펠탑에 관한, 미라보 다리에 관한 오해들을 발터 벤야민은 친절하게 풀어주었다. 철과 전기와 페니실린의 시대, 욕망을 자라게 했던 시대의 수도 파리를 발터 벤야민의 가이드가 없었다면, 그의 아케이드 프로젝트가 없었다면 어떻게 받아들였을까.

이제 여행 이틀째다. 이젠 그때보다 많이 침착해졌지. 여전히 노무현은 잊히지 않고 지금부터는 더 길게 오래 살아남을 거야. 그럴 것이야.

그녀의 뇌리 속에서 이 두 사람의 생과 죽음이 서로 칵테일되어 섞여들었다. 1940년 국경을 넘어가지 못한 발터 벤야민은 이 포르부에서 모르핀으로 자살을 했다. 자살, 유대인, 고졸, 혁명아 같은 말들이 셰이커에서 서로 섞이는 알코올들처럼 어울려서 마시기 좋은 칵테일주가 되는 것 같았다.

종이에 잉크가 마르듯이 노무현의 비통한 죽음이 뿌린 핏자국도 그 죽음으로 인해 흘렸던 눈물도 그렇게 건조될 시간이 최소한 필요했는지도 몰라. 5년이 흐른 지금이 그를 애도하기에 가장 좋은 계절인지도 모른단 말이야.

그녀와 일행들은 버스에서 내려 혼자 혹은 두셋이 어울려 포구 언저리에서부터 가파르게 경사진 언덕길을 따라 코스타 브라바 해안 절벽으로 향했다. 그 언덕에 발터 벤야민이 누워 있는 공동묘지가 있었고 그들이 꼭 보기로 한 대니 카라반의 기념비가 있을 것이었다.

그녀는 슬리퍼 때문에 일행들보다 약간 뒤처져서 혼자 걷고 있었다. 운동화가 물에 젖어 뒷굽이 약간 있는 가죽 슬리퍼를 질질 끌면서 올라갔더니 발등이 불편했다. 찰카닥찰카닥하면서 규칙적인 마찰음을 내는 슬리퍼 소리는 음절이 반복되는 음악의 악절처럼 규칙적인 발소리를 만들어냈다. 불룩 튀어나온 발등 부분의 살갗이 조금씩 충혈되고 따갑기 시작했다.

아! 일회용 반창고라도 있으면 좋으련만!

언덕 위 공동묘지 입구에 이르렀다. 노무현 묘역의 코르텐 스틸로 된 곡장 같은, 붉은 철제로 된 네모 상자 같은 구조물이 하나 있었다. 이게 바로 대니 카라반이 만들었다는 「통로」라는 작품이로군. 먼저 언덕을 올라간 사람들이 그 네모난 통 속을 들여다보고 있거나 그 구조물 속에 만들어진 층계 속으로 들어가 사라졌다. 그녀도 그 사각 입체로 다가가서 그 속을 들여다보았다.

바다를 향하여 가파른 층계가 댕강거리는 사다리처럼 드리워져 있었다. 그 끝은 짙푸른 아름다운 지중해 바다였다. 터키석 같고 에메랄드 같은 죽음으로 가는 통로였다. 죽을 때 남기는 한마디의 비명이었다. 실제로는 절대 일어나서는 안 되는 불가능한 경험이 온몸을 사로잡는 것이었다.

그녀는 그 구멍 속으로 발을 내딛고야 말 것 같은 충동과 두려움에 몸을 떨면서 층계를 하나씩 내려가기 시작했다. 층계는 맨 밑부분의 삼분의 일 정도를 남겨놓고 중간에 끊겨 있었다. 바다를 향해 거의 수직으로 가파른 층계가 끝나는 지점에서부터 그녀의 존재는 깊은 수심으로 강력히 당겨지고 있었다. 그 구멍을 잠시 들여다보는 것만으로도 바닷속으로 육체가 투신될 것처럼 느껴졌다. 아니 마음이 먼저 던져진다. 순간적으로 투신과 익사와 절규를 향한 강한 욕망이 생성되는 것이었다.

이 작품의 이름도 물론 발터 벤야민의 미완성 작품 『파사젠베르크』에서 따왔을 것이다. 이승과 저승이 갈라지고 바다와 육지가 갈라지고 절망과 환희가 갈라진다. 그녀의 마음은 이 순간 부엉이바위에서 투신하는 노무현과 조우했다. 그가 꿈꾸던 것들이 이 세상에서 실제로 이루어질 것이라는 헛된 희망을 언감생심 갖지는 못했다. 다만 세상에 이 불가능한 일을 이루어내려는 영혼이 존재했고 그 영혼의 몸부림과 절규가 그녀 내부로부터 생에 대한 빈정거림과 부정과 멸시를 잠시 걷어내갔던 적이 있었을 뿐이다.

양심의 깊은 곳에서 울려왔던 순간적 응답.

마치 강력한 바이러스에 급성으로 전염된 것처럼 말이야.

그녀에게 애당초 노무현은 혁명아의 한 초상이었다.

그 장면은, 아니 그의 존재는 실재했다고도 말할 수 없고 그렇지 않다고도 할 수 없는 환상 반 실제 반의 모호함으로 그녀의 기억 속에 남아 있다. 그래도 아직까지 뜨겁게 피가 뛰고 있을 때였어.

30대의 막바지에 들어선 그녀는 당시에는 스스로 너무 오래 살았고 늙은 듯이 느껴졌다. 이제는 심장으로부터 인생에 매혹당할 일이 아무것도 없을 것 같았고 누군가를 위해 무모하게 흘려줄 피도 다 빠져나가 없어진 것 같다고 느꼈다. 그냥 그대로 청춘이 사그라들까 두려움에 떨었다. 이대로 살다가는 마흔을 훨씬 넘겨서까지 여태까지처럼 박정희도 참고 전두환도 참고 노태우도 참았던 것처럼 한 번도 청춘인 적이 없었던 것처럼 침묵하며 살까봐 인생이 그렇게 끝나버릴까봐 조바심이 났는지도 몰랐다.

노무현은 어쩌면 그러한 마음의 단순한 투사投射일지도 몰랐다.

그래서 이 혁명아에 대한 환영은 실제의 노무현과는 전혀 상관도 없고 더구나 이후 현실에서 만나게 된 노무현과는 완전히 다른 존재라고 할 수밖에 없을지도 모른다. 영화 속의 한 장면이나 마찬가지였다. 어쩌면 그는 그녀의 환상 속에서 혁명아의 역할을 맡은 배우였는지도 모른다. 그녀의 영혼은 그때나 지금이나 자유롭게 몽중夢中에 떠도는 젊은 예술가지만 단 한 번 그때 생애 처음으로, 어쩌면 마지막으로 봉기하는 시민의 일원이 되어 그를 보게 되었던 것이다.

6월혁명.

너무 오래 그녀 자신만의 방에서 살아왔기에.

너무 오래 지하실에서 살아왔기에.

그녀의 두 입술은 냉소만 배웠다. 권태를 견뎌내며 움츠리고 지내던 육체에는 기름기만 번들거렸다. 더 늦기 전에 자신의 삶으로부터 냉소와 기만과 권태를 떼어 던져버리고 어디론가 진짜 거리로 사람들 속으로 나가고 싶은 충동에 얼마나 사로잡혔던지.

그녀 자신의 내면에 혁명의 피가 필요했던 건지.

사실 뒤돌아보면 6월혁명이 한국사회에 가져다준 정치적 전리품이라야 별거 없었다.

노태우가 했던 6·29선언 달랑 한 개.

지금 생각해보면 겨우 대통령 직선제 하나 얻었는데 너무 많은 희생을 했던 거다. 속았던 거지. 어떻든 그때는 나 같은 게으러빠진 개인주의자조차도 체 게바라를 꿈꾸고 스파르타쿠스를 원할 만큼 세상도 정치도 완전 개판이었던 거다. 아니면 어리석게도 상황들이 희망적이라고 잠시 착각을 했던 건지. 물론 세상이란 언제나 개판인 거지만 말이다.

그때가 어떤 시기였냐 말이다.

서울대생 박종철이 탁 치니 억 하고 죽은 지 5개월이 흐르고 있었고 연세대생 이한열이 최루탄에 맞은 지 겨우 9일째 되던 날이었다. 그녀 개인은 위태롭고 권태롭게 결혼 13년차를 지나가고 있는 중이었다.

신분은 전업주부, 낭만적 전업시인. 독자적 경제활동은 제로라고 할 수 있었다. 어느덧 중산층의 상층부로 진입해 들어간 그녀는 여름날 복숭아 짓무르듯 농밀하게 무식해져가고 있었다. 물론 이 말에는 그녀의 겸손함이 고스란히 담겨 있다고 할 수 있다.

그녀에게도 다른 모든 세상의 주부들처럼 인생은 힘든 것이었다. 개업의사의 마누라로 산다는 것은 끔찍했다. 내조라는 영역에 포함된 모든 노동은 그녀를 지치게 했고 만성적인 감기에 시달리게 했으며 그녀를 두통으로 짜증나게 만들었다. 버지니아 울프는 말했지.

"여자가 작가가 되려면 그녀 혼자만의 방과 혼자서도 살 수 있는 유산이 필요해."

그녀는 5공이 시작되자마자 스스로를 파리로 망명시켰다. 지하에 그것도 한국과 가능하면 가장 먼 곳에다가 혼자만의 방을 만들고 어쩌면 영원히 망명상태에 있으려고도 했다. 그러다가 한국으로 돌아온 지 약 1년 정도 지난 뒤였고 그녀 나이 마흔도 되기 전이었다.

그런데 말이야, 그때는 왜 그렇게 늙어 나자빠졌다고 생각을 했는지.

거울을 보면 아랫배로 모여들어 있는 잉여 영양분과 축 늘어진 육체와 권태에 찌들기 시작하는 얼굴밖에 없었어. 그러고 보니 이 장면에서 시인 하일을 떠올리지 않을 수 없군. 세상으로부터 은퇴해버린 지하생활자처럼 살고 있었던 그녀에게 거리로 나가라고 세상으로 나가라고 부추겼던 하일 말이다.

그녀는 한때 자신이 하일이란 시인을 알았다는 것과 그와 노무현 사이에 그런 중간적 존재들이, 아니 존재라기보다는 어떤 우연들이 무수히 끼어 있었다는 것을 기억해냈다.

완전히 까먹고 있었다. 하일은 지금 어떻게 되었을까. 어쩌면 이미 죽었을지도 모른다. 아마 그럴 거다. 살아 있다는 소문도 죽었다는 소문도 듣지 못하고 수십 년이 흘러가버렸지만 또 그동안 여태 한 번도 그의 안부를 궁금해한 적도 없었는데, 완전 잊고 살았는데 말이다.

간경화증으로 임신한 여자처럼 불룩하게 복수가 차 있던 하일의 얼굴이 떠올랐다.

부산, 그녀의 고향인 항구 도시. 6월혁명 때의 그곳은 정말 미친 도시였다.

그래도 멋있었어.

그때의 부산이 그리워.

아직 YS가 3당 합당을 결심하기 전의 야도野都 부산을 그렇게 그리운 마음으로 복기해보려니 자연히 잊고 있었던 사람들까지 떠오르는 것이었다.

1987년 6월 18일 그날 그녀는 처음으로 노무현을 보았고 그를 마음속에 혁명아의 한 표상으로 깊이 새기게 된다. 물론 그때 그는 이미 부산에서는 널리 알려진 스타급 인물이었고 그녀도 그에 대해서는 다른 부산시민들 정도는 알고 있었다. 그녀가 도망치듯 프랑스로 떠나기 전에는 부림사건으로, 미국문화원 방화사건으로, 한미은행 사건으로 노무현은 뉴스 지면을 자주 장식했다. 그녀가 귀국해보니 연일 그에 관한 소문이 화려해져 있었다. 그리고 재야에서 구전되는 소문의 대부분은 하일을 통해서 그녀에게 전달되었다.

그녀는 왜 하필이면 6월 18일 그날 그곳에 있었나?

그것도 하일 때문이었다.

그날 오전 부산 동래구 낙민동의 우리들병원 복도에서 그녀는 시인 하일과 마주쳤다. 당시는 매일 아침 하일의 얼굴을 보는 것이 일과였다. 그녀가 병원에 가면 어디서 숨어서 엿보다가 우연히 마주치는 것처럼 하일이 나타나 말했다.

"차 한 잔 할까?"

하일이 그녀를 위해 해주는 일은 병원 매층 복도에 배치된 자판기에서 믹스커피를 뽑아다주는 것이 전부였는데 그는 그 일을 마치 숙련된 웨이터가 비싼 케이크라도 갖다 바치는 것처럼 정성껏 매너 있게 하는 것이었다. 하일은 그 전해부터 내내 무료로 우리들병원 1인실에 장기 입원을 하고 있었을 뿐만 아니라 병간호를 한다면서 드나들던 그의 가족들이 어느 날 살림을 통째 옮겨와 살고 있었다.

간경화증으로 진단 났던 하일에 대해서는 실제로는 꾀병이라는 소문도 파다했다. 전·월세 살던 집에서 세를 못 내 쫓겨나 그녀를 꼬드겨 우리들병원에 환자로 위장 입원을 했다는 소문도 많았다. 배가 남산만하게 부른 그의 간경화증 진위 여부가 그녀 자신도 너무나 궁금해서 하일의 간 기능검사를 검사실에 정기적으로 요청하기도 했다. 그의 간 기능 수치는 실제로도 좋지는 않았다. 그러나 중증의 간경화증인지에 대해서는 의사들 사이에서도 의견이 분분했다. 그에게 악의가 있는 사람들은 일부러 그녀에게 와서 고자질하기도 했다.

"하일이 군 면제를 위해서 간 기능을 떨어뜨리는 방법을 사용해서 그 자신뿐만 아니라 가족들의 생계를 우리들병원에서 해결하고 있습니다."

그녀는 어떻게 하다 자신이 하일의 생계를 얼떨결에 떠맡게 되었는지 의문스러웠고 그렇게 되어서 병원에서 하일의 얼굴과 매번 마주치는 것이 거북했다. 그러나 그는 세헤라자데처럼 입담이 뛰어나 한 번 붙잡히면 아라비안나이트의 이야기들처럼 부산 재야인사들의 무용담이나 자신의 어처구니없는 모

험들을 멋지게 각색해서 들려주었다. 그러면 가끔은 그녀 자신도 모르게

"순 공갈인데 안 들어야지."

하면서도 어린 아이 때 옛날이야기를 듣는 것처럼 넋이 나가서 그의 이야기에 빠져들 때도 있었다. 했던 이야기가 반복되기도 했지만 그가 이야기를 연결해가는 방식은 독특하고 재밌었다. 아이 둘과 부부가 병원에서 생계를 완전히 해결하고 있어서 그 가족들을 몰아낼 배짱도 없었다.

하일은 1945년생으로 미당 서정주를 멘토로 삼아 서정시를 써오고 있었는데 그해 6월항쟁 전후로 갑자기 부산의 대표 재야시인으로 등극을 해버린 참이었다. 극도로 가난하고 현실적으로는 완벽 무능한 서정시인이라는 존재감 자체가 프롤레타리아 시인을 찾고 있었던 민중계의 입맛에 딱 맞았다. 암튼 그에게는 프롤레타리아 시인의 대표성이 있긴 했다. 그러나 그녀는 그보다도 민중문학 계열에서 그를 어느 정도 경제적으로 도와주는 게 생활비를 벌어야 하는 그를 민중시인으로 행사하게 하는 것이 아닌가 하는 짐작을 하고 있었다.

그는 가능하면 병원에 장기적으로 입원해 있기 위해서 그녀의 거동을 면밀히 살피고 그녀가 좋아할 만한 달콤한 찬사를 적당히 늘어놓는다. 그는 그의 간이 우리들병원의 친절한 노력과 치료에도 불구하고 회복기미를 보이지 않는다면서 입원기

간을 더 연장해달라고 요구하곤 했다. 그녀도 퇴원하면 딱히 갈 데도 없어 보여 그와 가족들이 병원 안에서 살림 사는 것을 모른 척 묵인해주고 있었다.

당시 하일이 민음사에서 낸 시집 제목은 『주민등록』인데 그 안에 「오직 유능할 뿐」이라는 시가 있었다. 한 가장이 얼마나 철저하게 무능하면서도 가족들에겐 또 오로지 유능해야 하는 지, 어떻게 무능한 가장이 식구들이 먹고살 돈을 마련할 수 있 는지에 대한 시적 백서였다.

그녀는 그에게 이렇게 말을 바꾸라고도 했다.

"식구들을 먹여 살리는 게 아니라 가난한 시인이 어떻게 미 인을 마누라로 데리고 살 수 있나?"

지금도 생각해보면 그의 젊은 부인은 정말 미인이었다. 시 는 쌀값이 떨어지면 슬쩍 택시에 몸을 부딪쳐 30만 원을 받아 내 돼지고기 사고 계란 사서 집에 들어가면 한없이 예쁘고 무 능한 마누라와 아이들이 이 유능한 남편과 아버지를 기다리고 있다는 그런 내용들이었다.

하일의 시 한 편 정도는 외울 만큼 많이도 들었다. 그러나 인용해보려니 하나도 떠오르지 않는다. 그가 구식으로 감정을 잡고 낭송하는 것을 즐겼기 때문에 수도 없이 들었건만.

그녀는 그의 극도의 가난함 자체에 일종의 원죄와도 같은 죄의식을 갖고 있었어. 병원 원장의 마누라라는 것이 서부개척

시대의 보안관처럼 무소불위했지. 하일에 대한 근원을 알 수 없는 이상한 죄의식 때문에 척추전문병원인 우리들병원에 그를 입원시켜놓고 그렇게 장기간 뭉기적거리게 했다니!

그녀가 생각해봐도 그런 의식은 논리에 맞지 않았다. 남편이나 직원들의 불평에 화를 내기도 하면서 타자의 가난함과 뻔뻔함에 대해서 얼마나 오래 잘 견딜 수 있는지 한계를 시험하려는 듯이 하일과 그의 가족들이 병원에 기거하게 내버려두었던 것이다.

하일이 없었다면 어쩌면 노무현과 얽히지 않았을지도 몰라. 그날 아침 노무현을 보러 서면 로터리로 함께 나가자고 그가 종용하지만 않았더라면 말이야. 그날 그토록 친절하고 부드럽게 유혹하는 투로 조르지만 않았다면 말이다.

"오늘 오후에는 노무현 변호사도 나온대. 나도 한복으로 갈아입고 갈 거야. 김수경 시인! 우리 함께 가자."

사실 그 며칠 전 '재야시인 하일, 수영만에서 시낭독'이란 제목의 국제신문과 부산일보의 컬러판 전면 기사를 읽고서야 그가 재야시인이라고 불린다는 것을 알았다. 하일이 하얀색 모시 한복과 여름용 두루마기를 걸치고 양팔을 벌리고 서서 시를 낭송하는 장면이 찍혀 있었다.

그녀는 운동권 문학에 냉소적이었다. 하일이 재야 민중시인이라고 불리는 것에 대해서는 더욱 그랬다. 하일에게 직접 면박도 주었다.

"요즘엔 시인도 계급으로 분류하네. 단지 돈이 너무 없다는 이유로 민중시인으로 둔갑하나? 자기가 무슨 박노해라고!"

그러면서 한마디 덧붙였다.

"웬 한복? 며칠 전에 신문에 대문짝만하게 날 때 입은 그 모시 두루마기 말이야?"

그는 고개를 끄덕끄덕하면서 계속 졸랐다.

"김수경 시인, 우리 함께 가자."

그녀는 가타부타 말없이 가만히 있었다.

그녀는 하일과 함께 서면 로터리로 나가서 민중시인이며 재야인사라고 자처하는 사람들을 만난다는 상상을 하니 몸이 오그라들고 겸연쩍었다.

하일이 말했다.

"노무현 변호사는 무엇보다도 글을 잘 써. 야! 정말 잘 쓰더라. 지난 2월 부산민주시민협의회 상임위원인 김광일, 문재인, 노무현… 물론 알겠지만 나도 부산민주시민협의회에 소속되어 있지. 부산극장 앞에서 고문으로 죽은 박종철 노상 추도회를 열었는데 내가 추도시를 낭송했고 노무현 변호사가 추도사를 했어. 김수경 시인도 꼭 그런 글을 한 번 들어봐야 하는데… 경찰이 최루탄 쏘고 이리저리 몰려가고 몰려왔지. 나는 막무가내로 나 잡아가라 했는데도 안 잡아갔고 노무현과 김광일, 문재인은 잡아갔어. 그리고 구속영장이 청구된 거라. 검찰의 목적은 김광일도 아니고 문재인도 아니고 노무현 변호사 한 사람뿐이야. 부산 변호사들이 아주 난리가 났지. 김수경 시인이 프랑스에 가고 없는 동안 노무현은 정말 멋지게 뛰었거든. 남자인 내가 봐도 완전 멋지다 아이가. 이놈들이 나는 잡아가지도 않고 말이야."

"하일이 잡혀갔다면 하일이 영웅이 되는 건가? 그런데 잡혀간 노무현 변호사는 어떻게 되었는데?"

"궁금하제? 내 빨리 자판기에서 커피만 빼오고 나서 마저 이야기해줄게."

하일은 복도로 나가 자판기 커피를 두 개 뽑아와서는 그녀에게 잡지 한 권과 함께 내밀었다. 두세 달 지난 월간조선이었다. 조갑제 기자가 쓴 기사 부분이 세모로 접혀 있었다. 하일이 말했다.

"이거 한번 읽어봐, 김수경 시인. 물론 나도 그 자리에 있었지만… 지난번 박종철 추모회에서 말이야, 노무현 변호사는 추도사를 했는데 경찰이 최루탄 쏘고 난리 났었잖아? 그런데 말이야. 부산지법 한기춘 판사가 증거인멸 및 도주우려가 없다는 이유로 영장을 기각시켜버렸다는 거야. 검찰은 이들 넷 중에서도 유독 노무현만은 구속시키려고 눈알이 벌겠지. 그래서 집시법 위반 죄목에다 민가협민주화실천가족운동협의회이 결성될 때 노무현이 경찰의 저지에 항의해서 몸싸움을 하고 길바닥에 드러누워 시위한 것까지 얹어서 검사 밑에서 꼬붕을 했던 부장판사에게 구속영장을 한 번 더 청구하게 했어. 변호사협회 유택형 인권위원장과 하경철 변호사가 서울에서 부산으로 내려와 변호사의 인신구속을 이렇게 할 수 있느냐고 항의했다는 거야. 그 바람에 윤우정 판사는 영장을 기각도 안 하고 발부도 안 한 채 그냥 사라졌는데 집에도 안 들어가고 없어져버렸어. 당황한 검찰은 재청구 영장에 사인할 수 있는 홍일표 부장판사에게 직무대행을 부탁했지만 그도 구속영장에 사인하지 않았다는 거지. 결국 노무현 구속영장은 네 명의 판사를 거쳐도 발부되지 않았다고 이 사건에 대해서 조갑제 기자가 재미나게 써놨어."

지금도 생각하면 하일이 그해 2월 그곳 광복동 부산극장 앞 현장에서 진짜 추도시를 낭송했는지 아닌지는 잘 모르겠고 우리가 알고 있는 조갑제가 그 기사를 쓴 조갑제인지도 모르지만 어쩌면 지금 이 시대에 진짜 시인이 되려면 그렇게 철저히 무능할 수밖에 없다는 생각도 든단 말이지. 박종만이나 천상병이나… 당시 부산에 있을 때 그녀가 가장 좋아하던 기자가 조갑제였지. 그리고 조선일보에도 그런 기사가 실리기도 했지.

모든 것이 분화되기 이전이었다. 박숙자가 사진 찍고 조갑제가 쓰고. 노무현과 문재인이 그리고 그녀 자신이 그곳에 있었던 부산 시절… 생각하다보니 그녀는 그 시절이 한없이 그리워졌다.

이런 모든 것이 3당 합당 때문에 없어져버린 것이다. 야도 부산의 매력과 기질은 그렇게 핵분열을 해버렸던 거지. 그리고 욕망이 들끓고 극우파들이 득시글거리는 도시로 변해버렸던 것이다.

하일은 두 팔을 벌리고 공중에 휘저으며 말했다.

"아! 이 변호사라는 직업이 이렇게 멋진 줄은 난 미처 몰랐어. 그리고 판사들도 정말 멋져."

그녀도 그렇게 느꼈다.

마치 『영웅문』을 읽는 것같이 쾌감을 느꼈다.

부산극장 앞에서 최루탄 쏘고 맞으며 밀고 밀리고 하다가 잡혀가는 변호사들, 마치 무협지의 전투 장면처럼 멋지지 않은가. 지금도 그런 장면을 상상해보면 가슴이 뛴다.

물론 그날 6·18 이전에도 몇 번인가 시위가 주로 벌어지는 서면 로터리로 나가보긴 했다. 그러나 그녀는 사람들 속에 끼어들어 그들의 일원이 되기에는 너무 수줍었다. 구경만 하면서 옆길에 엉거주춤 서 있었다. 그들 속의 한 사람이 되어 구호를 외치며 함께 걷고 싶었지만 그 안까지는 다가갈 수 없었다.

그녀의 남편 이상호는 시위대에 휩쓸리면 위험하니까 자신이 그녀를 보호해야 한다고 함께 따라나섰다. 멀찌감치에서 그녀를 관전했다.

그녀는 망설이고 있었다. 망연히 인도에 서서 밀려가고 밀려오는 인파들에게서 뿜어져나오는 거대한 에너지에 압도당하면서도 그녀는 내내 구경꾼이었다. 최루탄 가스에 눈이 따가워 이면도로에 있는 작은 식당에서 수돗물을 받아 두 눈을 씻어내고 행진하는 대열 속으로 들어갈까 말까 망설이면서 우왕좌왕했다.

6월 18일은 그녀 혼자 서면 로터리로 나갔다.

남편은 환자를 봐야 했고 아침에 만난 하일의 말에 고무되어 혼자 서면으로 나가봤던 것이다. 당시의 상황은 공산권의 몰락이 다가오고 있다는 것을 알 만한 사람들은 다 아는 때였다. 노동 해방의 유토피아가 세계지도 위에 이름을 새겨넣을 수 있는 가능성은 제로라는 것도 알 만한 사람들은 다 알아채버린 그런 시점에 하필이면 그녀는 생애 처음으로 그녀 자신만의 방을 걸어나가 군중 속으로 걸어들어갔다.

박종철과 이한열, 일면식도 없던 이 두 청년의 유령이 마침내 그녀의 인생에도 깊디깊은 영향력을 미치게 되었던 건지 노무현 때문이었는지 알 수 없는 운명의 힘이 그녀 인생의 방향타를 일시에 바꾸어버렸는지도 몰라. 개인적 자유를 지켜줄 벽도 없이 사방으로 열려 있고 너무 역동적이어서 순간적으로 무너져버릴지도 모르는 선동꾼들의 거리로 스스로 걸어나가게 된 날이었단 말이다.

지금 생각해도 그 순간의 열락悅樂은 대단해서 그때를 떠올리면 한없이 가슴이 뛴다. 어쩌면 온 생애 동안 막연하게 갈구해왔던 순간, 언제나 그런 순간을 맞이하기를 꿈꾸면서 지내왔던 것 같은 그런 순간이 뜻하지 않게 찾아온 거였다.

일종의 모멘텀인 거지.

항구적으로는 지속될 수 없는.

아마 노무현 자신도 그날 생애의 최고 절정을 경험하지 않았을까.

"1987년 6월 18일. 부산지역 시위가 절정을 이루었던 그날을 영원히 잊지 못한다. 연세대생 이한열 군의 희생에 항의하기 위해 국민운동본부가 '최루탄 추방의 날'로 정했던 이날. 성난 부산 시민들이 서면 로터리의 경찰 저지선을 무너뜨리고 범내골까지 진출했다. 드넓은 도로를 꽉 메운 시민들의 행진은 해운대의 거센 파도와 같았다.

이날 밤 부산 시위는 그 규모와 격렬함에서 서울 시위를 능가했다. 최루탄이 다 떨어져 경찰이 더는 시위하는 시민들을 향해 뭘 할 수 없는 지경에 이르렀다. 전두환 대통령은 계엄령 선포를 검토했다. AFKN에서는 주한미군과 군속의 외출을 금지한다는 뉴스가 나왔다. 밤에 군 병력이 투입된다는 소문이

나돌았다. 그러나 아무도 두려워하지 않았다.

　누군가 노래를 시작했다.

　「어머니」라는 노래였다.

　노래를 부르며 걸어가는 청년들의 뒷모습을 보면서 함께 걸었다.

　왈칵 눈물이 쏟아졌다.

　그들이 자랑스러웠다. 그들과 함께 이 거대한 민심의 폭발을 불러일으켰다는 자부심에 나 자신이 자랑스러웠다.

　　사람 사는 세상이 돌아와
　　너와 나의 어깨동무 자유로울 때
　　우리의 다리 저절로 덩실
　　해방의 거리로 달려가누나
　　아아 우리의 승리
　　죽어간 동지의 뜨거운 눈물
　　아아 이글거리는 눈빛으로
　　두려움 없이 싸워나가리
　　어머니 해맑은 웃음의 그날 위해."
　　– 노무현 자서전, 『운명이다』

　그게 뭐였나?

그녀가 그날 느낀 것은 완벽한 무정부적 자유의 상태, 어떠한 억압도 없고 모든 존재들 간에 차이가 있는데도 완전히 평등하고 국가와 개개인이 모두 무장해제한 완전 무절제한 그런 순간이 가능하다는 거였다.

　맞아. 이건 일종의 절정이라고 할 수 있어. 중력이 싹 빠져나가버리고 한없이 가벼워진 내가 스펀지로 흡수당하는 물기처럼 군중 속으로 빨려들어간 거지. 그러면서 너무나 재빠른 속도로 다시 부풀어오르기 시작하는 것이었어. 엘리아스 카네티는 "군중의 기본적인 역동성은 신속하면서도 무제한적인 성장을 향한 충동"이라고 했던가.

　비록 잠시였지만 그녀는 혁명적 열정에 사로잡혀 시위하는 군중 속으로 자신의 존재를 팽창시키며 시위대의 본류에서 멀어지지 않기 위해 몸을 밀어젖히면서 안으로 깊숙이 비집고 들어갔던 것이야. 그러다보니 시위대 반대편에서 시위대 쪽으로 거꾸로 다가간 처지가 되었다.

　얼마나 많은 인간들이 혁명이라는 가시적인 불빛을 향하여 부나비 떼처럼 자신들의 인생을 헌신짝처럼 내던지며 불살랐던가 말이야. 인류가 시도했다가 실패하고 또 시도하려 했던 그 모든 혁명들의 영속성에 대해서 생각하며 그녀는 자신도 모르는 새 밀려들어가 그 중앙에 서 있게 되었던 거야.

　볼셰비키며 마오쩌둥, 호메이니, 프랑스혁명… 개개인들의 비참한 조건들을 향상시키고 헤아릴 수 없이 많은 이런저런 이유로 자유를 위해서 평등을 위해서 억압에서 벗어나기 위해서 몸과 마음의 안식을 위해서 인간들은 얼마나 많이 피를 제물로 바쳤던가.

불타는 사랑처럼 속절없이 순식간에 사라지더라도 말이야.

그게 당연한 거지.

암튼 실패한 혁명들의 공허한 구호와 뜨거운 입김이 혼재하고 있는 어지러운 발자국들 속으로 들어가면서 그녀는 생각했다. 이 군중들 너머에 있는 정치적 형식을 모두 무시하고 이 순간 완벽한 무절제와 완벽한 평등, 이 자체가 바로 삶의 목적지인지도 모른다고. 정당의 구성, 투표, 정부의 형태, 이런 건 모두 다 부차적인 것에 불과하다고.

그렇게 광범위하고 다양하게 형성된 부산 시민들의 모습을 처음 봤다. 그들은 아주 단순하게 구호를 외치고 있었다.

호헌철폐! 독재타도!

한마디로 그들의 대통령을 그들 스스로 직접 투표로 뽑겠다는 것이야. 그들은 일견해도 수십만에 이르고 있었고 한 도시를 구성하는 모든 종류의 인간이 한곳에 모여 있었어. 학생들, 인근의 소상인, 노동자, 부랑자, 이용사, 미용사, 주부, 포주, 매춘부, 소매치기, 도둑, 공무원, 심지어 군인과 경찰까지도 한데 어울려 마치 개개인이 춤을 즐기듯이 어느 곳인가를 향하여 전진하고 있었어.

그녀의 눈에는 그들 모두가 그 순간에는 스파르타쿠스였고, 체 게바라처럼 개개인의 존재가 황홀하게 빛났단 말이지.

지금도 눈을 감으면 그 장면이 하이라이트로 뚜렷이 재생된다는 말이지.

그들 시위대의 맨 앞 중앙에 노무현이 서 있었다.

짙은 안개처럼 퍼져나가는 최루탄 속에서.

바로 눈앞에서 노무현이 두 팔을 허공을 향해 벌리고 뭔가 소리치며 서 있었다.

거꾸로 시위대를 향하여 다가간 그녀의 맞은편 아주 가까이에 그가 서 있었다. 그들은 서면에서부터 범내골로 내려오고 그녀는 오히려 서면 쪽으로 올라가고 있었다.

마주친 시간은 극히 짧았다. 짧은 순간 눈이 마주쳤다고 생각했다.

노무현과 그녀의 눈길이 한곳에 머물러 있다가 허공으로 흩어져갔다. 최루탄 안개 속에 녹아 없어져버렸다. 매캐한 공기에 흘러내리는 눈물 때문에 보이지 않았던 건지.

이해와 수용.

그녀는 순교자처럼 거리에 서서 포효하고 있는 사내가 노무현이라는 것을 금방 알아챌 수 있었다. 프랑스로 떠나기 전 81년도 부림사건, 미문화원 사건, 또 지난 2월의 박종철 고문 치사사건 때 신문에 실렸던 얼굴이 기억났다. 한 번도 만난 적은 없었지만 그가 바로 노무현이라는 것을 알 수 있었다. 진짜 그녀를 그곳으로 가게 했던 이유가 하일이

"오늘 노무현 변호사도 나옵니다."

라고 말했기 때문인지 아니면 혁명에 대한 막연한 이끌림이었는지 확실하지 않지만.

그녀는 바로 그곳에 있었다.

단순하고 명백하게 그곳에 존재했다.

물론 이 순간의 노무현이 그녀의 뇌리 속에 한 혁명아의 초상으로 깊이 새겨지게 된 사건은 무엇보다도 그녀의 심리가 자가 발현한 이미지였을 것이다. 실제의 노무현과는 거리가 멀 수도 있지만 그 이미지는 그가 죽은 지 5년이 흐른 지금까지도 그녀 개인에게 가장 결정적인 이미지로 오래 남아 있는 것이다. 노무현의 키가 컸는지 작았는지 어떤 옷을 입고 있었는지 기억나지는 않는다. 다만 그는 그곳에 있었다.

그녀는 그때 비로소 수줍음에서 벗어나 사람들 속에 끼어 행보를 시작했다. 아침에 서랍 맨 위에 있던 것을 무심코 입었지만 확실하게 혁명을 내포하는 체 게바라 티셔츠를 입은 것이 기분 좋게 느껴졌다. 그리고 편했다. 체 게바라 티셔츠를

입은 시위대의 몇몇 사람과 눈이 마주치면 그들은 서로 입가를 올리며 겸연쩍은 웃음을 주고받았다.

친절한 미소. 찰나지만 완벽한 공유.

체 게바라는 이제 혁명의 보통명사가 돼버린 것 같았다.

사람들끼리 그렇게 미소지으며 눈을 찡긋거리며 지나가면서 서로 익살스럽게 묻는 것 같았지.

"우리 혁명 중!"

노무현을 포함한 시위대는 범내골을 뚫고 천천히 멀리 사라져가고 그녀는 한참을 그저 서면에 맴돌고 있는 인파 속을 부유하고 있었다.

황홀했다.

체 게바라 티셔츠.

파리에 있을 때 퐁피두 센터 앞에서 10달러 정도 주고 샀다.

거 왜 있잖아. 세계 어느 대도시에 가도 10달러, 20달러에 살 수 있는, 체 게바라의 얼굴이 앞면이나 뒷면에 프린트되어 있고 Viva Che! 혹은 Revolution이라는 글자가 커다랗게 프린트되어 있는. 그녀는 영감에 가득 차서 군중들이 만들어내는 에너지에 고무되어 아직 엔딩을 못 하고 있었던 소설 『자유종』을 그곳 그 자리에서 오픈 엔딩으로 마무리하려는 생각을 굳히게 되었다.

그녀는 우두커니 그곳에 서서 그 순간을 기록하려는 생각을 하고 있었다. 그녀가 할 수 있는 일도 해야 할 일도 기록뿐이었다. 순진하기 짝이 없고 전략도 별로 없었던 데모였지만. 그녀는 자신이 실제 그곳에 있었다는 사실이 뿌듯했다.

아마 다시는 그런 유형의 인간을 만나지 못하겠지?

그럴 거야.

이런 말을 할 때는 언제나 강한 상실감과 그리움이라고 해야 하나.

그런 감정이 동반되어오는 거야.

마음의 저 밑바닥을 뒤집으면서 바람이 휘몰아쳐오는 거지.

하워드 패스트는 감옥에서 분노와 정의감에 차서 『스파르타쿠스』를 썼다는데 이렇게 혁명은 목도되고 정의되고 이야기로 부풀려서 증언되는 거지. 수많은 허구의 전설들을 덧붙이면서 말이야.

하워드 패스트가 스파르타쿠스에 대해서 썼던 글.

그가 바로 노무현이었다.

그녀에게는.

"가끔 아주 오랜 시간이 흐른 후, 몇백 년에 한 번씩 온 세상을 향해 외치는 사람이 나타나는 것이다. 몇 세기가 또 지나가고 세상이 계속 돌아가도 이 사람은 결코 잊히지 않는다. 바로 얼마 전 이 사람은 노예에 지나지 않았다. 그러나 이제 스파르타쿠스라는 이름을 모르는 사람이 어디 있는가.

지금 그는 5만 명이라는 군대를 지휘하고 있다. 어떤 면에서는 그 군대는 역사상 최강의 군대다. 가장 단순하고 소박한 의미에서 자유를 위해서 싸우는 군대다.

지금까지 수도 없이 많은 군대가 있었다. 그 군대들은 국가, 도시, 부, 전리품, 권력 또는 어떤 지역의 통제권을 두고 싸웠다. 그러나 여기 인간의 자유와 존엄성을 위해 싸우는 군대가 있다."

그날 노무현의 모습이 결코 잊히지 않는 한 편의 명화로 기억에 부조되었다. 나중에 현실의 대중정치인으로서 그를 다시 만난 이후에도 그 순간이 그에 대한 인상, 감정을 결정짓게 했던 것 같다. 몇 번이고 그 장면을 다시 리와인드해본다.

그녀는 서면 방향을 향하여, 그러니까 행진의 반대 방향에 서서 대로를 완전히 점거해버린 그들 반대로 다가갔던 것은 잘했다고 생각했다. 아무도 존재를 알아채지 못하는 그 공간에서 한 익명의 시민이 되어 느리게 더 느리게 춤추듯이 좀 더 가까이 그 장면을 보기 위해서, 아니 그들을 맞닥뜨리기 위해서. 이제 경찰 몇 사람만 형식적으로 최루탄을 쏘고 있을 뿐이었다. 모든 것들에 대한 무관심의 절정에 서 있던 그녀의 삶을 향하여 그가 자발적으로 점점 가까이 다가왔던 것이다.

노무현의 이미지는 최대 크기로 확대되었다.

실물 크기를 훨씬 능가하는 배수의 풀샷 클로즈업.

아무리 인상 깊은 장면도 현실 속에서는 금방 물거품이 돼 버리지. 아이들이 끈질기게 모래성을 쌓는 거나 마찬가지였던 것. 아무리 반복해도 결국은 사라져 어렴풋한 기억만 남기는 거다. 영화를 한 편 보고 다시 거리로 나온 것과 마찬가지였다. 사람들은 어떻게 그렇게 재빨리 일상으로 복귀할 수 있는지 신기할 정도로 마치 아무 일도 없었다는 듯이 서면 로터리에서 생업을 계속했고 거리는 평상을 되찾았다.

영화는 인상적인 기억만 남기고 사라지는 것, 그녀는 조금이라도 더 그 소요의 소용돌이 속에 머물고 싶었으나 아이들과 남편이 기다리는 집으로 돌아가야 했다.

그러나 영화 속의 주인공이었던 노무현이라는 인간에 대한 인상은 강렬했다. 그 강렬했던 첫인상이 지금 그녀에게 그 인간의 기원과 그 혈통의 계보까지도 거슬러 발굴하고 그의 모든 성공과 실패와 좌절의 유전인자를 식별하고 증명하려는 시도를 하게 하려는 것인가.

아니야. 그녀는 꼼꼼한 인간도 못 되고 그래서 누군가 다른 사람의 인생을 기록하고 그 위대한 인간에 대해 불멸의 기록을 남기려는 전기 작가도 아니란 말이야. 그날그날의 기억을 메모하고 비망록에 담아놓는 착실한 인간도 아니란 말이지. 또 그 놈의 6·29선언이 있자마자 모든 것은 순식간에 사라져버렸단 말이야. 달콤한 뒷맛만 남기고 입안에서 녹아 사라져버린 아이스크림 같았어.

그렇게 6월 18일의 절정은 저물고 또다시 어제와 오늘, 그리고 또 내일이 별반 다를 것도 없는 생활이 지루하고 허무하게 흘러갔다. 그 며칠 사이에 있었던 일이 마치 아무 일도 없었다는 듯이. 그럼, 모든 혁명의 끝은 허무한 거지.

그렇게 인상적이었던 그 장면을 뒤로하고 기억 속에 묻은 채 그녀도 거리에서 돌아와 원대 복귀했다. 칭얼대는 아이들을 돌보고 남편의 밥상을 차렸다. 우리들병원에 출근하면 지난 며칠 마치 아무 일도 없었다는 듯이 하일이 그녀를 기다리고 있다가 환자용 식사를 1인분 더 줄 수 없는지 혈액검사를 새로 처방해달라든지 하는 자질구레한 청탁을 했다. 여전히 자동차 보험 직원과 치료비를 흥정하고 제약회사 직원과 씨름했다. 일은 매일같이 산더미 같았고 아이들의 엄마일 뿐만 아니라 며느리였고 딸이었으며 올케며 시누이였다. 그녀를 필요로 하는 곳은 여기저기였다.

무엇보다도 서면 로터리 이후 얼마 지나지 않아 그녀의 아버지가 담낭암 진단을 받았다. 슬픔에 잠겨서 아버지의 임종을 기다려야 하는 처지가 돼버렸다. 그녀의 내면에서 불었던 태풍도 소멸했다. 개인적 슬픔에 빠져 허우적거리고 겉으로 보기에는 똑같은 일상이 반복되었지만 그녀에게 어떤 알 수 없는 미량의 촉매제가 들어와서 머릿속의 화학성분을 바꾸기 시작했는지도 몰랐다.

그날 베이징의 새벽 그 캄캄한 어둠 속에서도 조금씩 밝아오는 태양의 미미한 열기를 느낄 수 있었던 것이나 마찬가지. 그런데 승효상은 노무현의 죽음을 아니 그의 삶을 어떻게 해석했던 것일까. 묘역의 디자인을 맡으면서 그가 한 인터뷰를 읽었고 썼던 글도 읽어보긴 했는데 내용이 잘 기억나지는 않았다. 먼저 해가 뜨면 산을 내려가 다시 그 암적색 철벽부터 봐야겠군. 호텔 방 안에서 글을 쓰거나 책을 읽기에는 조명이 너무 어두웠다.

그녀는 아이패드를 켰다. 액정 모니터로부터 푸른빛이 전등처럼 밝게 떠오른다. 오랜만에 SNS 친구들을 위해 음악이나 하나 올려볼까 하는 생각을 했다.

"노무현 5주기를 만리장성에서."

라는 말과 함께.

『내 친구 노무현』을 쓰기 시작한 후부터는 지난 수년간 그녀의 유일한 글쓰기인 트위터도 페이스북도 갑자기 멈추어버렸다. 몇몇 친구들이 혹시 그녀에게 무슨 일이라도 생겼는지 궁금하다고 메시지를 보내오고 있었다.

호텔 전체가 프리 와이파이존이라 상당히 마음에 들었다.

무슨 음악을 포스팅할까 고민하다가 그녀는 아이튠즈 박스에서 포레의 「레퀴엠 제1악장」과 「제6악장」을 골랐다. 그런데 '올리기'가 안 되는 것이었다.

아, 참!

중국에서는 페이스북이나 트위터가 안 되는 줄 알고 있으면서도 매번 잊어버린다. 어차피 포레는 그녀 혼자만의 5주기 의식儀式이 돼버렸다. 음악이 흐르기 시작했고 이제부터 35분간 그녀는 노무현을 애도할 것이었다.

나는 지난 5년간 당신을 잊지 않았습니다. 앞으로도 내내 기억할 것입니다라는 그런 개인적 약속이겠지?

2001년 당시 한나라당 대통령 경선이 끝나고 이회창이 차기 한나라당 대통령후보로 확정되고 난 다음부터 그들은 정적인 노무현을 치기 위해 유포할 소설이 필요했다.

증거를 만들기 위해 모든 것들을 뒤져본다. 그들은 그녀 혹은 우리들병원이 노무현에게 거액의 정치자금을 주었을 것이라고 추정했다. 털면 먼지 안 나는 곳은 없으니까. 일단 털어보자. 노무현을 잡을 최적지는 우리들병원이다. 아니면 노무현이 해먹은 돈을 우리들병원 어디엔가 숨겨뒀을 개연성이 있다. 모든 정보를 찌라시에서 습득하거나 그들이 스스로 내용을 가공

하고 만들었다.

그런데 그들은 우리들병원과 노무현 사이에 어떤 돈거래도 확인 못 한다.

10만 원 단위로 쪼개서 지난 5년간 그녀나 그녀의 남편 이 상호의 돈이 어디로 흘러들어갔는지 탐험되고 조사되고 해석된다. 그녀가 사는 방식이 똥구멍까지도 노출되는 것은 이 돈의 향방과 카드 사용내역서 등에 의해서다. 세무조사 팀장 앞에서 그녀가 일생 동안 구입했던 물품의 근거와 가격과 취미의 행로에 대해서 낱낱이 털어놔야 했다. 그녀가 고용했던 직원들이 먼저 불려가 그들이 저지른 일이백만 원의 비리로 협박을 받는다. 그녀를 기소하기 위해 이런저런 증거들이 수집되고 그럴듯하게 가공된다. 담당검사는 그녀에게 말했다.

"우리는 이번에 아무것도 안 했어요. 국세청에서 고발을 해 와서 어쩔 수 없이 손댄 거지…"

사건의 요지는 그녀가 대주주로 있는 제약회사에서 일어난 관례적인 리베이트를 그녀가 알고 임의로 시켰느냐 아니면 결재는 안 했지만 부하 직원에게 보고를 받았느냐는 두 가지였다. 그녀는 물리적으로 결재를 한 적도 없고 보고를 받은 적도 없었다. 묵계적으로 모든 제약회사에서 의사들의 처방을 받기 위해서 리베이트 관행이 있다는 것은 알고 있었다.

그녀가 법적인 책임을 져야 하나, 아니면 법적 무죄인가. 아직까지 제약회사 오너가 기소된 적은 없었는데 말이다. 긴 시간 동안의 공방이 이어졌다. 그녀가 포기할 때까지 모멸과 음모가 이어졌다.

그녀는 왜 도스토옙스키가 『죄와 벌』을 썼는지 알 수 있었다. 카프카가 왜 『심판』을 썼는지, 너새니얼 호손이 『주홍글씨』를 왜 썼는지 알 수 있을 것 같았다.

새로 부임 와서 그녀를 담당했던 부장검사라는 어느 언론사 사주의 사위라는 자가 그녀를 제 방으로 불러서 얼렀다. 얼굴에까지 침이 튀기도록 열렬하게.

"당신이 무슨 거룩한 독립운동을 하는 것도 아니고 나라를 구하는 협약을 한 것도 아니잖아요. 리베이트 준다는 사실을 직원에게 보고받았는지도 모른다는 진술만 하면 횡령 부분은 빼고 가볍게 기소하겠으니 그렇게 하시지요."

그 어떤 조사 기록에도 노무현이라는 말은 한마디도 들어가지 않는다. 그녀는 그저 약을 팔아먹기 위해서 의사들에게 돈을 먹인 회사의 오너일 뿐이다. 어떤 순진한 야당의원이 그녀에게 말했다.

"그럼 리베이트 한 푼도 안 주고 도덕적으로 깨끗하게 운영하셔야지요."

이 시팔놈! 속으로 욕을 처먹이면서도 아무 말 못 한다. 또 누군가는

"이번 국정감사에서 한번 떠들어볼까요?"

하면서 호의를 베푼다.

물론 노 탱큐다.

난 이제 그 누구의 도마 위에도 올라가지 않아.

조용히 '유죄인정'을 선택하고 선처에 감사하면서 4년 집행유예를 선고받는다. 그들이 박연차나 그녀에게 사용한 프레임이나 노무현에게 사용한 덫은 같은 것이다. 이중 삼중으로 출구가 막힌 다 같은 종류의 덫. 걸리면 몸부림치다가 찢겨지거나 스스로의 힘으로 탈출하거나 해야 한다.

세무조사에서 그녀가 이길 확률은 제로다.

노무현의 죽음에 관해서는 자살이냐 타살이냐의 담론이 아니라 게임에서의 승자와 패자밖에 없는 것이다. 노무현은 그에게 유일하게 허용된 출구를 찾아 그 덫에서 벗어난 것이다.

자유를 위해서 목숨을 바쳤던 거다.

그는 여전히 적들에게 둘러싸여 있었고 여전히 모욕당하고 있었다.

노무현 그는 누구였지? 죽은 후에도 수많은 적들에게 둘러싸인 그는 누구였던 거지? 생각하면 숨이 막혔다.

그녀는 젖은 머리카락을 큰 타월로 싸매고 베란다로 다시 나갔다. 시간이 그렇게 오래 흐르지 않았는데도 온도가 아까보다는 상당히 올라갔는지 후끈한 여름 기운마저 느껴지는 것 같았다.

노무현의 죽음에 대한 갈가리 찢겨지고 흩어진 태도들.

똑같은 한국인데도 생각은 완전히 다른 두 나라에 나뉘어 살고 있다. 남북한으로만 나뉜 게 아니라 눈에 보이지 않는 철조망보다 더한 살인적인 국경이 사람들 마음을 갈라놓고 있다. 그녀는 그런 수많은 담론들로부터 빠져나와 도망가고 싶었다. 노빠, 친노라고 불리는 사람들 속에 자신이 포함되어 있는지도 궁금하지 않다. 숲 속으로 다시 걸어나갈 수 없어서 베란다 바닥에 털썩 주저앉아버렸다.

포레는 그사이에 끝나 있었고 재작년에 아이패드에 넣어둔 신해철의 「불면」Insomnia과 「자살」Suicide, 그리고 레퀴엠 「황무지」Wasteland 제3악장을 듣기 시작했다.

신해철은 노무현의 3주기 때 MP3로 처음 음악을 보내본다면서 이 음악들을 그녀에게 보내주었다. 메일박스에 아직 들어 있는 그의 편지가 음악을 듣기 전부터 비애감을 불러일으킨다.

신해철은 이 음악들을 노무현 3주기 때 그를 추모하기 위해 만들었다고 했다. 그는 3주기 때 이 음악이 연주되기를 원했으나 희망과는 달리 연주되지는 못했다. 노무현 정부 밑에서 그의 부하였던 사람들은 권위적이고 골통들이었나봐.

「불면」과 「자살」은 신해철이 노무현 서거 100여 일쯤에 만든 곡이라고 했다. 그는 이 데모를 만든 후에 폭음과 발작으로 병원 신세를 졌다고 했다. 그녀도 2년 전에는 이 음악을 들을 준비조차 안 되어 있었다. 미안한 마음이 엄습했다.

신해철의 고통이 전해져왔다.

그녀는 그 고통을 맨살로 느낄 수 있었다. 그의 폭음과 발작을, 그가 노무현의 죽음에 대해 가졌던 절망적 교향곡을 느낄 수 있었다. 그녀의 마음은 고조되었고 증폭되었고 또 한없이 가라앉기도 했다. 그리고 찢어졌다.

우리는 그러니까 서로 돌볼 여유조차 없어져버렸다는 거야.

너무 지쳤어.

음악은 그렇게 말하는 것 같았다. 마치 조울증 증세 같았고 마음이 제멋대로 가파른 산을 올라가는 것 같았다.

"선생님, 이 곡들을 쓸 때 한없이 울면서 흐느끼면서 썼어요. 그러고 나서는 제 몸속의 장기 하나가 적출되어 나갔지요."

췌장을 적출했다고 했던가. 그런데 3주기 때 이 곡들은 왜 연주되지 못했던 거지?

하긴 누가 이 고통을 견뎌낼 수 있을까 말이다. 그녀는 방 안으로 들어와 호텔 이니셜이 박힌 메모지에 A metaphysical requiem이라고 쓰고 신해철, 정기용, 승효상, 김기덕이라고 메모를 해두었다. 노무현의 죽음으로부터 모든 정치적 담론을 걷어내고 싶었다.

뜨거운 커피를 마시고 싶어.

호텔 방 안에는 인스턴트 커피와 찻잔이 준비되어 있었지만 방금 내린 향이 신선한 에스프레소를 마시고 싶은 생각이 간절했다.

이제 어느 정도 날도 밝았으니 숲을 산책해볼까. 어제 도착할 때만 해도 날씨가 뿌옇게 흐려 있었는데 오늘은 조금씩 밝아오는 빛줄기가 맑고 투명했다. 일행들과는 8시에 호텔 식당에서 아침을 하기로 되어 있었다. 숲을 산책하고 나서도 식당에서 한두 시간은 족히 작업할 수 있을 터였다.

천천히 숲길을 걸어내려갔다. 굽 높은 운동화를 신어 경사진 쪽으로 내려가는 것이 종아리에 약간 부담은 주었지만 천천히 아주 천천히 걸으니 다리의 긴장감도 상당히 완화된다. 어제 겉으로 둘러보기는 했지만 감정이입이 채 안 되었던 숲 속의 건물들을 지나서 그녀는 그 집들의 외양을 충분히 관찰하면서 걸었다.

집들이 갤러리의 미술작품처럼 듬성듬성 나무들 속에 진열되어 있었다. 그녀는 숲길을 내려가는 동안에도 계속 신해철의 레퀴엠을 듣고 있었다. 그의 음악은 갈등이 너무 첨예해서 몇 번이나 쇼팽이나 알렉산더 타로가 연주하는 「스칼라티 피아노 소나타」로 바꿀까 하는 유혹을 참으면서 걸어내려갔다. 그의 노무현에 대한 애도와 그 자신이 받고 있는 고통에 대한 존경심으로. 그러나 너무 비참했다. 너무 슬펐다.

새벽 숲의 심포니는 황홀했다.

여전히 노무현의 장례식에 와 있는 듯한 장엄함과 아름다움이 그녀를 사로잡고 있었다. 그렇게 걸어가는 사이 날이 샜고 멀리서 태양이 떠올라 나뭇가지 사이로 빛이 실타래처럼 스며들었다.

버드나무 꽃씨들이 마치 세찬 바람 속에 무수한 정자를 쏟아놓는 듯 웅웅거린다. 아까 잠시 발가벗고 숲 속에 있을 때 가벼운 깃털 같은 것들이 수없이 살갗에 달라붙는 것을 느꼈다. 그것이 바람에 실려 수양버들이 날려보내는 꽃씨들이었군. 비로소 잠시나마 시간과 공간이 그녀의 내부에서 초월되는 것을 느꼈다.

클럽하우스로 내려갔다. 그녀가 호텔 뷔페의 첫 손님이었다. 식당은 7시에 열지만 커피머신이 준비되어 있어 그녀는 그날의 첫 커피를 마실 수 있었다. 유리창 칸막이의 액자 속에 따로 하나씩 만들어진 뜰을 쳐다보며 따끈한 커피를 목으로 삼켰다.

베이징으로 떠나기 바로 전날 국회의원회관에서 노무현에게 헌정한 김기덕 감독의 영화 「일대일」을 보다가 몇 번이나 뛰쳐나와버리려고 했다. 끈질기게 파고 들어간 폭력의 계보학은 정말 견딜 수 없었어. 보는 것 자체가 고통이었어. 눈으로 본다기보다는 그 폭력을 직접 체험시키는 뭐랄까, 맨홀 뚜껑을 일부러 열고 그 밑까지 깊숙하게 들어가본다고 할까. 그런데 인생의 하수구 맨 밑까지 그 최종 지하실까지 다 열어보아야 할 필요가 있을까. 단지 하수구 바닥에 처박혀 뒹구는 일이 없기를 희망할 뿐이지.

사실 그 영화를 개봉관에서 보려 했는데 일주일도 안 되어서 내려버렸기 때문에 여의도까지 일부러 가게 된 것이었다. 곰곰 생각해보니 그 영화는 김기덕 감독의 순수하고 아름다운 노무현에 대한 레퀴엠이었다. 노무현을 죽인 폭력의 시발이었다.

모든 아름다운 것들은, 모든 진실한 것들은 견딜 수 없는 고통을 밟고서만 오는 법이었다.

시간이 흘러 아침을 먹으러 오는 사람들이 식당을 가득 채우자 새벽부터 그녀를 감쌌던 감정들이 서서히 소멸되어갔다. 여느 아침이나 다를 바 없는 일상이 두런거리는 소리와 빵 굽는 냄새 등과 함께 식당을 채워갔다. 일행들도 하나둘 내려왔다.

그녀는 갑자기 배가 고파졌다. 커피를 너무 많이 마셨나? 위장이 시커먼 커피로 출렁이는 것 같았다. 토스트와 아침용 만두와 계란 스크램블, 그리고 흰죽도 있었다.

"여기서 만리장성까지 올라가는 데 약 15분에서 20분 정도 걸립니다."

승효상이 일행들에게 말하고 있었다. 눈을 들어 앞을 쳐다보니 만리장성의 자태가 손에 잡힐 듯 그려져 있다. 통속적인 비유지만 마치 그림 같다라는 말을 사용해야겠다고 그녀는 생각한다.

등산을 하게 될 거라는 생각을 안 했으므로 키가 좀 커보이게 굽 높은 운동화를 신고 왔다. 손에 잡힐 듯이 장성이 빤히 눈앞에 보이는 거리지만 가파른 등성이를 이 신을 신고 올라가야 하나? 그래도 빤히 보이는 저 언덕을 올라가는 정도야 괜찮겠지. 호텔에서부터 옛 만리장성까지 가파른 등산을 하면서 그녀는 승효상에게 물어보았다.

"붉은 암적색이 신록과 잘 어울리긴 하는데 왜 노무현의 곡장에도 여기 벽에도 철재를 사용하셨지요? 아무래도 결국은 부식되고 산화할 텐데요."

"코르텐스틸은 내구성 강판입니다. 특수합금으로 교량이나 토목용 구조체로 사용하기 위해 만들어진 것인데 5년 정도 산화된 표면의 녹이 피막이 되어 남아 있는 내부의 철을 영구적으로 보호하는 철재입니다."

"영구적으로요?"

"네. 거의 영원히요. 정말 영원히. 이 재료는 처음에는 검은색이지만 표면이 부식되면서 붉은색으로 변하다가 최종적으로는 암적색으로 정착되지요. 그 이후로는 거의 변하지 않습니다. 변하는 과정이 세월과 함께하기에 기억을 담기에는 이만한 재료가 없어요."

"흠, 노무현을 불멸의 반석 위로 올려놓을 철벽을 만드셨군요."

"그렇습니다. 햇빛과 그늘에 따라 달라 보이고 비 오는 날과 건조한 날의 질감이 또 다르지요. 아무리 시간이 흘러도 그 속의 내부… 노무현의 철학, 가치 그 삶의 본질을 훼손되지 않도록 지켜줄 것이니까요."

승효상은 노무현의 철학, 노무현의 가치란 말을 할 때는 한 자 한 자 또박또박 띄어 말했다.

"노무현을 '자발적 추방인'이라고 표현한 인터뷰를 읽은 기억이 나네요. 이 미친 사회에서 이상을 달성하려고 하면 할수록 갈가리 찢겨나가지 않을 길이 없었겠지요. 그에게는 죽음이 바로 막다른 길이었을 것 같습니다."

"그는 정말 대단한 사람이에요. 죽어서도 철저히 추방된 상태를 고수한다는 점에서… 에드워드 사이드는 『지식인의 표상』에서 지식인이란 지역성, 주관성, 현재의 시점이라는 각각의 것들과 보편성이라는 것 간의 상호작용에 반응하며 애국적 민주주의와 집단적 사고, 그리고 계급, 인종, 성적인 특권 의식에 의문을 제기하는 사람이어야 한다고 했습니다. 또 지식인인 한 스스로 경계 밖으로 추방하여 관습적인 논리에 반응하지 않고 모험적 용기의 대담성에 변화를 재현하는 것이 아니라 움직이는 자여야 한다고 했지요. 노무현의 단호한 삶이… 그는 현충원에도 가지 않겠다고 했잖습니까. 그는 정말 엄격하게 자기자신을 세계 밖으로 추방시킨 사람입니다. 정말 대단하지요."

"지식인이라면 어쩐지 잘난 체하는 냉소적 정의가 떠올라요. 에드워드 사이드의 인텔렉추얼은 차라리 지성인이라고 번역하면 어떨까요. 아니요. 그런데 이 말도 좀 그렇군요. 노무현에게는 둘 다 맞지 않는 것 같아요. 장례식 때 유시민이 이렇게 말했지요.

'한 아버지의 죽음, 한 남편의 죽음, 한 남자의 죽음을 가져온 원인은 정치적인 거지요. 그러니까 정치적인 공격, 정치적인 모욕, 거기서 당하는 수모, 굴욕감… 이런 것을 정치적으로 대응할 수 있는 수단이 아무것도 없는 상황에서 그런 것을 받기 때문에 그 대응이 그런 식으로 나온 것 아니냐, 죽음의 원인은 정치적이지만 죽음 그 자체는 지극히 인간적인 죽음이다, 그러니까 분한 것보다 너무 불쌍하고 슬프지요.'

그런데 이제 5년이나 시간이 흐르고 나니까 아버지, 남편, 친구, 대통령 이런 수식어를 다 떼고 형이상학적으로 순수한 사유로서의 그의 죽음을 해석, 아니 애도, 아니면 기억해보고 싶어졌지요."

"노무현의 죽음에 대해 가장 많이 들었던 부정적 견해는 그가 자살을 했다는 것이었어요. 기독교적으로 자살은 죄악이라고 단순히 비난하기도 하고 그가 정치적 역할을 더 해야 하는데 고통에서 빨리 해방되었다고 비난도 하고. 제게도 가장 힘들었던 부분이 그의 자발적 죽음을 어떻게 해석해야 하느냐는 거였는데, 자살하는 인간의 원형을 찾아보느라고 이리저리 죽은 자들을 헤매고 다녔지요. 소크라테스, 아옌데, 물론 발터 벤야민도 마찬가지고요. 아서 쾨슬러도."

올모스트 블루

아, 장미꽃, 뒤에서,
거친 들판이, 세계가
침몰한다.

• 고트프리트 벤

그러니까.

87년 6월 18일 처음 노무현을 본 이후 89년 12월 말이었는지 아니면 90년 1월 어느 날이었는지는 명확하지 않지만 그녀는 마포의 어느 고깃집에서 노무현을 다시 만나게 되었다. 실제로 인사를 한 것은 그것이 처음이었던 셈이다.

그러나 그때는 새 천년이 눈앞에 다가와 있던 세기말의 시점이었다. 이 우연한 만남으로 그녀와 노무현의 인생은 서로 섞이게 되었다. 그들이 그들 인생의 색깔대로 정상적인 궤도를 순항했다면 아마도 절대 존재할 수 없는 만남이었을 것이다.

돌이켜보면 일종의 청색기라고 할까 몽환의 시대라고 할까를 일정 기간 공유하면서 함께 지내게 되었던 셈이다. 만약 노무현이 계속 정치제도 속에서 순항을 했다면, 그러니까 YS가 3당 합당을 안 했다면 말이다. 또 만약 그녀가 열정을 불태우던 90년대의 한국문학에 대해서 그토록 환멸을 느끼지 않았다면, 그들은 한두 번의 목례와 덕담을 끝으로 되돌아보지 않고 무심히 각자의 길을 갔을 것이다. 아예 만나지도 않았을 것이다.

진부한 운명의 장난.

확신에 차서 여의도로 입성했던 노무현은 3당 합당으로 배신과 환멸에 싸여 사실 그 어느 때보다도 흔들렸으며 여러 노력을 기울였지만 정치적 낭인이 되었다.

88년 상경한 이후 서울에서 겪은 잇단 경험으로 그녀도 문학하는 일에 환멸을 느꼈다. 희망과 기대가 거세되어갔다는 점에서는 70년대나 80년대보다 더 절망적이었지.

러시아에서는 끈질기게 페레스트로이카가 진행되고 있었다. 동독을 포함한 동유럽은 발빠르게 자본주의로 재편되었다. 89년에 베를린 장벽이 무너졌다. 누구라도 각자의 마음속에 있는 하나의 성벽, 이데올로기의 성벽 하나는 무너뜨려야 했다.

이제 10년만 지나면 지구는 21세기를 맞을 것이었고 공산주의 몰락 뒤에 세계가 어떻게 재편될지 아는 사람은 별로 없었다. 불안하기도 하고 궁금하기도 한 세기말이 다가와 있었다. 세기말 증상답게 세상은 혼탁하고 불안정했다.

그동안 싸우기 위해서 마르크스주의를 차용해온 진보 지식인들과 한국의 민주화 세력이라고 불리는 행동대원들은 서로의 노선의 후진성과 현실적인 상이점을 극복하지 못하고 공동 목적을 가지고 싸워왔던 아군들과 뿔뿔이 흩어져 제 갈 길을 가지 않을 수 없는 변곡점에 도달했다.

변화가 아니라 변절이 판을 치고 있었다.

90년대의 기억 속에 남아 있는 풍경들을 되돌아보면서

모든 것이 뒤엉킨 시간들을 되새김하면서

그녀는 지중해의 푸른 물길을 따라 실려가고 있었다.

이제 그녀 일행의 죽은 자들의 도시 여행은 마르세유, 니스와 제네바를 거쳐 베네치아에 이르게 되었다. 그들이 방문하는 공동묘지가 있는 도시에서 매일 하룻밤씩 묵는 여정이었지만 베네치아에서는 이틀을 묵게 되었다. 베네치아까지 와서 이틀만 묵는다는 것은 죄악이나 마찬가지지만 그래도 하루가 아니고 이틀이니 고마운 일이지 뭐.

꼭 여긴 고향 같다니까.

그녀는 산 미켈레 시립묘지를 방문할 때를 제외하고는 이곳에서 혼자 자유시간을 보내기로 했다. 좀 더 노무현에 몰두해야지.

드디어 베네치아라!

산 마르코 광장에서 배를 내려 호텔로 가방을 끌고 가면서 철썩이는 물소리에 몸의 리듬을 맡기면서 그녀는 중얼거린다. 하늘이 청명한데도 비가 한두 방울씩 얼굴에 떨어져내렸다. 빗방울이 청량했다.

다음 날 아침에는 혼자 바우어 호텔 테라스에서 아침을 우아하게 먹을 수 있을지도 모르지. 번잡한 베네치아의 골목길을 걸어가다보면 상점 진열대에서 마음에 드는 무엇인가를 만나게 될지도 모른다는 막연한 기대감을 갖게 된다. 독특한 가면을 발견하게 될지도 모르고 세련된 돋보기안경을 살 수 있을지도 모르지.

아참! 중세적 장식이 달린 펜대를 하나 사야지.『내 친구 노무현』의 마지막 장은 잉크를 묻힌 펜으로 200자 원고지 위에다 쓰고 싶은데 말이야.

길거리를 걷다 생각지도 않았던 사람과 조우하게 될지도 모른다. 베네치아는 그런 도시니까. 마음속으로 온갖 잡동사니 기억들이 폭풍처럼 몰아칠지도 모르지.

자주 왔던 곳이라서 그런지, 물 속에 잠겨가는 도시라 종일 물결 흔들리는 소리가 들려서 그런지, 이곳에 오면 어쩐지 수많은 데자뷔가 일어난다. 노무현과 한 번도 같이 온 적이 없었는데도 언젠가 그 어느 때쯤인가 함께 왔던 것 같은 착각이 일기도 한다.

베네치아에서는 호텔이 제각각이라 일행들은 여러 군데 호텔로 흩어졌다. 그녀가 묵은 호텔의 이층 방에서는 골목을 지나가는 사람들의 두런거리는 말소리나 바싹거리며 과자를 깨물어 먹는 소리까지 들려왔다. 노무현에게 이런 베네치아를 비엔날레 기간에 꼭 와봐야 한다고 몇 번이나 우겼던가.

왜 그랬을까.

미쳤어.

그때는 그런 일이 왜 그렇게 중요하다고 생각했는지. 참 바보같이 떼를 쓰기도 했다.

2003년 베니스 비엔날레 오프닝에는 만약에 선거에서 이긴다면 함께 가기로 약속까지 했으니까 말이지. 당내 경선을 시작하기 얼마 전에 '문화 대통령 노무현의 역할'에 대해서 느릿느릿 장광설을 하던 H 기자가 먼저 말을 끄집어냈었지.

"노 장관은 문화적으로 좀 세련된 이미지를 만들어내야 해요. 베니스 비엔날레를 참관한다거나 파리의 패션쇼를 관람한다거나."

그의 말 속에는 고졸 대통령이라는 이미지를 희석하기 위해서라는 함의가 숨어 있었지.

"베니스 비엔날레 그곳이 허영의 시장이긴 하지만 꼭 가봐야 해요. 정치가 무엇인지 알고 싶다면. 물론 세상의 모든 곳을 다 봐야겠지만 베네치아와 뉴욕은…"

"경선 일정이 화급한데 대통령 되고 난 다음에 가보지요."

그는 빙그레 웃음을 띠며 말했다.

그가 약속을 지켰다면 2003년에 노무현의 전용비행기를 얻어 타고 베니스 비엔날레에 갈 수도 있었는데 그놈의 뉴욕! 뉴욕 프로젝트가 실망으로 끝나버리는 바람에 애당초의 장난 같은 계획들이 모두 틀어져버린 거다. 지금 생각해도 열받는다.

대통령 재임기간 5년간은 만나지 않겠다고 약속했지만 뉴욕 메트로폴리탄 뮤지엄 이집트관에서의 만찬을 준비하기 위해 얼마나 생똥을 싸면서 애를 썼냐 말이다.

Y와 함께 파티 참석자 명단을 만들 때까지만 해도 얼마나

짜릿하고 재미있었던가. 그가 대통령으로 취임하고 얼마 지나지 않아서 한국 대통령이 뉴욕을 방문할 날짜가 정해지면 메트로폴리탄 뮤지엄에서 대통령 초청 만찬을 할 수도 있다는 확인을 받았다는 Y의 전갈을 받고 그녀는 무턱대고 노무현의 옛날 번호로 전화를 돌렸다.

아마 이 전화는 없어졌을 거야. 문 수행비서에게 전화를 해야 하나?

그런데 노무현이

"여보세요."

라고 전화를 받자 그녀는 화들짝 놀랐다.

"수행비서에게 전화를 돌릴까 하고 망설였는데. 이 전화를 계속 사용하시네요. 저 지난번 말씀드렸던 뉴욕 만찬 건요. 언제 미국을 방문하시는지 알려주세요. 메트로폴리탄하고는 이야기가 잘 되었어요. 대통령을 초청하는 사람은 미국 H 대학 총장이에요. 모든 라인을 동원해 셀러브리티들을 초청해서 노무현 대통령의 연설을 듣게 할 거랍니다."

"그렇습니까? 외교안보수석하고 상의를 해보시지요. 어떻든 잘 지내시는 거지요?"

"네."

"한번 봐야 할 텐데… 그런데 청와대에 들어오셔도 절 못 보실 수도 있어요."

"그런 건 괜찮아요."

그래서 그녀는 노무현이 취임한 후 처음으로 청와대로 향했다. 승리자로서가 아니라 환희하는 친구로 그곳으로 걸어들어갔던 것이다.

그녀는 마치 꽃을 들고 진군하는 기분으로 걸었고 의기양양했다. 복도 구석구석에서 아는 얼굴들이 튀어나와 인사를 건넸다. Y와 그녀는 마치 그곳이 메트로폴리탄 복도인 양 당당히 걸어서 외교안보수석실로 들어갔다. Y의 브리핑을 건성으로 듣던 외교안보수석이 싸늘하게 물었다.

"이 만찬 비용은 얼마이지요? 누가 지불할 겁니까?"

그녀가 마치 부당하고 무리한 개인적인 부탁을 하고 있다는 듯한 말투였다. 같이 간 Y에게 민망했다.

"1인당 와인 포함 550달러가 메트로폴리탄 케이터링 최소 가격입니다. 지난번 김대중 대통령이 뉴욕에 가서서 만찬을 했지요. 올리버 스톤, 바바라 월터스 등 참여정부를 홍보하기에 아주 좋은 오피니언 리더들이 참석할 겁니다. 1인당 550달러를 사용할 만한 충분한 가치가 있을 텐데요."

그러나 외교안보수석은 노무현의 코드에 자신을 맞추려는 지당시 조중동에서는 노무현이 코드 인사를 한다고 난리치고 있었다 원래가 프롤레타리아였던지 Y와 그녀의 의견은 현실적이지 않다고 일언지하에 거절했다.

Y와 그녀는 후줄근해져서 청와대를 걸어나와버렸다. 그녀가 친애하는 노무현이 대통령이 되었는데도 권력은 모욕적이었고 세심하지도 않았으며 오히려 위압적이기까지 했다.

권력! 오만 정이 다 떨어져나갔다.

다음 날 노무현이 그녀에게 전화를 했다.

"대통령이 되면 메트로폴리탄 뮤지엄 이집트관에서 파티하자던 약속 따위야 농담이겠지요?"

그녀는 빈정거렸다. 대통령에 당선되면 2003년 베니스 비엔날레에는 꼭 가자던 약속쯤이야 더구나! 청와대 안에 댄스홀을 만들거나 노래방을 설치한다거나 하는 황당한 약속들은 또 어떻고.

그는 웃음 섞인 목소리로 그녀를 달래듯이 말했다.

"외교안보수석하고 뭐가 잘 안 되었던 모양이지요?"

"모든 게 호랑말코 같아요. 이게 무슨 참여정붑니까. 다시는 내게 전화하지 말아주시면 고맙겠습니다. 두 번 다시 보고 싶지 않아요. 전화로도 말하고 싶지 않습니다."

그녀는 전화기를 집어던져버렸다.

노무현이 그녀에게 점심이나 같이 하자고 전화를 한 것은 그로부터 2년 후였다.

청와대 정원에 모란이 만개했던 2005년 5월 어느 날이었다.

그녀는 일행과 함께 무라노 섬과 베네치아 중간에 위치한 시립 공동묘지 산 미켈레로 향하고 있었다. 해마다 베네치아를 왔는데도 오며가며 빤히 보이는 이 섬을 한 번도 와본 적이 없다는 것이 이상했다.

물 위에 떠 있는 무덤들이라!

베네치아는 침묵의 무한 공간이다. 이 침묵은 물에 잠겨 있으며 매 순간 온몸이 물에 잠기는 환영을 만들어내고 결정적인 순간에 절규하게 한다. 그녀는 다소 낭만적인 문체로 베네치아와 그녀가 쓰고 있는 노무현 이야기를 네 개의 연으로 압축했다.

산 마르코에서 탄 배는 산 미켈레까지는 배를 타고 5분도 채 걸리지 않았다. 배에서 내릴 때에는 빗방울이 제법 거세지고 있었다. 호텔에서 우산을 챙겨온 것은 참 잘한 일이야.

그녀는 호텔을 나오기 전 이메일로 간단한 무용대본 「A Cry」를 써서 최상철에게 보냈다. 조금 전에 마친 무용대본을 생각하며 젊은 이탈리아인 가이드에게 물었다.

"여긴 어떤 사람들이 묻혀 있나요? 한국인이면서 불교도인 사람이, 말하자면 나 같은… 아 물론 그렇다고 내가 불교도란 말은 아니고… 이곳에 묻힐 수 있어요?"

베네치아에서의 죽음, 매장… 이 도시는 조만간 지구상에서 사라진다고 하는데 저절로 수몰되어 사라질 무덤 속에 잠시 백골이 되어 누워 있는 것을 상상했다. 물 속으로 사라져버리는 것도 괜찮을 것 같아. 생명이 풀어지고 풀어져서 물고기들의 세포 속으로 완전히 분해되고 사라지고 또 누군가의 뱃속으로 먹히고.

그것도 괜찮겠다.

"물론 돈을 주고 묘지를 사면 그럴 수 있지요. 여기에 불교나 이슬람교 형식의 절이나 예배당은 없지만 묻힐 수는 있어요."

가이드가 대답했다.

"그렇군요. 그럼 여기 묻히는 것도 한번 생각해봐야겠군요."

가이드가 슬쩍 그녀 옆으로 다가오더니 귓속말을 했다.

"여긴 오지 마세요. 관리가 엉망이에요. 매일 누군가가 와서 묘지를 돌봐줄 사람이 없다면 여긴 아마도 최악일 겁니다. 그런데 여기에는 알 만한 사람들이 묻혀 있어요. 에즈라 파운드, 디아길레프, 스트라빈스키와 요세프 브로드스키 등이지요. 베네치아는 문화예술의 도시니까요."

얼핏 에즈라 파운드의 무덤에 가보고 싶은 생각이 들었다.

마음속이 복잡해졌다. 베니스에서의 죽음이라는 말이 단순하게 토마스 만을 불러오고 토마스 만이 말러를, 말러의 「아다지에토」를 스마트폰 안에서 찾게 하고⋯ 기억들이 제멋대로 모니터에 뜨는 프로그램들처럼 뒤죽박죽이다. 브로드스키⋯

"공산주의는 이미 죽었다. 아직 매장이 안 됐을 뿐⋯"

그는 이렇게 공산주의의 사망을 선고하기도 했었지. 노벨상도 받았잖아? 오래전이었지만 또 그게 언제였는지도 모르겠지만 인생이 아직 덜 팍팍하던 때 에즈라 파운드와 T.S. 엘리엇의 시를 열나게 외우던 때도 있었다. 브로드스키의 사랑 시편들도.

요세프 브로드스키는 아흐마토바가 소개해준 화가를 사랑했다. 그 화가를 사랑한 아흐마토바는 브로드스키의 시가 불온하다고 신고한다. 도망다니던 그는 결국 미국으로 망명한다. 그 연인들은 평생 동안 못 보고 살았고 그의 시는 공산주의에 대한 개인주의의 확실한 우월성을 세계 아니 서방문학에 보여준 전범이었다.

고통은 고발해서 내쏟는 것보다 인내하고 견디는 것이 더 아름다운가. 서방세계로 도망간 브로드스키보다 아흐마토바가 더 위안이 되는 이유지. 그러니까 나의 고통으로부터 멀어지면 안 되는 거지. 고통을 멀리하거나 증오하면 안 돼. 그런데 이 공동묘지에서 한꺼번에 쏟아지는 기억의 실타래를 어떻게 하라고! 빗줄기는 좀 더 거세졌다. 우산을 썼는데도 양어깨는 이미 비에 상당히 젖어 있었다.

생각해보니 90년대 한국에는 특히 정치룸펜들이 많이 배출되었던 것 같다. 노무현이나 김정길이나 통추국민통합추진회의 멤버들도 마찬가지였던 셈이다. 그들이 공동 출자를 해서 개업했던 고깃집 하로동선夏爐冬扇이란 말뜻도 '잃어버린 세대' 아니었던가.

노무현이 그녀에게 투자하도록 설득했다. 아니 하로동선이 생기기 훨씬 전에 노래방사단이 먼저 생겼다. 김원기는 노무현이 조선일보와의 전쟁에 대해 좀 더 합리적으로 부드럽게 그 갈등을 해결하기를 원했다. 그들이 정치적 입지를 마련하기 위해서는 기존 언론과의 최소한의 화해가 꼭 필요하다고 했고 그들 모임에 그녀가 몇몇 기자를 초청하는 바람에 우연히 그 모임이 생겨났다.

그러다가 하로동선으로 장소가 고정되면서 노래방 모임이 잦아졌다. 그러나 노무현이 해양수산부 장관 때 언론과의 전쟁을 선포한 이후 조선일보하고 관계가 악화되면서 모임이 없어졌다. 물론 하로동선이 없어진 탓도 컸다.

"우리가 이렇게 낭인이 되어 떠돌고는 있지만 그래도 서로 얼굴 보면서 이야기하고 모일 데라도 있어야 할 것 같아 고깃집을 열기로 했습니다. 1인당 2,000만 원을 내기로 했는데 한 구좌가 빕니다. 김 회장님이 엔젤이 되어주십시오."

그건 김정길이 출자를 못 해 펑크가 난 자리였다. 김정길이 그녀에게 거금 2,000만 원을 쓰지 말라고 충고했지만 그녀는 노무현의 부탁을 들어줬다.

"그 사람들이 무슨 고기장사를 해. 절대 돈을 벌 수 없어. 손해봐도 난 몰라."

통추 멤버들은 상호보증을 해서 각자 2,000만 원씩 은행에서 빌려 출자했다. 일주일에 한 사람씩 일일마담을 하면서 책임영업을 하기로 하고 하로동선은 문을 열었다. 그중에 또 한 사람이 출자를 못 하게 되어 그녀가 4,000만 원 두 구좌를 맡게 되었다.

그녀는 주로 노무현이 일일마담을 맡을 때 우리들병원의 회식이나 회사의 손님 접대 등을 일부러 마련해서 고기 먹으러 다니곤 했다. 큰 방에는 김원기가 앉아서 그의 손님들과 환대하고 있었고 노무현은 방마다 돌아다니며 손님들에게 인사를 하고 권하는 술을 받아먹었다.

그가 마담을 하는 날에는 인근 샐러리맨들이 인산인해로 몰려들었다. 술을 잘 못하는 그였지만 권하는 술을 마다하지는 않았기 때문이다. 식당이 끝날 때쯤이면 만취상태로 오히려 한잔 더 하자면서 떼를 쓰곤 했다.

그러다가 집에 전화를 하면 권양숙 여사가 차로 노무현을 데리러 오곤 했다. 나중에 식당이 누군가에게로 넘어가서 결산한 결과 2,000만 원 구좌당 약 200만 원 정도 반환을 했던 것 같다.

소련의 몰락으로 90년대부터 자본주의는 이제 경쟁 없이 하이웨이 위로 올려졌고 사람들은 많이 먹고 마셨다. 슈퍼정당 문민정부 민자당도 뒤뚱거리며 세계화를 향해 달려갈 때였다. 그런데 그렇게 열심히 소고기를 팔아도 하로동선이 적자였다니!

그렇게 하로동선이 문을 닫으면서 해체되었던 노래방사단이 오랜만에 모인 곳이 Feel a Dance였다. 역삼동 삼부빌딩에 1992년 문을 연 서울 우리들병원은 산업은행의 융자를 받아 청담동에 새 건물을 짓고 1999년 9월에 신장개업을 했다. 이후 얼마 안 있어 이 카페가 문을 열었다. 우리들병원 옆 건물 주인이 새로 생긴 우리들병원 때문에 채광이 안 좋아졌다고 강남구청에 민원을 내서 그녀는 병원 옆 대지 100평의 건물을 급히 매입하기로 결정했다. 그 건물 지하에는 카페 하나와 작은 바가 있었다. 그녀는 그 두 공간을 하나로 트고 카페 Feel a Dance라고 이름 붙였다. 우리들병원에는 매일 외국 의사들이 견학을 오고 있었다. 그곳에서 그녀가 당시 푹 빠져 있던 탱고도 추고 맥주도 마시고 외국 손님 접대도 하자고 수리하지 않고 그대로 문을 열었다.

그날 해양수산부 장관이던 노무현만 빼고 노래방사단 멤버들은 새로 생긴 아지트로 저녁 7시에 모였다. 조선일보 이상철은 젊은 기자들을 데리고 한 시간쯤 늦게 도착했다. 그는 미리 와 있던 김정길과 김원기에게는 다른 때보다 지나치다고 할 만큼 공손하고 우호적이었지만 노무현이 해수부에서 언급한 '언론과의 전쟁불사' 때문에 격앙되어 있었다.

"노무현 이 개새끼는 안 왔어요? 있으면 패 죽이려고 그랬는데 왜 안 오는 거지?"

씹새끼, 개새끼라는 말이 그냥 오갔다. 그녀는 노무현이 그 자리에 없다는 것이 다행스러웠다. 김원기는 노무현이 좀 더 말을 신중하게 해야 한다고 걱정을 했다. 또 이 사태를 노무현이 슬기롭게 잘 해결해야 한다며, 조중동과 어느 정도 타협점을 모색할 방도를 찾아야 한다고 우려했다.

그들이 모두 돌아가고 난 다음 밤 10시가 지나서야 노무현이 여러 명의 기자들과 함께 들어섰다. 주로 한겨레나 오마이뉴스 등 진보지 기자들이었다. 그녀는 노무현에게 흥분해서 일러바치듯이 말했다.

"조중동과 타협을 하려고 애써봤자 소용없을 것 같아요. 절대로 아군이 될 수도 평화적 휴전을 할 수도 없을 것 같아요."

"어른들이 꼭 화해하고 잘 지내야 된다고 해서 사주社主와 열흘 후에 만나기로 했는데… 사실 그동안 김 회장 체면을 생각해서 참았던 거지요. 이제부터 쓸데없는 노력은 하지 마십시오."

하로동선이 없어지고 나서 김원기 주최로 노래방사단 모임이 한 번 더 있었다. 리츠칼튼 중식당에서 이상철이 노무현을 정면으로 들이받았다.

"노 장관이 민주당 대선 후보로 뽑히는 일은 결코 없을 것입니다."

라고 느닷없이 말해버렸던 것이다. 사람들은 잠자코 있으면서 노무현이 어떻게 나오나 내심 걱정을 하고 있었다. 그는 아무런 대꾸를 하지 않았고 일찍 자리를 뜨지도 않았으며 겉으로는 평화로운 모습으로 가라오케까지 남아 있었다. 그녀는 귓속말로 노무현에게 말했다.

"참아줘서 고마웠습니다."

그는 가라오케에 가서도 노래는 부르지 않았다.

노무현은 그녀가 조선일보를 성토하자 별 망설임도 없이 언론사 사주하고의 만남을 취소하라고 보좌관에게 전화했는데 그날이 노래방사단의 해체일이 돼버렸다.

어차피 새 천년이 시작되고 있었다. 세기말의 여러 증상들을 새 천년 새벽까지 지속시킬 수는 없는 것이었다. 만약 그날 그녀가 조선일보와의 전쟁을 더 부추기지 않았더라면 어떻게 되었을까. 그가 신문사 사주를 만났다면 뭔가가 달라졌을까. 노무현도 그녀도 조선일보도 각자의 임계점에 다다라 있었던 것인지.

세계화!

정치적으로는 김영삼이 주도했던 3당 합당이 한국정치를

휘청거리게 했다. 노무현과 김정길도 휘청거리는 사람들 중 하나였다. 이쪽저쪽에 끼이지 못하고 백수 신세가 됐던 이들 낭인들과 문학룸펜들이 우연히 어울리게 되었던 것이 바로 노무현 노래방사단이다. 새삼스럽게 노무현이라는 창을 통하여 과거를 바라보니 고깃집 하로동선이란 바로 자신이 속한 사회에서 길을 잃고 만 잃어버린 세대들의 일시적인 사랑방이었던 셈이다. 그 사랑방에다 거금 4,000만 원이나 날리다니.

그때는 그녀의 낭만시대가 틀림없었다. 참 순진했어. 누구 생일이라도 걸리면 질펀하게 고기로 배를 채우고 식당 끝날 시간 즈음에는 하로동선 건너편에 있는 싸구려 단란주점 SBS로 몰려가곤 했지. 노래 부르고 술 마시고 또 기분 내키면 2차로 좁은 아미가 호텔 지하 가라오케에 촘촘히 모여 앉아 술 마시며 놀곤 했었어. 그리 긴 기간은 아니었지만 말이지. 그 시간이 바로 무라카미 하루키 소설에 붙인 한국어 제목처럼 '상실의 시대'였던 거야.

그러니까 아무리 생각해봐도 그게 모두 3당 합당 때문이었다. 그리고 그 3당 합당 때문에 노무현을 만나게 되었던 거야. 통추가 생기고 백수들이 생겨나고 방향 없이 헤매고 다녔던 거다. 자연스럽게 어울렸던 거지.

그날 그녀는 식구들과 좀 이른 저녁을 먹고 있었다.

김정길이 꼭 만나서 긴히 의논할 일이 있다고 전화를 했다. 마포의 어느 식당으로 오라는 것이었다. 그 전해 88년 봄에 있었던 부산 총선에서는 부산 금정구의 김진재를 제외하고는 모든 지역구에서 YS가 이끄는 통일민주당이 당선되었다. 그 여세로 제13대 초선의원이 된 김정길과 노무현은 이미 서울로 이사를 와 있었다. 이들뿐만 아니라 다른 정치인들도 그랬지만 이윤택, 노혜경, 남정호 등 부산의 작가, 시인, 화가, 무용가도 대거 상경했다. 일종의 골드러시였다. 88년 담낭암으로 아버지가 돌아가시고 난 직후 그녀도 서울로 이주했다.

그때 그녀 자신을 포함해서 왜 그렇게 많이들 부산 사람들이 서울로 몰려왔는지. 그녀는 애초 87년에 우리들병원 원장마누라 역할을 버리고 다시 파리나 뉴욕으로 가고 싶었지만 현실적으로 타협을 하여 서울로 옮기기로 마음을 먹고 있었다. 그런데 아버지가 담낭암 진단을 받고 나서는 한동안 그 생각을 포기했다. 장례식 날 밤샘을 하고 난 새벽, 서울에서 온 한 조문객을 만나 잡지 『외국문학』 발행권을 사고는 다시 서울행을 결심했다.

아버지를 잃은 비탄에 젖어서 돈이고 문학이고 다 필요 없다면서 허무의 극치를 보내고 있을 때 그녀를 새벽에 찾아온 그 낯선 조문객은 그가 당시 출판하고 있는 『외국문학』이 경영난이 심각하다며 조심스럽게 얘기를 꺼냈다. 그가 그 잡지를 사달라고 읍소하다시피 하는 바람에 얼떨결에 계약을 하고 말았다. 서울대학교 김성곤 교수와 한양대학교 박상배 교수 좌우 두 이데올로기로만 갈라진 문학이 아니라 다른 제3의 선택을 할 수 있는 새로운 저널을 하나 만들자고 말해오던 터였다. 서울에서는 당시만 해도 잡지 등록조차 어려웠으니까 창간보다는 기존 『외국문학』으로 발간하는 것도 괜찮을 것 같아 그녀는 잡지를 발간하고 부산에 주소를 뒀던 열음사를 본격적으로 운영하기 위하여 무작정 상경했던 것이다.

올림픽 때문이었나?

왜 다들 그렇게 한꺼번에 서울로 이동을 하게 되었던지, 그녀의 동숭동 열음사 사무실에는 서울로 이주해온 혹은 다니러 온 부산 사람들로 득시글했다.

우리 마치 서울로 피난온 부산 피난민들 같지?

정말 함께 모여서 떠들면 억양이 더 드세지는 경상도 사투리로 수다를 떨곤 했다. 김정길도 자주 사무실에 들렀다.

그녀는 그를 학교 때부터 오래 알아온 셈이었다.

김정길은 친구들 사이에서 좀 이상한 사람이라고 알려져 있었다. 혼자 데모를 하다 경찰서에 잡혀가기도 했고 학업에는 별로 뜻이 없어 보였으며 그때부터 정치인처럼 학교생활을 했기 때문에 돈키호테로 불렸다. 정치적 변방지대나 마찬가지인 부산은 서울처럼 운동권 학생들의 스크럼이 잘 짜여 있는 곳도 아닌데 특별나게 혼자 정치인처럼 하고 다니는 것이 생뚱맞았기 때문이다. 커다란 눈매에 언뜻 보기에도 선하기 짝이 없는 얼굴을 한 그가 의외로 정치적 야심이 있다는 것을 알게 되면 사람들은 놀라기도 하고 어울리지 않는다고도 느꼈다. 그래서 친구들이나 이웃 사람들은 그를 좀 우습게 아는 경향이 있었다.

정치란 말이야, 마키아벨리가 말한 것처럼 권모술수나 영악함이 있어야 돼. 서울에는 김근태나 이부영이나 조영래 같은 운동권 스타들이 있을 수 있지만 부산에서는 안 돼. 저 사람은 너무 어질고 순해서 정치를 못 해.

이런 식으로 평가했다. 김정길이 정치적 선택을 할 때 그녀의 의견을 물은 적은 한 번도 없었다. 재혼을 한 그가 전처의 아이들 문제나 사소한 일상사에 대해서 가끔 그녀와 의견을 주고받긴 했지만 평범한 관계였다.

열음사 사무실에 오가며 하는 말을 들어보면 그는 노무현, 이철, 이해찬, 이상수 등과 마포 어딘가에 사무실을 차려놓고 야당통합운동을 한다고 분주하게 다니고 있는 모양이었다.

그녀는 상경한 88년 봄부터 『외국문학』과 『문학정신』의 발행인이 되었다. 문학지 발행하는 일이 지상의 거룩한 사명이라도 되는 양 열정적으로 남의 원고를 읽는 데 인생을 소비하고 있었다. 정치적 사안에 대해 관심을 가질 여유도 없었고 짐짓 모른 척하고 싶었다. 열정적으로 폭탄 같은 글을 써서 한국문학에 지각변동을 일으킬 수 있다면 모를까. 그리고 문학의 역사 위에 새로운 혁명이라도 한다면.

불규칙적으로 나른하게 인생을 살아가는 프리랜서인 그녀인지라 같이 어울리는 사람도 거의 다 룸펜이나 마찬가지였다.

숯불에 고기 굽고 타는 냄새, 연기가 자욱한 식당에 들어섰다. 김정길은 식당 중앙에 서로 붙여 만든 커다란 탁자에 여남은 명의 사람과 둘러앉아 있었다. 그녀도 얼굴을 알아볼 만한 정치인 여러 명이 열띤 논쟁을 하고 있었다. 김정길은 그녀를 보자 반갑게 자리에서 벌떡 일어나 그녀를 일행들에게 데려가서 소개했다.

"이분은 열음사 사장 김수경입니다. 제 친굽니다."

그는 그녀를 옆자리의 빈 테이블로 손을 붙잡고 데려갔다.

"YS가 민정당하고 공화당하고 통합하기로 한다는 거야. 내가 인간적으로 말한다면 YS를 따라가는 게 맞는 일이지만 적어도 공화당하고의 합당만은 절대 받아들일 수 없기 때문에 결사 반대하려고 하는데 김수경의 의견이 어떤지 꼭 물어보고 싶어서 전화를 했어."

그녀는 귀가 어둡고 별 관심도 없어 아직 김영삼의 3당 합당 뉴스를 듣지도 못했다. 금시초문이었다.

이미 저녁을 들고 온 그녀는 테이블 위에 놓여 있던 사이다를 부어 마셨다. 그들 일행 중에 노무현도 섞여 앉아 있었는데 기억의 오류인지 그녀가 기억하고 있던 사람과는 전혀 다른 사람으로 보였다.

"그래서 어떻다고?"

그녀가 시큰둥하게 말하자 김정길은 그녀의 무심한 반응이 의외라는 듯이 눈을 둥그렇게 떴다. 그 첨예한 정치 뉴스를 그녀가 알지 못하고 있다는 것에도 놀란 것 같았다. 그녀는 김정길과 이야기를 하는 동안 사이다를 마시면서 옆 테이블에서 그녀 쪽을 바라보고 있는 노무현을 몇 번이나 흘깃흘깃 쳐다보았다.

6·18 때 시위대 속에 있던 노무현, 청문회장에서의 노무현은 엄청 우람하지는 않았어도 분위기 때문이었는지 더 크고 강인하게 보였다. 그는 결이 투박한 면 와이셔츠와 보라색과 남색이 어지러운 줄무늬 넥타이를 매고 진남색 양복을 입고 있었는데 언뜻 보기에 상고머리를 금방 이발하고 나온 촌 면장 같아 보였다. 왜소해 보이는데다 촌스러웠다.

김정길이 그녀에게 YS가 시도하고 있는 3당 합당에 대해서 천천히 자세하게 설명하고 있었다.

"저기 저 자리에 앉아 있는 사람들은 그러니까 그 3당 합당인가 뭔가를 반대하는 사람들이네?"

"그렇지. 말도 안 되는 일을 YS 영감이 벌이고 있으니 무슨

수를 써서라도 막아야지."

"그럼 왜 내게 콕 집어서 의견을 물어보는데? 반대하고 싶으면 그냥 반대하면 되지. 웃기잖아?"

"인텔리들이 실제로 어떻게 받아들일지 알고 싶어서야."

"뭐 인텔리? 내가 제일 싫어하는 말이 인텔리라는 말인데. 요즘 유행이 안티지식인이라 나는 모든 점에서 무식 모드를 좋아해요. 게다가 내 처지에서는 3당이 합당한다는 게 비상식적으로 들리기는 하지만 뭐 무슨 상관이 있겠어. 별로 희망을 가지지도 않는데. 어차피 정치란 게 다 마찬가지더라고. 그런 문제에 대해서 생각해보는 것조차도 싫고 난 지금 완전 정치 혐오증 중증이거든."

"자기가 무슨 무정부주의자라도 돼?"

"어떤 점에서는 그렇다고도 할 수 있지. 대한민국 현실정치에 대해서는 환멸 이외에는 아무런 의견이 없어. 하지만 물으니까 얼핏 생각나서 하는 말인데 청문회 스타인 노무현은 팔자대로 혼자 반대하는 길을 가는 게 좋을 것 같아. 그는 정치인이 아니라 혁명가니까 말이야. 모양새도 맞을 것 같고. 그러나 우리의 친애하는 젠틀맨 김정길은 YS 따라가서 국회의원도 하고 장관도 하시오."

"내가 그대 눈에는 그렇게도 통속적인 인간으로 보이나?"

김정길은 약간 화가 난 눈치였다. 그는 생각에 잠겨 있다 신음하듯이 말했다.

"당신 같은 사람에게도 3당 합당이 그렇게 쉽게 받아들여질 수 있다는 말인가?"

그때 노무현이 자기 자리에서 일어나 그녀와 김정길이 앉아 있는 자리로 옮겨왔다.

"안녕하십니까. 노무현입니다."

그는 손을 내밀었고 그녀는 노무현과 악수를 했다. 명함을 주고받았다. 이 한 번의 악수로 끈질긴 인연이 만들어진 것이다. 그때 그 손을 잡지 않았다면 어떻게 되었을까.

"아, 네. 안녕하십니까. 저는 김수경이라고 합니다."

"아까 출판사 사장님이라고 하셨지요? 그런데 명함에 이름을 빨간색으로 해놔서 도무지 보이질 않습니다. 아예 이름을 보지 말라는 뜻인가요?"

"아, 우리 아트 디렉터 최정화가 그렇게 만들어줬습니다. 빨간 바탕에 빨간 글씨로 이름을 써넣으니 잘 읽을 수 없지요? 볼펜으로 써놓으세요. 제 이름은 김. 수. 경.입니다."

그녀는 자신의 이름을 한 자 한 자 또박또박 불러주었다.

"진짜로 YS 따라가라는 말이야? 민주정당이 공화당·민정당하고 야합을 해도 그렇게 이해된다는 말이지. 김수경 같은 지식인에게도 말이야. PK라서 그런가?"

그녀는 김정길의 PK라는 말이 목에 걸렸으나 이 말에는 대답하지 않고 노무현에게 물었다.

"혹시 저를 본 기억이 없나요?"

노무현은 기억을 더듬듯이 고개를 갸우뚱거렸다.

"언제 말입니까? 저하고 만난 적이 있습니까?"

"그러니까 그게 1987년 6월 18일이지요."

"그날이 무슨 날입니까?"

"육. 일. 팔. 항쟁 때요! 서면과 범내골 로터리 사이에서 노무현 의원이 시위대의 선봉에 서 있었는데 저하고 눈이 딱 마주쳤거든요. 그런데 굉장히 오래 서로 쳐다보고 있었어요. 절대로 날 잊어버릴 수 없을 만큼 오래였습니다. 틀림없이 다시 만나면 절 기억할 거라고, 그 생각을 상당히 오랫동안 했어요. 시간이 지나면서 어쩌면 착각일 수도 있겠다고 생각하다가 서울로 이사하고 나서는 완전히 잊어버리고 살았는데 이렇게 만나게 되네요."

"저는 지역구 어디에선가 만났을지 모른다고 생각했습니다. 그 자리에 계셨다니 훌륭한 분이 틀림없겠군요. 그런데 우리 김정길 의원하고는 어떤 사이십니까?"

"어떤 사이야 애인 사이지."

노무현의 질문에 김정길이 장난기 어린 얼굴로 말했다.

"아, 애인 참 좋은 말입니다. 좋은 말이지요. 더구나 우리 김정길 의원의 애인이라면 더욱 훌륭한 분일 것 같습니다."

작은 한숨과 잔잔한 웃음. 의례적인 덕담들.

그녀는 그렇게 별다른 충고도 못 해주고 다음 기회에 다시 한 번 만나자는 인사를 남긴 뒤 식당을 떠났다. 마포에서 집으로 돌아오는 강변도로에서 YS가 추진한다는 3당 합당에 대해 곰곰이 생각해보았다.

우라질! 이건 아닌데! 하는 생각이 그제야 엄습했다.

"호남을 이렇게 고립시키면 안 됩니다. 큰일입니다. 그렇지 않습니까?"

그녀가 자리에서 일어나기 전 노무현이 한 말이 귓가에 맴돌았다.

그날 밤 새벽 1시가 넘은 시간 물론 아직 잠든 것은 아니었지만 김정길이 다시 그녀에게 전화를 했다. 술을 잘 못하는 그였지만 꽤 취한 목소리였다.

그런데 왜 이 시간에 전화를? 김정길 자신은 조금 전에 이렇게 말했다.

"이인제보다도 내가 당내 서열이 높고 YS와 같은 거제도 출신이니까 인간적인 명분도 있고 YS가 대통령이 되면 5년간은 일신이 편하지 않겠냐? 그렇게 해볼까?"

그러던 그가 전화에 대고 속사포처럼 말을 쏟아냈다.

"김수경 당신이 내게 해준 충고가 겨우 3당 합당 찬성하라는 말이었다는 게 생각할수록 실망이었지. 날 무시했던 거야?

그런데 말이야. 아무래도 노무현하고 나 김정길 이 두 놈만 빼고 다들 솎아져 나갈 것 같아."

"그렇게 민주인사라는 사람들이 YS를 따라간단 말이야?"

"노무현하고 나 빼면 아무도 안 남을 거 같아. 다른 놈들은."

나중에 노무현은 그때 일을 여러 번 말하곤 했다. 그때는 가끔 쌍소리가 섞이기도 했다.

"L은 손 털고 일어나면서, 그래도 정치는 되는 데 줄 서야 해 하면서 떠났어요. 어떻게 알았는지 그날 밤 식당으로 걸려온 전화 한 통 받고는 황송해서 두 손 비비면서 두말없이 가버린 놈도 있었지요. 바로 그 전날 밤새 민주화가 어떻고 지방주의가 어떻고 씨부렁대던 놈이었는데 그냥 전화 한 방에 훅 가버리는 것 보니까 정말 참담합디다.

그 YS 각개격파라는 것이 파워가 장난이 아니었지요. 그에게는 기왓장 한 장 깨는 것보다 더 쉽더라는 겁니다. 그래도 김광일 변호사는 우리들 볼 면목이 없다고 고민하느라 입술까지 부르트고 찢어져가면서 미안하다 미안하다 하면서 갔는데 괴로운 기색 하나 없이 놈들은 다 떠나버렸습니다."

고백 에세이 『여보 나좀 도와줘』에서 그는 또 이렇게 쓰고 있었다.

"3당 합당 당시 YS는 나를 부르지 않았다. YS는 당시 흔들리는 사람들을 한 사람씩 불러서 소위 각개격파라는 것을 해냈다. 그런데 김정길 의원과 나에게만은 그 각개격파를 시도조차 하지 않았다. 아예 설득이 불가능하다고 판단했던 것일까. 나는 지금까지도 그렇게 생각하고 있다. 그러나 한편으로는 아예 쓸모없는 물건이라 버린 것은 아닐까 생각하면 씁쓸해지기도 한다. 그런데 그때 만일 YS가 나를 불러 설득을 하려 했다면 어떤 대화가 오고 갔을까?

　'노 의원, 이대로는 안 된다. 그동안 안 해봤나? 4당 체제. 이것 갖고는 아무것도 안 된다. 이대로 가면 나라가 망한다. 지금이 가장 중요한 시기다. 같이 한번 해보자.'

　'그러면 그동안 국민들과 한 약속은 어찌 됩니까? 그리고 반란의 책임자들에 대한 역사의 심판은 어찌 됩니까?'

　'세상이 달라졌다. 이제는 민주, 반민주 독재, 반독재 하던 시대는 끝났다. 이제 새로운 사고를 해야 한다.'

　'그러면 야당은 어찌합니까? 야당 없는 민주주의가 어디 있습니까?'

　'야당이야 평민당 안 있나?'

　'그거야 호남당 아닙니까? 영남에도 야당이 있어야지요. 그리고 지역감정 때문에 이 꼴이 되었는데 여당·야당이 동서로 갈라져서야 나라가 어찌 되겠습니까?'

물론 이렇게 주거니 받거니 할 분위기는 아니었을 것이다. 오히려 YS는 여러 말 안 하고 내 두 손을 꼭 잡으며 '노 의원, 나도 생각이 있어. 복잡하게 생각하지 말고 나를 좀 도와줘' 했을 테고 나는 '총재님, 뜻을 받들어드리지 못해 죄송합니다. 저는 정치 그만두겠습니다'라고 했을지 모른다. 그리고 봉투 하나를 놓고 받아라 안 받는다 실랑이를 벌였을지도 모른다. 만일 주거니 받거니 대화가 계속되었다면 YS의 마지막 말은 무엇이었을까?

'노 의원, 아직 정치를 몰라. 정치란 노 의원이 알고 있듯이 그리 간단한 것이 아니야. 먼 훗날 정치를 더 알고 나면 나를 이해하게 될 거야.'

이렇게 말하지 않았을까?"

우산이 너무 작아서 옷 속으로 빗물이 스며들어도 속절없었다. 그녀는 비에 젖으면서 에즈라 파운드의 무덤을 찾아보다가 내가 지금 뭘 하려는 거야, 에즈라 파운드를 경배하려 하다니!라는 생각에 얼른 걸음을 멈추었다. 오던 길을 돌려 다른 방향으로 몸을 틀어버렸다. 나치에게 그토록 협조했던 에즈라 파운드에게 경배할 생각을 하다니! 무심코 몇 발자국 멀어지다가 바로 앞에 있는 무덤을 보니 디아길레프의 것이었다. 이름을 확인하기 전에 무덤 위에 발레 슈즈들이 옹기종기 놓여 있어서 얼른 알아볼 수 있었다. 혹 니진스키 무덤도 여기 있을까 하는 생각에 주위를 돌아보아도 니진스키는 찾을 수 없었다.

그렇지.

춤추는 니진스키!

춤추는 노무현!

그녀는 그의 어머니 장례식 이후 한 번 더 그가 꼽추 춤을 추는 것을 봤다. 2000년 부산 선거 중일 때였다.

그녀는 더 이상 젖지 않기 위해서 지붕 밑을 찾아 빗줄기도 피할 겸 스마트폰으로 니진스키의 무덤이 어디에 있는지 검색해보았다. 그는 파리에 묻혀 있다고 했다. 디아길레프와 같은 블록에 스트라빈스키 무덤도 있었다. 실험작가로 자처하는 그녀가 경례를 보내지 않고 지나칠 수는 없는 무덤들이다. 그녀는 다른 사람들과 같이 베니스 건축비엔날레로 가지 않고 호텔로 돌아가 『내 친구 노무현』을 쓸 생각이었다. 지난 6월에 이미 건축비엔날레는 다녀갔으니까. 그러고 보니 올해 두 번이나 베네치아에 왔군.

그렇지. 그날 3당 합당 문제로 식당에서 김정길과 노무현을 만난 그날 이후 얼마 지나지 않아 3당 합당은 공식적으로 합의되고 이루어졌다. 그리고 노무현과 김정길이 눈물 흘리는 것을 목도하게 되었던 거지.

그렇게 민주자유당은 90년대와 더불어 태어났다.

일본의 자유민주당과 사실상 같은 당명黨名의 쌍둥이로 반공과 자유, 보수를 표방하면서 거대한 몸집의 정당으로 탄생하게 되었다. 제5공화국에서 정치 권력형 비리조사 특별위원회5공특위와 광주민주화운동 진상조사특별위원회는 현실적으로 더 이상 과거사를 정리할 명분을 잃고 말았다. 화해라는 이름 아래 형식적 합법 아래 배신과 굴종과 거짓들은 쓰레기 매립되듯 땅 밑으로 파묻혀졌다. 새로운 보수집단들이 읊조리는 정치적 자유라는 말에 대해서 이를 갈도록 모멸감을 느꼈으나 동숭동 사무실에 모여들어 구시렁거리며 욕지거리나 겨우 할 수 있을 뿐이었다.

그녀의 관심은 딴 데 있었다.

무작정 갓 상경한 시골 소녀처럼 서울 문단에 준비도 없이 상륙했던 그녀는 새로운 환경에 적응하느라 분주했다. 정말이지 아무것도 아닌 것들을 위한 아무것도 아닌 분주한 생활이었다. 그러나 마포식당에서의 만남과 실제로 일어난 3당 합당 사건이 그녀의 마음을 깊이 움직였던 것은 사실이고 생전 처음으로 두 사나이가 우는 것을 보면서 신념까지는 아니었지만 정서적으로는 이들 두 남자의 애인이 되어도 좋다고 생각했다. 정치적 동지도 아니고 같은 신념을 지키는 결사도 아니니 애인이란 말이 친구보다도 적절하다고 생각했다. 세속적 사랑은 부재

하지만 친구보다는 더 가깝거나 혹은 멀다 해도 더 사적인 그런 친구? 암튼 그녀는 이후로는 김정길을 더 이상 돈키호테라고 놀리지 않았고 더 이상 그가 하는 말들이 시시하다고 생각지도 않았다.

그게 모든 것의 시발점이었다.

눈물 말이다.

노태우와 김종필과 YS가 손잡고 파안하던 그 순간에는 이 3당 합당의 영향이 그녀에게까지 그렇게 오래 미치게 될 줄 상상도 못 했다. 불판에 고기 굽는 연기와 양념 냄새, 웅성거리는 지껄임, 알 수 없는 흥분과 울분, 등돌림과 차가운 정치적 계산이 뒤엉킨 그날의 고깃집에서의 만남은 사실 이슬 한 방울만큼 짧은 순간이었다. 그러나 남자의 눈물을 지켜본다는 것은 어느 면에서는 가슴이 찢어지는 경험이었다. 그런 깊은 감동을 받았음에도 분망했던 그녀는 얼마 지나지 않아 겉으로는 그 일들을 잊어버리고 그녀 자신의 일에만 골몰하게 되었다.

막 40대로 접어든 그녀에게는 할 일이 너무 많았다. 작고한 아버지에 대한 그리움과 간간이 밀려오는 슬픔을 추슬러야 했고 고등학교, 중학교, 초등학교에 다니는 아이들의 도시락 반찬을 만들어놓고서 밤늦게 잠들어야 했다. 틀림없이 다음번 선거에서는 YS가 대통령이 될 것이었다. 합리화를 해본다면 그래도 군사정부보다야 좀 낫지 않을까 생각했다. 사회는 전체적으로 탈정치화의 바람을 타고 흘러가고 있었다. 때로는 구역질이 났고 입맛이 썼지만 생각을 다른 데로 돌리려고 애쓰기도 했다.

그녀는 자신의 새로운 탐험 대상인 문학이라는 달나라에 첫발을 디딘 우주비행사처럼 그 세계에 골몰했다. 김정길과 노무현 두 남자가 보여준 눈물과 고독한 선택에 대해서 받았던 감동은 점점 의식의 밑바닥으로 침잠해갔다. 정치적 분노나 공공적 미덕보다는 오장육부 속 그녀 감정의 소용돌이에서 쏟아져나오는 냉소와 허무의 내용물들이 가득 쌓이고 있어서 그것들을 토사해내는 것이 급선무였다.

마르크스주의자들인 운동권 작가들에 대해서는 전체주의에서 느끼는 억압 같은 것을 느꼈고 기존 문단의 폐쇄적 권위주의에 대해서는 경멸을 느꼈던 터라 작가로서 그녀 자신의 생태계를 혼자 만들어 생존하지 않으면 그 말들은 그녀의 내장속에서 썩어버리고 말 것이었다. 곰팡내 나는 퀴퀴한 보르헤스의 도서관 같은 곳에 박혀서 살고 있는 것이나 마찬가지였다. 블라인드를 내리고 커튼을 치고 자신만의 세계에 쓰레기 더미처럼 쌓이는 생각들, 책들, 이름들 그리고 관계들.

열정적으로 글과 씨름했다.

종일 컴퓨터 앞에 껌딱지처럼 붙어 앉아서 그녀는 자신을 청계천 피복노동자와 흡사한 신세라고 생각했다. 그것을 한탄하지는 않았지만 키보드를 직업 타이피스트처럼 빠르게 두드리면서 그렇게 생각했다. 어쩌다 한 번씩은 그녀가 두드리는 키보드로부터 바흐의 「골드베르크」가 흘러나오는 것 같은 착각을 느끼기도 했다. 모니터에 글자가 하나씩 떠올라오는 속도에 따라 피아노음이 무한 생성되는 것이었다. 그러면 그녀는 자신이 글렌 굴드처럼 자폐적인 피아니스트가 돼버린다고 느꼈다.

그녀는 80년대 중반부터 써오던 소설 『자유종』을 『외국문학』에 연재하고 있었고 조만간 책으로 출판하기로 예정되어 있었다. 이 소설은 어느 날 부산 해운대에서 시인 다섯 명이 모여서 끝없이 재미없는 한국소설을 각성시키기 위해 마련된 놀림과 유희 같은 새로운 프로젝트의 하나였다. 그녀는 자신의 혁명에 열중해 있었다.

그 와중에도 3당 합당 사건의 여파는 그해 여름 그녀를 꼬마민주당 창당발기인으로 만들었다. 그렇다고 그녀가 민주당 실제 당원으로 등록된 것도 아니었다. 급조된 정당에 문화예술계 인사가 부족한 터라 김정길과 노무현의 애교 어린 작전에 의해서 그날 그녀의 사무실에 와 있던 연출가 이윤택과 영화감독 박철수와 함께 이름이 올려졌을 뿐이다.

잠시 꼬마민주당 창당발기인이 되었던 사실은 신문에 이름만 나고 얼마 지나지 않아서 신민주연합에 흡수 합병되어 순간적인 해프닝으로 끝나버렸다. 하지만 부산이 고향인 그녀의 이름이 신문에 오르내렸다는 연유로 그후 그녀에게는 영원히 민주당 지지자라는 딱지가 붙었다. 이 사건으로 커밍아웃된 셈이었다. 그녀 나이 또래의 부산 사람들! 그녀의 고향인 부산 친구들이 동아일보에 대문짝만하게 난 이름을 보고 분노에 찬 전화질을 수없이 해댔다.

부산 사람 김영삼이 다음에 대통령 한번 해먹겠다는데 뭐가 어째서 민주당 김정길, 노무현 새끼들 지랄하는 데 발기인이 되느냐는 것이었다. 너 혹시 본적이 전라도 아니냐? 실망했다. 김정길 새끼는 마누라가 전라도고 노무현이는 광주 노씨라며? 그러니 전라도네. 그런데 넌 뭐냐? 그러고 보니 너네 우리들병원에는 유독 전남대학 출신 의사가 많더라.

배신자!

저주들이 퍼부어졌다. 그들은 그녀를 쏘아댔다.

이제부터 진보정당은 망할 것이고 따라서 김대중은 몰락의 길로 걸어갈 것이며 자본주의는 인간이 만들어놓은 유일한 최장수 이데올로기다. 88년 백남준의 「굿모닝 미스터 오웰」을 봐라. 이 세계화의 물결을 봐라. 온 세계가 얼마나 좁은 지구 안에 촘촘히 연결되어 있는 하나의 세계인지를 보여주고 있지 않은가. 6·29선언으로 한국식 민주주의가 순항하고 있다. 그렇지 않았으면 우리는 지금 혼돈 속을 떠돌고 있을 것이다.

그 와중에 그녀는 90년 11월 소설 『자유종』을 출간했다.

국민들은 정부와 일종의 휴전협약을 맺은 것 같은 양상을 보이고 있었다. 민주화가 이루어졌다고 생각하거나 이만하면 그래도 민주화의 길이 순풍이라는 낙천적인 견해도 많았다. 3당 합당은 한국역사가 만들어낸 사람들의 죄의식을 완화시켜주는 것 같기도 했다.

3당 합당으로 친일이나 부패의 전력이 있는 사람들은 면죄부를 갖게 되고 배신은 용서받을 수 있는 일이 되었다. 지루한 길거리 투쟁을 끝내고 싶었던 사람들은 짐짓 노태우가 내놓은 6·29선언을 어느 정도 항복문서로 간주했다.

"이건 말이야. 서울대학과 육군사관학교의 결혼식 선언문 아니야? 박종철과 이한열의 목숨을 바치고 겨우 이것을 얻어냈단 말이야?"

이렇게 불만을 터뜨리는 사람들도 있었지만 윤치영의 회고록처럼 "6·29선언은 자칫 무정부사태까지 이를 뻔했던 우리나라를 쾌도난마를 끊는 솜씨와 같이 온 국민에게 안도의 숨을 쉬게 만들었다"며 열광적으로 평가하는 분위기였다. 좌파 지식인들은 공산권 몰락으로 한 방 맞은 것이나 마찬가지라 새로운 활로를 모색하느라 전전긍긍했다.

7, 80년대 금서목록에 들어 있던 사회과학 서적 붐은 일시

에 끝나버렸다. 사람들은 앨빈 토플러의 『제3의 물결』류의 미래학에 관한 서적들에 열광하면서 새롭게 다가오는 세기에는 낙오자가 되지 않으려고 안간힘 쓰고 있었다.

그녀는 내적으로는 극도로 위험한 상태까지 자신을 몰아붙이는 문학을 해야 하는 일과 외적으로는 우리들병원을 경영해야 하는 딜레마 때문에 혼란스러웠던 부산에서의 생활로 돌아가 있는 자신을 발견했다. 부산에서 의사 부인으로 내조하면서 살던 생활에서 서울로 엑소더스를 했는데 그녀가 거처를 서울로 옮긴 탓에 남편도 어쩔 수 없이 서울에서 병원을 해야 할 필요가 생겨버렸다.

노무현과 김정길은 민주당으로 부산에서 제14대 국회의원 선거에 나섰다가 낙선했다. 원외의 쓸쓸한 생활이 시작됐다. 선거가 있었던 그해 10월 서울 우리들병원은 강남구 역삼동 삼부빌딩 16층에 문을 열었다.

그녀는 검은색 공단으로 된 투피스를 입고 다소 의도적으로 허풍스러운 성대한 개업 파티에 참석했다. 노무현과 김정길도 개업식에 참석했다. 그때는 잘 몰랐지만 이제부터 그녀는 일생을 통틀어 가장 분망한 시기를 보내게 될 터였다. 90년 11월 그녀가 출간한 『자유종』이후 그 작품을 쓰는 동안 그녀가 가졌던 내면적 긴장에서 어느 정도 풀려나 그동안 잊고 있었던 생활로 복귀하던 상황이었다. 그럼에도 불구하고 그녀는 여전히 문학에 전력을 바치고 싶은 생각이 간절했다. 겉으로는 아무런 사건도 일어나지 않는 일상 속에서도 자신을 극도로 위험한 정신적 상태로 밀어붙여야 하는 모험으로 전율하고 죽기 살기로 인생을 보내고 싶은 내밀한 욕망이 있었다. 그래서 그녀는 남편이 서울에서 병원 개업하는 것을 원하지 않았다. 그러나 전 가족이 88년 서울로 이사를 와버렸기 때문에 가족 전체의 주거를 서울로 옮기지 않을 방도가 없었다.

1983년 부산에서 처음 작은 의원을 개업할 때와는 분위기가 사뭇 달랐다. 개업을 한다는 소문이 나자 사람들이 수군거렸다. 직접 대놓고 예언을 하기도 했다.

"하룻강아지 범 무서운 줄 모르고 부산의대 출신이 강남에 개업을 하다니! 6개월을 버티면 내 손가락에 장을 지져라."

"여기서는 연세대 출신도 개업하기 힘든데 촌에서 좀 잘나갔다고 여기서도 잘나갈 줄 알면 오산이야."

강남으로 진입하지 못하게 노골적으로 방해하는 일들이 실제로 있었다.

이런 사정이 개업을 준비하는 과정에서 다분히 세속적이고 새로운 전의를 그녀에게 만들어주었다. 이혼을 하고 난 지금 와서 생각하면 그녀 자신의 존재와는 상관없는 전쟁에 노력과 열정을 허비해버렸던 셈이지만 그때로서는 남편과 그녀 사이에 피아의 구별이 없었다. 두 가지 삶에 양다리를 하나씩 걸치고 가랑이가 찢어지는 삶을 살아야 되는 것은 싫었다. 그녀의 소설은 특히 운동권 문학 진영으로부터 혹독한 비평을 받았고 우리들병원은 외형적으로는 확장일로에 있었으나 대학병원을 위시해서 기존 의사들의 질시와 모함을 받기 시작했다.

92년 총선 때 노무현과 김정길의 선거구에 살고 있는 친척과 친한 친구에게 그들을 찍어줄 것을 부탁했다가 지방 국세청의 세무조사를 받았고 일주일에 두 번씩 정보 보고를 해야 하는 대상이 되었다. 그렇다고 극적인 사건이 일어난 것도 아니었다. 작은 의료계 내에서의 갈등과 그에 대한 작은 응전들이 일상에 파묻혀가고 있었을 뿐이었다.

저는 대통령이 되고 싶습니다

머지않아
자유를 사랑하는 사람들이
더 나은 사회를 향해
위대한 길을 열 것이라고
여러분과 함께 믿습니다.

• 살바도르 아옌데

마흔 살이 넘어간다는 것은 갑자기 용량이 커진 쓰레기통 속처럼 일일이 기억할 수도 없는 자질구레한 사건들이 인생으로 쏟아져 들어온다는 것을 의미하는 거였다. 이데올로기가 좌와 우로 나뉜 것처럼 정당이 다당제를 표방하는데도 불구하고 마치 양당만 있는 듯 보이는 것처럼 문단도 두 주류로 나뉘어 있었다.

그녀가 처음 상경할 때는 마음속에 '문단'이라는 불가시적 세계에 대해 상당한 존경심이 있었다. 줄곧 문학소녀였던 마음의 벌판에는 그녀가 텍스트로만 읽었던 대가들의 동상이 여러 개 서 있었다. 이청준, 김원일, 백낙청, 김현… 이루 셀 수도 없이 많은 대가 선배들과 천재 시인들… 그러나 시간이 흐를수록 그 동상들은 어디론가 하나씩 실망으로 환멸로 죽음으로 사라져가고 다시는 돌아오지 않았다. 그 문학비文學碑들은 황성옛터처럼 텅 비어가고 그녀는 나날이 냉소적이 되어갔다.

마포식당에서 처음 만나고 난 뒤 그녀와 노무현 사이는 그냥 그렇고 그런 의례적인 교류가 이어졌다. 김정길, 김원기와 함께 만나는 일 이외에는 사적인 만남이 없었다. 마광수 구속 사건 때는 그녀가 노무현에게 음란물에 대한 그의 의견을 물어본 정도가 다였다.

하, 기억을 따라 헤엄치다보니 마광수 사건이 튀어나온다.

그녀는 산 마르코 광장 인근의 어둡고 퀴퀴한 호텔로 돌아와 비에 젖은 옷을 갈아입은 뒤 노트북을 열고 자판을 두드리며 아연실색한다. 호텔 바로 옆 델리에서 사온 샌드위치를 한 입 베어 물면서 그 사건이 떠오르는 것이 이상하다고 느낀다.

음란물 작가라는 이유로 『즐거운 사라』 작가 마광수 교수가 구속된 사건이 있었다.

그렇지. 그 사건의 전주곡은 그 며칠 전 중앙일보에 실린 L의 글이었다. 이젠 제목도 잘 기억이 안 난다. '문학이 뭔 줄 알고?' 이런 비슷한 제목이었다. 요지는 문학이란 경건한 것인데 대체 소설가로 등단 절차도 거치지 않은 시인 나부랭이들이 감히 소설 쓴다고 깝죽거리느냐는 것이었다.

신춘문예나 대가의 추천으로 등단을 안 한 아마추어 소설가들이 최근 소설을 많이 출간하고 있는 상황이 몹시 못마땅하다는 것이었다. 사실 마광수도 시인으로 먼저 등단했고 장정일도 시인이었으며 그녀도 그랬다.

별로 개의치는 않았지만 그녀도 그 일군의 아마추어에 포함되어 있었기 때문에 비록 이름이 거론된 것은 아니어도 모욕감을 느꼈던 것은 사실이었지. 그렇다고 말이야, 그녀가 그런 사적 감정 때문에 마광수 구속반대에 서명을 했던 것은 절대로 아니었다.

왜 공분을 느꼈던 거지? 수많은 학생이 죽고 김지하가 잡혀갈 때 박노해가 잡혀갈 때 침묵했던 그녀가 겨우 음란소설가한 사람이 잡혀갔다고 게거품을 물게 된 이유는 분명하지 않다. 아니 분명하다. 누구 말대로 다분히 개인 입장이 투영된 건지도 모른다.

B급 작가의 자연스러운 반응?

그녀는 소설 『자유종』 안에서 조선 유학자들이 새로 들여온 신소설을 '음란과 거짓을 짓는 일'이라고 폄하했던 것을 두고 스스로 B급 문화생산업자라고 자처했었다. 게다가 당시 그녀는 스포츠서울에 '문학사 속의 에로티시즘'이라는 칼럼을 연재하고 있었다. 친하게 지내던 시인인 스포츠서울의 박철 기자 얼마 전에 작고했다가 그녀에게 간곡하게 부탁하는 바람에 그냥 그러마!라고 대답했던 것이다.

신문사도 출판사도 영화도 새로운 시장을 개척해야 했다. 사회과학 서적이나 이론들이 시장에서 퇴출되는 마당에 밥 먹고 살기 위해서는 새로운 콘텐츠를 찾아야 했다.

7, 80년대 정치적으로 억눌려 있던 에너지가 성적 표현의 자유로 표출되었다. 신문 판매부수와 광고의 격감에 시달리기 시작한 신문사들도 선정적인 콘텐츠를 찾고 있었고 박철도 직장에 붙어 있기가 다급해졌다면서 좀 더 선정적이면서도 품위 있는 삽화가를 찾아달라고 부탁했다.

스포츠신문이지만 그녀는 거의 석사 논문 쓰는 마음으로

D.H. 로렌스를 다시 읽고 헨리 밀러와 사드를 읽으면서 진지하게 에로티시즘에 관한 글을 연재했다.

B급을 우아하게!

인기폭발이었다. 그때가 그녀의 전성시대였나? 지금도 즐거운 추억 중의 하나란 말씀이지. 교회와 간행물윤리위원회에서 그녀가 계속 그 칼럼을 쓰면 불매운동을 하겠다고 으름장을 놓는다는 것이었다.

박철은 상당히 보수적인 다른 작가의 글로 그 칼럼을 대체했고 그녀는 즐거운 마음으로 도중 하차했다. 단행본으로 묶자는 제의도 여러 번 있었다. 순진한 그녀는 그때까지도 한국의 간행물윤리 기준을 잘 몰라서 남자 성기를 말 그대로 옮겼다가 풍기문란죄를 지었다. X지라고 써야 하는데도 말이다. 아무나 쓰는 말을 도대체 왜 못 쓰는지 이해가 잘 되지 않았다.

그녀는 아나이스 닌을 번역했다. 아나이스 닌의 에로티카는 작가가 돈이 없어서라기보다는 그녀의 애인이자 친구였던 헨리 밀러가 유럽 여행을 하는 동안 짭짤한 부수입이 되는 이 일을 잃게 될까봐 대신 써준 것이다. 그러나 이 아르바이트를 하는 동안 아나이스 닌은 섹스에 대한 남성작가들의 묘사가 실제로는 여성의 육체에 대해 무지몽매한 상태에서 자신들의 남성성을 과시하기 위해 썼다는 것을 알게 된 거지.

그녀는 여성의 육체에 대해서 여성 자신이나 남성들에게

알려주고 싶은 계몽적 의지를 가지고 칼럼을 썼다. 변호사인 노무현과 그녀가 처음으로 한 법률상담은 그러니까 표현, 창작 그리고 출판의 자유에 대한 포괄적 문제들이었다. 그런데 그녀를 정말 구역질나게 한 것은 민중문학 진영이었다.

"자신들은 민주화를 위해서 희생했지 더러운 성의 자유를 위해서 감옥에 가지는 않았다."

그들은 마광수 구속에 대해 지나치게 냉담했다.

특별히 그녀가 마광수와 면식이 두터웠던 것도 아니었다. 그를 위해 맨 앞에 서서 싸울 의도도 없었다. 단지 도주의 위험도 없고 증거인멸은 더구나 할 수도 없는 교수이며 작가인 마광수가 구속된다는 것은 말도 안 된다고 구속반대에 사인했을 뿐이다.

공청회가 열린단다. 하재봉이 그녀에게 외국에서의 음란물에 관한 법정 현황과 역사에 대해 발표해달라고 했다. 그녀는 공청회에서 『채털리 부인의 사랑』과 『북회귀선』을 예로 들어 발표했고, 감히 문학이 뭔 줄 알고 날뛰느냐면서 한 작가의 구속을 정당화시킨 유명 소설가를 비판했다.

놀라운 것은 구속사건 초기만 해도 반대 서명을 하고 들끓던 문인들이 꼬리를 감추고 사라져버린 거였다. 공청회에는 마광수 교수의 제자들과 열음사, 『문학정신』『외국문학』의 직원들뿐이었다. 그녀는 자신도 모르는 새 선두에 서 있었다.

그녀는 자신의 존재를 겹겹이 조건 짓는 사회의 그물망을 난생처음 실감했다. 단지 구속반대에 서명하고 공청회에 가서 표현의 자유를 억압했던 다른 나라의 사례를 발표한 것밖에 없는데 며칠 사이에 그녀는 갑자기 '여자 마광수'란 별명을 얻었다. 어떤 저명한 교수는 그녀가 분명 성적 체위라거나 기술에 탁월한 식견이 있을 거라면서 "우리 한번 하자"고 노골적으로 추파를 던져오기도 했다.

그녀는 마광수를 기소한 검사가 쓴 기소문을 읽어보고는 아연실색했다.

"이런 무식한 글을 봤나? 한국소설은 「박씨부인전」 같아야 된대. 아, 참 열받아."

『문학정신』 편집장에게 그 기소문을 게재하라고 했다. 그런데 어떻게 알았는지 검사 측에서 만약 그것을 게재하면 열음사는 법의 제재를 받을 것이다, 절대로 게재는 불가하다는 통보를 해왔다. 앞으로 혼 좀 날 거라는 협박도 받았다.

그녀는 노무현 변호사를 만났다.

그는 『문학정신』에 검사의 기소문을 싣는 것은 좋지 않은 생각인 것 같다고 말했다.

"그런 경우를 한 번도 본 적은 없는데 아마 제재를 가할 수도 있을 겁니다. 그 내용을 게재해야 할 특별한 명분이나 화급한 이유가 있습니까? 불요불급하다면 참으시는 것이 나을 듯

싶습니다.

미리 걱정은 그만두시고 소송이 들어오면 그때 걱정하시지요. 참고로 특정인의 실명을 거론하여 그 명예를 훼손하거나 실명을 거론하지는 않더라도 그 표현의 내용을 주위 사정과 종합해볼 때 그 표현이 특정인을 지목하는 것임을 알아차릴 수 있는 경우에는 명예훼손죄 또는 모욕죄가 성립하기는 합니다. 하하."

"상담료는 얼마나 드려야 되지요?"

"그냥 가십시오. 나중에 진짜 사건이 생기면 그때…"

노무현과 법률상담을 하는 것만으로 끝난 마광수 사건은 1996년 열음사 등록 취소사건으로 진화했다. 문민정부는 마광수 구속사건 이후 80년대 같은 반공법보다는 미풍양속을 해치는 도서잡지에 대한 단속을 강화했다. 간행물윤리위원회가 심의 결과 도서잡지윤리요강 제1항 '미풍양속'과 제5항 '사회도덕'에 저촉된다고 판정, 문화체육부에 제재를 건의한 데 따라 출판등록 정지, 구속·입건 등이 따르는 것이었다.

열음사는 간행물윤리위원회에 미운 털이 박혔다. 그해 5월 열음사는 아르헨티나 작가 알라시아 스테임베르그의 소설『아마티스타』와 그녀 자신이 번역한 아나이스 닌의 에로티카『작은 새』를 발행했다. 특히『아마티스타』는 저속한 음란물로 한국의 미풍양속을 해친다고 사료되어 이를 출판 간행한 열음사의 등록을 취소한다는 통보를 받았다. 아나이스 닌의 초판은 훨씬 이전에 출판되었던 것이고 『아마티스타』는 그녀가 뉴욕에 있을 때 전화를 받고 번역을 결정한 S 교수의 번역물로 그 명성이나 번역자의 경력을 보고 간행을 결정한 소설이었다.

스페인어를 몰랐던 그녀는 그 원전을 읽은 적이 없었고 물론 읽었다 하더라도 마찬가지였겠지만 구청에서 날아온 등록취소 통고서에 모욕을 느꼈다. 그 어디에도 간행물윤리위원회의 의견 첨부는 없었다. 민간단체인 간행물윤리위원회에서는 구청이 행정관할이라고 하고 구청에서는 위에서 하달된 사무적 사안이라 의견이 없다고 했다.

그녀는 다시 노무현을 만났다. 노무현을 만나기 전에 여러 명의 변호사와 상담을 마쳤다. 그런데 모든 변호사가 제시하는 해결책은 단 한 가지였다. 출판사 등록을 취소하고 열음사 대신 열음출판사나 도서출판 열음 등 누가 봐도 옛날 열음사 하고 구별할 수 없는 이름으로 새로 등록을 하라는 것이었다. 바야흐로 문민정부니까 출판등록 허가를 받아야 했던 5공에 비해서는 얼마나 자유로운가. 다들 그런 식으로 검열받으면서 생존해왔다고 한다. 한승헌 변호사만 예외였는데, 아직도 그는 정치적 이유로 법정에 나가지 못하고 있었다.

노무현 변호사와 수임계약을 하는 데는 망설임이 있었다. 민중계열의 작가들은 간행물 검열에서 정치적 민주주의를 실천하려는 민주화 세력과 표현의 자유를 주장하는 작가들과의 선긋기를 분명히 했다. 그들은 표현의 자유보다는 정치적 자유 그리고 민주화를 우선시했다. 열음사가 음란도서 『아마티스타』 등을 출간했다는 이유로 출판사 등록 취소를 당하고 연이어 장정일의 신작 『내게 거짓말을 해봐』가 간행물윤리위원회로부터 음란도서 판정을 받았다. 문인들이 범문단적인 서명운동을 펼치고 있었으나 진보진영에서는 별 반응이 없었다.

한승헌 변호사가 사건을 맡을 수 없는 상황이기에 노무현 변호사에게 만나자고 전화를 했다. 그녀가 상담해야 할 사건은 두 가지였다. 열음사 등록 취소사건과 우리들병원 치료비 청구사건을 거의 동시에 진행해야 했다.

우리들병원도 비슷한 처지로 사면초가인 것은 마찬가지였다.

그녀의 상황을 듣자마자 노무현이 말했다.

"우리들병원의 치료비 청구사건은 제가 맡겠습니다. 법정에 나갈 일은 별로 없을 것 같으니까요. 열음사 등록 취소사건은 부산지법 관할이니 문재인 변호사가 맡는 게 좋을 것 같습니다."

입을 떼기가 어려워 한참을 망설이다 노무현에게 물었다.

"수임료는 얼마입니까?"

"우리들병원 건은 300만 원입니다. 열음사 건은 뭐 얼마 되겠습니까?"

사실 그동안 그녀가 만나왔던 변호사들은 대개 수임료만

3,000만 원, 어떤 경우는 1억을 요구하기도 했다. 무엇보다도 노무현은 사안의 본질을 즉각적으로 파악하는 능력이 탁월했다.

"아직 문재인 변호사를 만나본 적은 없지만 대단히 보수적이라고도 하고 어느 정도 편견도 있을 거라고 하던데…"

그는 피식 웃었다.

"그도 나와 똑같은 마음일 겁니다. 표현의 자유란 것은 민주주의 사회에서 다른 기본권보다 더 우월적 지위를 가지고 있습니다. 아니 가져야 합니다.『아마티스타』란 소설의 내용이 실제로 음란물이라고 판단될 수 있을지는 별개의 논의로 치더라도 말이지요."

음란물에 대해서 그는 표현의 자유가 정치적 자유를 우선한다고 했고 해석은 법률적으로 하고 싶다고 했다.

그녀는 노무현의 소개로 부산으로 가서 법무법인 부산에서 문재인 변호사를 만났다. 아직 한 번도 변호사를 고용해본 적이 없었던 그녀에게 한꺼번에 두 사람의 고문변호인이 생긴 셈이었다.

마광수 사건과 우리들병원 치료비 사건이 일시에 비빔밥 되면서 노무현의 인생과 그녀의 인생이 사적으로 공적으로 얽혀들게 된 것이었다. 개울물이 어디선가 서로 섞이듯이 그들은 자연스럽게 사적으로 공적으로 운명적으로 인생이 섞여들게 되었다.

"제가 번역한 아나이스 닌의 『작은 새』는 물론 당시에는 에로티카라는 장르로 사람들의 성적 흥분을 유도하기 위한 목적으로 씌었습니다. 하지만 지금은 여성의 성적 동질성에 대한 심리서로 간주되어 외국에서는 페미니즘의 교재로 사용되고 있기도 합니다. 중요한 여성작가의 궤적을 잘 볼 수 있는 글이 음란물로 규정되는 것은 억울한 일이지요. 또한 『아마티스타』도 마찬가지입니다. 한 여성작가가 그 사회의 부패를 성을 통해 드러내는 것이니까요. 사회의 상층부를 이루는 의사, 변호사, 정치인들의 성적 타락을 통해 부패가 사회 속에 얼마나 내재되어 있는가를 보여준다고 할까요?"

문재인은 노무현보다 훨씬 더 차분하고 이성적인 인물로 보였다. 그는 그녀의 흥분되고 격앙된 말을 인내심 있게 경청했다.

"이 사건은 이 작품들이 음란물인가 아닌가를 따지는 재판으로 몰고 가서는 안 된다고 생각합니다. 음란물이 그렇게 새로운 주제도 아니고 여러 판례가 있으니까요. 이 건에 있어서는 음란물에 관한 법리 판단보다는 재량권의 오·남용이 문제인 것 같습니다. 문제가 된 책들을 좀 보내주실 수 있습니까? 물론 이 건에 해당하는 책에서 표현한 성묘사가 우리 사회에서 어느 정도 용납하는 범위에 해당되는지를 따져보는 것도 중요합니다. 문제의 핵심은 오래되고 훌륭한 출판사를 등록 취소시키는 재량권의 남용인 것 같습니다."

이런 와중에 노무현은 부산시장에 출마하기로 결심했다.

"제가 내년에 부산시장에 출마하려고 그러는데 도와주시겠습니까?"

"제가 뭘 도와드릴 수 있을까요? 지금은 부산 시민도 아닌데…"

"부산시장 출마 전에 시민들에게 제 자신에 대해서 알리고 선거에 소요될 돈을 인세로 마련하기 위해 책을 하나 썼습니다. 저의 첫 번째 저서이기도 하지요. 책의 표지, 제목, 편집에 대한 의견을 좀 물어보고 싶습니다. 아무래도 처음이니까요."

뉴욕으로 거처를 옮기고 난 다음 서울에 다니러 왔을 때였다. 그녀는 열음사 편집부에서 일하던 노혜경과 함께 르네상스 호텔 카페 엘리제에서 노무현을 만났다. 노무현은 이미 제목, 목차, 표지까지 정해진 『여보 나좀 도와줘』 원고 복사본을 들고 나왔다. 그녀는 대충 읽어보고 난 뒤 노무현에게 말했다.

"편집이 마음에 들지 않네요. 두 달만 시간을 주시면 좀 더 나은 책으로 편집해드릴 수 있을 것 같습니다."

"아! 그렇게 해주시겠습니까? 고맙습니다. 물론 두 달을 드리겠습니다."

노무현도 처음에는 그러마 하고 오케이했는데 그다음 주에 바로 전화를 해왔다. 부산시장 선거 때문에 두 달을 기다리면 출판 시기를 놓치게 된다며 원고를 도로 받아가버렸다. 비서가 약간 다듬었다고는 하지만 그가 직접 쓴 개인적 에세이라 그의 철학이나 정치적 이상이 좀 더 잘 표현되었으면 하는 욕심이 생겼다. 일주일 동안 그 원고를 숙독한 탓에 사적인 노무현에 대해서 심층적으로 알게 된 건 다행이었으나 그간의 노고가 억울해 그녀는 단단히 뿔이 났다. 그는 미안하다며 저녁을 산다고 했는데 그것이 아마 김정길이나 김원기 없이 처음으로 단둘이 식사를 하고 개인적인 대화를 나누는 관계로 발전하는 계기가 된 것 같다.

그녀는 노무현의 주머니 사정을 생각해서 그녀 집 앞에 있는 저렴한 한정식당을 예약했다.

"그동안은 출판사 사장님이고 우리들병원 원장 부인이라고만 알고 있었는데 Y 기자가 소설도 쓰고 시도 쓰신다고 말해 주었습니다. 요즘 내신 책이 인기 있다고요. 유시민이 있었으면 부탁을 했을 텐데 그가 독일에 가고 없으니까 김 회장님께 부탁드렸던 겁니다."

"잘됐어요. 어차피 뉴욕으로 들고 가서 씨름해야 할 판이었으니까요."

"그가 있었으면 좀 더 좋은 책이 되었을 텐데 아쉽네요. 또 시장 선거법에 따라 시기도 맞춰야 하고. 혹시 유시민이 쓴 「항

고이유서」 읽어보셨습니까?"

"부분적으로 읽었습니다만 기억나는 구절은 네크라소프의 시를 인용한 '슬픔도 분노도 없이 살아가는 인간은 조국을 사랑하지 않는 것이다'밖에 없네요. 평범하다고는 할 수 없지만 뭐 그리 뛰어난 글도 아니고."

그녀는 그가 유시민을 얘기할 때 뻐기는 듯 자랑스러워하는 태도가 마음에 들지 않았다. 질투도 났다.

"유시민이 있었다면 잘했을 텐데 내가 편집해봤자 별 볼일 없을 것이라고 생각했단 말인가요?"

"아, 그건 아닙니다. 선거 치르기 얼마 전에는 출판기념회를 못 합니다. 선거하려면 돈도 좀 있어야 하고 책을 팔 시간도 필요하다고 하더라고요. 뭐 내가 아는 한에서는 유시민이 한국에서 제일 글을 잘 쓰는 사람이란 말이지요."

노무현은 그 얼마 후 94년 여름에 『여보 나좀 도와줘』를 출판했고 그녀에게 증정본 한 권을 보내왔다. 그녀는 그녀의 소설 『자유종』 한 권을 답례로 증정했다. 그리고 그는 부산시장 선거에서 낙선했다.

그녀는 부산 시민도 아니었지만 극소수의 사람들에게 노무현을 찍어줄 것을 전화로 부탁했다. 아마 열 명 정도 되지 않았을까. 그러는 사이 문재인이 맡았던 열음사 등록 취소사건도 노무현이 맡았던 우리들병원 치료비 청구사건도 만족할 만한 성과를 거뒀다.

노무현의 사무장 김응관이 말했다.

"회장님, 승소 사례비는 안 주십니까?"

"어, 승소 사례비? 그런 것도 있습니까?"

승소 사례비를 어떻게 해야 하느냐는 그녀의 질문에 노무현은 얼굴이 빨개지면서 말했다.

"매월 50만 원의 고문료를 우리들병원과 계약하게 해주시겠습니까?"

그녀는 다른 변호사나 로펌의 수임료가 어느 정도인지 알고 있었기 때문에 두 변호사에게 빚진 기분이었다. 이렇게 해서 그들은 약 4년간 우리들병원의 고문변호사로 일했다.

이렇게 화기애애했던 관계의 결과는 비위의료인 동향보고 사건을 만들어냈다.

어느 날 공항에서 출국하려던 참에 부산 우리들병원 사무국장에게서 전화를 받았다.

"이상호 원장님이 비위의료인 동향보고에서 비위의료인으로 지목되었답니다. 여러 가지 복잡하고 골치 아픈 일이 벌어질 거라고 지금 바로 시청에 손쓰지 않으면 안 된다고 합니다."

"비위의료인 동향보고? 그게 무슨 말이야?"

출국 수속까지 마친 상태에서 여행을 취소할 수도 없었다. 독일에서 열리는 학회에서 이상호는 발표하기로 예정되어 있었다. 일주일 후 그녀 부부가 한국으로 돌아왔을 때는 한국정부가 병원에 대해서 할 수 있는 모든 종류의 감사와 조사가 진행되고 있었다. 2008년에 받을 세무조사와 그 이후에 불어닥친 관세청 조사, 구청 조사, 보건복지부 감사, 하다못해 위생검사와 의료보험공단 실사, 심사평가원 실사… 그 누구라도 햄릿을 인용해보지 않을 수 없었다.

To be or not to be, 존재하느냐 마느냐.

진짜로 존재한다는 것은 어떤 것인가.

어떻게 선택해야 하는가.

지금 생각해보면 단순한 얘기였는데도 그때는 시청에서 국정원으로, 보건복지부로, 구청으로 비위의료인 동향보고라는 것이 어떻게 만들어지고 전달되는지 도무지 알 수가 없었다. 정말 이해할 수 없는 일이 그때부터 벌어지기 시작되었던 거란 말이지.

이 작은 선택에서 그녀는 최소한 비겁해지지 말아야겠다, 최소한 정의로워야겠다고 '최소한'이라는 데드라인을 그녀의 인생에 긋게 되었던 것이다.

갖가지 노력 끝에 나중에 알게 된 것은 비위의료인 동향보고를 만들어 올린 사람은 부산 우리들병원 관할 경찰서장이었다. 기관장들이 일주일에 한 번씩 모여서 저녁을 먹고 이런저런 정보를 주고받는 자리인데 노무현과 김정길을 정적으로 삼는 사람도 그 자리에 참석했다는 것이다. 거기에서 이상호가 의사이니까 비위의료인 동향보고를 올렸다는 것이다. 만약 5공 시절이었다면 삼청교육대로 끌려갔다나. 그 경찰서장은 헤어질 때 그녀에게 말했다.

"저는 제 직책상 비위의료인이라고 생각되는 사람에 대한 정보를 수집하고 보고할 권한과 의무가 있는 사람입니다. 같은 부산 사람으로서 말씀드립니다. 의사라는 좋은 직업을 가지고 있는 사람이 무슨 이유로 그런 불온세력과 접촉을 하시는지, 그런 일은 지금부터라도 그만두시기를 충고드립니다. 이것은 진심입니다."

네루다의 시처럼 별과 함께 굴러떨어졌던 그런 순간들도 있었다. 둘 다 시간이 지천으로 널려 있을 때였고 그녀는 점점 노무현의 문법에 익숙해져갔다.

병원의 여러 사건이 겹쳐 있어 참 자주도 만났지. 누군가가 치료비 떼어먹고 간 사건, 그녀 개인이 사기당한 사건 등 일이 많았다.

노무현처럼 세상의 그 누구보다도 타자를 통해 자신을 보고 자신을 정의해야 하는 운명을 가지고 태어난 사람이 있다는 것을 알게 되었다. 그런 사람의 생애는 다른 사람 혹은 이상적인 가치관을 위해서 자신을 희생물로 바쳐야 하는 운명이었다. 심리적으로 약간의 빈정거림과 냉소를 섞어 말하자면 사도마

조히즘이라고 할까.

노무현은 불행하게도 아니 행복하게도 청문회 스타로 불렸던 그 순간부터 그렇게 운명지어져버린 거였다. 노무현과 만나면 그녀 자신도 거의 저잣거리 좌판에 나와 있는 것이나 다를 바 없었다. 그녀의 세계가 자신의 방 안에서만 보는 세상이라면 그의 세계는 전적으로 보여지는 곳이었다. 끊임없이 타인의 눈을 통해서만 자신을 볼 수 있고 인식할 수 있을 뿐이었다.

노무현과 만났던 90년대 동안 그녀는 그와 같이 영화를 두 편 봤다.

그와 함께 영화 「마지막 사랑」The Sheltering Sky을 본 날이었다.

모임이 한 군데 취소되어 두세 시간을 어딘가에서 함께 보내게 되었다. 그 시간에 영화나 한 편 보기로 합의하고는 영화 프로를 검색해보았다. 마침 베르톨루치 감독이 만든 「마지막 사랑」이 상영되고 있었다. 그녀는 그 영화의 원작자 폴 바울스를 좋아했기 때문에 그 영화를 보자고 졸랐다. 노무현은 별 감흥 없이 동의했다. 차를 마시고 있던 압구정동에서 시네하우스까지 택시를 탔다.

다른 때도 그랬지만 그날 따라 가는 곳마다 사람들이 노무현을 더 많이 알아보고 인사를 건네곤 했다. 찻집에서도 다른 좌석에 앉아 있던 손님들이 다가와서는 사인을 해달라고 했다. 사실 강남에 살고 있는 그리고 경상도 출신의 그녀 나이 또래에서는 당연하지만 그녀가 만나거나 알고 있는 사람들 중에서 노무현을 좋게 생각하는 사람은 별로 없었다. 그녀는 일반 대중에게서 그가 받는 인기가 의외였고 놀라웠다.

택시를 타고 나서 그녀는 무심히 눈앞에 있는 택시 기사의 반백으로 센 머리카락이 그나마도 듬성듬성한 뒤통수를 쳐다보고 있었다.

노무현은 겸연쩍은 듯이 머리를 긁적이며 말했다.

"저하고 다니니까 불편하시지요? 저는 완전히 속이 다 들여다보이는 유리 상자 속에 발가벗고 들어앉아 있는 삶을 살고 있는 사람입니다. 대한민국에서 저를 못 알아보는 사람이 없는 공개된 인생을 살고 있는 것이나 마찬가지랍니다. 정말 숨이 턱턱 막힙니다. 완전히 사생활을 앗긴 운명이라고 말할 수밖에 없지요."

"그렇게 남에게 보이는 자아에만 충실해지면 저절로 위선으로 가득해지고 내면은 점점 더 부박해지지 않나요?"

"이 모든 게 다 부질없는 짓인 줄 알면서도 어쩌다 생겨버린 나의 운명에 빠져서 다른 모든 것을 포기하는 거지요. 하고 싶은 운동도 하고 책도 실컷 읽고 싶은데 아까 만났던 그런 분들 때문에 오로지 하나의 일에 자신의 명을 걸어놓고 사는 거지요."

"꼭 유명 스타 같군요. 그래서 중압감에 눌린 정치인들이 섹스 스캔들을 자주 만드나봐요. 명분 자체가 이타적이고 공적 가치를 최우선해야 하는 거니까요. 일탈에 대한 욕망도 더 크겠지요. 지금이라도 훌훌 벗어버리고 자유로운 삶을 선택하면 되잖아요? 무엇보다도 자신을 더 사랑하는 법을 배우고, 그러면 가족들도 편해지고요. 그게 뭐 어려운가요?"

"제가 의도했던 것은 아니지만 청문회 스타라는 이름으로 각인되어버린 그 순간 운명이 돼버린 겁니다. 그 많은 사람들의 기대가 어깨 위로 얹히는 것을 깨달은 순간 그것을 저버릴 수 없게, 빼도 박도 못하게 돼버린 거지요. 차라리 사람들에게 내 인생을 들여다보고 구경하라고 오히려 선전해야 합니다. 그게 더 편합니다. 오장육부도 다 내놓고요."

그들은 기사에게 시네하우스 앞에서 세워달라고 했다.

기본요금 1,500원이 나왔다.

노무현이 양복 주머니에서 1,000원권 두 장을 꺼내자 택시 기사가 뒤돌아보면서 말했다.

"저 이 돈 안 받겠습니다. 제가 언제 또 노무현 같은 분을 제 차에 모시겠습니까. 다시는 없을 행운이지요. 그 대신 이 돈에다 사인을 해주시지 않겠습니까? 집에 가보로 간직하고 있겠습니다."

그는 가지런히 접혀 있는 수입금 중에서 가장 깨끗한 만 원권 한 장을 빼내서 노무현 앞에 볼펜과 함께 내밀었다. 노무현은 그의 가죽 지갑을 밑에 받치고 그 택시 기사가 건넨 만 원권에 노무현이라고 그의 이름을 써내려갔다. 택시 기사는 환한 웃음을 만면에 띠면서 말했다.

"고맙습니다. 진심으로 잘 되시기를 빌겠습니다."

그녀는 감동받았다.

폴 바울스는 그녀가 오랫동안 좋아했던 60년대 미국작가로 완전 퇴폐적이고 보헤미안적인 자유주의자였다. 아프리카 튀니지에서 대부분의 생을 보낸 그의 소설을 통해서 그녀는 사하라에 대한 흥미를 키워갔고 아프리카를 알게 되었다. 아프리카로 떠나버리고 싶은 생각을 하게 만든 사람도 폴 바울스였다. 그래서 실제로 두 번이나 사하라까지 가보기도 했다.

그런데 그 택시 기사가 노무현에게 보인 존경 어린 태도는 그녀의 히피적 취향을 순식간에 앗아가버렸다. 베르톨루치가 이 영화를 멜로드라마적으로 연출했기 때문에 실망한 탓도 있었지만 영화를 보는 내내 무엇인가가 그녀의 양심 같은 것을 자극했다. 영화가 끝나고 극장을 걸어나오면서 그녀는 노무현에게 말했다.

"아까, 정치인들의 중압감 어쩌고 말했던 것이 그 택시 기사 아저씨를 생각하면 부끄럽군요. 택시 요금을 안 받겠다고 할 때 한 대 맞은 것처럼 느꼈어요. 숙연해진다고 할까, 몸에 소름이 돋았어요. 여태 나는 사람을 잘못된 시각으로 보고 있었구나라는 생각이 들었습니다. 나는 그저 천박한 부르주아구나 하는… 그저 암묵적으로 사람들이 하는 노동을 일반화해서 그들 개개인을 '한 택시 기사' '한 청소부' 이런 식으로 불렀거든요.

자발적인 한 시민, 아니 한 개인이라는 인식을 이제까지 못했던 것 같아요. 자신이 번 돈을 자발적으로 포기하고 또 힘들여 번 돈 만 원도 희사하는 그가 독립적인 개인이고 시민이라고 처음으로 자각한 것 같아요. 세상을 새로운 눈으로 다시 보기 시작해야 할 것 같아요. 고마워요."

그것은 그녀의 진심이었다. 그녀는 만해의 시를 읊었다.

"날카로운 첫 키스는 내 인생의 지침을 돌려놓고… 이런 시가 있지요."

"예? 잘 이해되지는 않지만 칭찬을 듣는 것 같아 기분이 좋아졌습니다."

그러면서 그는 그 영화가 하나도 재미없었다는 듯이 말하는 것이었다.

"그런데 그 영화 속 사람들은 왜 그렇게 쓸데없이 허무하고 부질없는 사랑을 하고 의미 없이 사는 겁니까? 나는 사람의 감정을 과장하고 낭만적으로 꾸미는 영화는 별로 좋아하지 않습니다. 이해가 잘 되지 않아요."

"사하라 같은 사막을 영화로 봐도 가보고 싶은 생각이 들지 않나요?"

"별로. 그런데 김 회장은 내가 대통령이 되면 뭘 하나 해드리면 좋겠습니까?"

그녀는 소리 내서 웃었다.

"정말 말해도 되나요?"

"네, 말해보세요."

그녀는 부끄러운 생각이 들어 얼굴이 붉어졌다. 그녀가 생각해도 바보 같은 청이었다.

"노무현 대통령이 미국을 방문했을 때『뉴욕 타임스』헤드라인에 기사가 뜨는 것, 메트로폴리탄 뮤지엄에서 셀러브리티 파티를 여는 것."

노무현은 큰 소리로 웃었다.

기억한다는 것은 아니 쓴다는 일은 가장 잔혹하고 끔찍한 일인지도 몰라. 그런데 그녀마저도 이 세상에다 그를 상품으로 내놓으려 하다니!

그들 사이에 나눈 이런 사적인 대화를 기록하려 하다니!

게다가 유포까지 하려 들다니!

「마지막 사랑」 말고 그녀가 노무현과 같이 본 영화는 「스미스 워싱턴에 가다」 한 편이 더 있다. 퇴폐적이고 허무주의적인 보헤미안 영화를 본 기억의 반작용이었는지 그녀는 노무현에게 「스미스 워싱턴에 가다」를 구해서 보는 것이 좋겠다고 권했다. 그런데 노무현이 사는 동네의 대여점에는 이 영화가 없다고 해서 그들은 그녀의 사무실에서 몇 사람과 함께 이 비디오테이프를 빌려 봤다.

영화를 보고 난 뒤 그는 좀 의기소침해진 얼굴로 말했다.

"김 회장은 노무현을 아주 무식하다고 생각하는 것 같습니다."

그러고는 덧붙였다.

"또 사실이기도 하고요. 그런데 스미스가 국회에 갈 때하고 노무현이 국회로 갈 때하고는 목적동기가 완전히 달랐던 것 같습니다."

김영삼 정부가 끝나가던 1996년 12월.

노무현은 그녀에게 대통령이 되고 싶다는 고백을 했다.

그는 92년 부산 선거, 95년 부산시장 선거, 96년 종로에서도 떨어졌다. 이제 길고 우울한 낭인생활에서 빠져나올 때도 됐다. 안산에서 변호사업을 한다는 말은 들었지만 변호사 업무에 대해서는 말하지 않았다.

그는 그렇게 허접스럽게 시간을 보낼 수는 없다고 생각했는지 90년대 말에는 이전과 사뭇 달라 보였다. 함께 놀던 새장에서 탈출해 멀리 날아가버린 새 같았다고 해야 할까. 그들이 함께 보냈던 시간들로부터 노무현은 이미 날아가버린 새였다.

그녀가 여전히 몽환적인 마음의 방랑과 상실의 시대에 머물러 있는 동안 그는 한 마리 새처럼 그 시간을 빠져나갔던 것이다.

그녀는 그가 새빨개진 얼굴로

"저는 대통령이 되고 싶습니다."

라고 말했던 날을 매우 선명히 기억하고 있다. 그날 그녀는 부산을 다녀오던 길이었다. 아마 문재인 변호사를 만나고 오던 길이었던 것 같다. 그들은 압구정동 갤러리아 백화점 건너편 옛날식으로 꾸며진 이층 다방에서 만났다. 날씨가 갑자기 추워진 12월 초 그녀가 다방에 도착했을 때 노무현은 코트나 점퍼 없이 양복만 입고 있었다.

"양복 어디서 사 입으세요?"

"아, 이 양복요? 마누라가 10만 원 정도 주고 샀는데 김원기 대표가 입고 있는 것하고 똑같지요? 그런데 그건 100만 원짜리라는 겁니다. 똑같아 보이는데 말입니다."

그녀는 화학섬유 말고 따뜻한 모직 양복을 한 벌 장만하시지요라는 말은 하지 못하고 궁금했던 것을 물어보았다.

"그런데 정치를 통해서, 결국 현실정치를 통해서 혁명 같은 것은 못 하지 않나요? 부산에서 오는 비행기에서 어떤 초선 의원을 만났는데 자신의 정치적 목표는 궁극적으로 대통령이 되는 거래요. 제가 보기에는 초선이 된 것도 상당히 무리했던 사람인데 말이지요. 그래서 갑자기 몹시 궁금해졌어요. 그렇다면 노무현은 어떤 정치적 야심이 있을까 하고요. 만나자마자 물어봐야겠다고 생각하면서 왔습니다. 설마 대통령이 되려는 것은 아니겠지요?"

노무현의 얼굴이 목까지 빨갛게 물들었다. 추운 날씨라 다방 안의 따뜻한 공기에 몸이 풀어지고 얼굴이 상기되어 더 그랬는지는 모르지만 그는 정말 부끄러워하는 것 같았다. 그리고 낮은 목소리로 마치 오래 혼자 간직했던 비밀 이야기를 털어놓듯이 말했다.

"저는 대통령이 되고 싶습니다."

그녀는 약간 입술을 벌린 채 노무현의 빨개진 얼굴을 한참이나 쳐다보고 있었다. 정말이구나! 그도 대통령이 되고 싶어 하네.

노무현에게 먼저 인삼차가 배달되었다. 그는 뜨거운 인삼차를 한 모금씩 마시기 시작하더니 입을 열어 말을 쏟아냈다.

"제가 진영중학교에 입학시험을 치르고 집에 오니 어머니가 한숨을 푹푹 내쉬고 있었지요. 중학교 입학금 낼 돈이 없었으니까요. 사실 그때 입학금이라 해봤자 얼마 되지도 않는 돈이었습니다.

학교는 가야 되는데 고민하던 내게 누가 귀띔을 해줬어요. 우선 책값만 내고 외상으로 갚으면 된다고요. 그래서 어머니와 내가 교감선생님을 찾아가 우선 책값만 내고 여름 복숭아 농사지어서 입학금을 낼 테니 외상으로 해달라고 부탁을 했지요. 그런데 교감선생님은 나보고 공부할 필요가 없으니 아예 농사나 배우라고 하는 겁니다. 어렵게 대학까지 보낸 형님도 놀고 있지 않느냐면서요. 어머니는 서럽고 분해서 연신 울며 교감선생님께 매달렸지요.

나는 그깟 중학교 안 다니면 그만이라고 입학 원서를 북북 찢어버렸습니다. 어머니, 집에 갑시다, 이깟 학교 안 다녀도 좋습니다 하고는 뛰쳐나와버렸지요. 그러자 교감선생님은 저 봐라, 저런 놈 공부시켜봐야 깡패밖에 안 된다면서 의기양양했어요. 나는 시팔, 학교 안 다니고 말 거야 했지요. 형님이 교감선생님의 비교육적 언사를 트집 잡아 교육청에 가서 문제 삼겠다고 하니 어쩔 수 없이 외상으로 학교를 다니게 해주었습니다.

그런데 입학한 첫날 담임선생님이 이런 놈 때문에 학교가 안 된단 말이야 하면서 다짜고짜 싸대기를 후려치는 겁니다. 나는 입학금을 외상으로 한 것 말고는 아무런 잘못도 저지른 적이 없는데 말이지요. 지금껏 기억 속에 그 억울함이 뚜렷이 남아 있어요. 아마 그때부터 내 마음 한구석에는 불의와 정의에 대한 선택의 두 갈래 길이 생겨나지 않았을까 싶습니다.

나는 세상이 바뀌었으면 좋겠다는 희망을 품게 되었지요. 또 바뀌어야 된다고 생각했어요. 교감선생님이나 담임선생님을 향한 분노, 절망감은 무척 개인적인 차원이긴 했습니다만

이때의 경험 말고도 중학교 때 겪은 여러 가지 차별과 불평등에 대한 체험들은 내 삶의 성정을 이루는 분노, 불평등과 차별에 대한 정의로운 태도를 결정하는 씨앗으로 내면에서 자라기 시작했습니다. 어쩌면 되게 웃기게 들리시겠지만 그렇습니다. 나는 대통령이 되고 싶습니다."

이 이야기는 『여보 나좀 도와줘』에서도 읽었다. 그러나 노무현이 속사포처럼 빠르게 거의 숨도 쉬지 않고 그 말을 쏟아내는 동안 그녀의 가슴이 점점 뜨거워져올랐다.

나쁜 놈! 죽일 놈!

타임머신을 타고 그때로 돌아가 그 교감선생의 싸대기를 후려쳐주고 싶은 충동을 느꼈다. 열세 살의 그 소년에게 다정하게 말해주고 싶었다.

"그래, 울지 마. 내가 너에게 대통령을 가져다줄게."

그러니까 1996년 12월 그 겨울 그 순간부터 노무현은 그녀 마음의 대통령이 되었던 것이다. 비밀의 대통령.

"생년월일이 언제입니까?"

그녀가 물었다.

"1946년 8월 7일 진辰시."

노무현은 순순히 대답했다. 그러고 나서 궁금한 듯 물었다.

"왜 그러십니까?"

"집에 가서 만세력 찾아보고 노무현 사주에 왕기王氣가 없으면 저는 아웃하려고요."

노무현은 그녀를 물끄러미 쳐다보다가 웃으며 말했다.

"김 회장은 참 재미있는 사람입니다."

"사실은 저도 제가 재미있는 사람이란 것을 알고 있거든요."

그녀는 여러 사람들의 사주팔자四柱八字 운명을 수집하고 있었다. 이 여덟 글자는 12지와 천간으로 이루어진 글자의 조합으로 약 10만 종류의 인간 삶의 패턴을 만들 수 있다. 그 운명의 패턴을 기호학적으로 해석하고 운용한 '운명'에 관한 소설을 쓰겠다고 작정하고 사람들의 사주를 노트에 번호를 매겨 기록해가고 있었다. 이 여덟 글자는 가장 원시적인 생명의 화학요소인 물, 불, 나무, 쇠, 흙 다섯 가지의 성정을 상징하고 인간의 욕망과 삶을 부, 귀, 영, 화, 길, 흉, 화, 복 여덟 가지 조組로 나누고 분류하고 해석한다. 그 기호학 소설은 물론 끝내지도 못하고 몇 년간 움베르토 에코만 읽으며 끙끙거리다가 휴지통으로 던져버렸지만. 쓰려다가 못 끝낸 소설이 어디 한두 편인가.

그날 밤 집에 돌아온 그녀는 만세력을 찾아 노무현의 사주팔자를 해석하려고 오래 씨름하다가 잠들었다. 그는 병술년丙戌年 병신월丙申月 무인일戊寅日 병진시丙辰時에 태어났다. 당연히 이 운명은 그녀의 노트에 컬렉션되었다. 그래서 노무현이 생수회사 장수천을 인수할까 말까 망설일 때 과감하게 인수하라고 펌프질도 했던 것이다.

90년대 초 뉴욕에서 빈둥거릴 때 시간 여유가 있어 독학으로 점성술을 공부하게 되었다. 순전히 인간의 심리와 운명을 가지고 노는 심리게임으로서 사주뿐만 아니라 서양 점성술, 유대 카발라 점, 타로카드, 인도 점성술까지도 공부했다. 특히 한자를 읽어야 하는 명리에 끌렸던 건 아마도 언제 어디서나 외국어인 영어 속에서 살아야 했던 환경에 대한 반응 아니었을까. 사방에 낯선 영어 알파벳들만 도열해 있고 들리는 말도 영어뿐이었으니 은연중에 역사가 오래된 동양의 상형문자의 불가해 속으로 사라져버리고 싶었는지도 몰랐다. 분절된 문자의 배열들, 잘 배열된 미국사회의 그물망들이 그녀의 본능적인 감각들을 퇴화시켜버리고 오로지 합리적으로만 목적성에 맞게 존재하기를 원하는 것 같았다.

그녀는 동양적 동질성에 열중하기 시작했다. 차이나타운에 가서 차를 사온다거나 의미를 모르는 상형문자권에서 온 신비한 오브제들에 매료됐다. 뉴욕에 머무는 동안 움베르토 에코식의 기호학적인 소설을 한 편 쓰겠다는 야심을 키우고 있었다. 인간 심리의 유형, 두려움과 호기심, 슬픔의 원형에 접근하고 해석하려 했다.

그런데 주역周易이나 사주를 공부한다는 것은 불가지론자

적인 태도와 무식함이 요구되는 일이었다. 이 무식함이란 체계적 철학계보 없이 결국은 사주팔자 여덟 자가 함축하고 있는 동양적 가치가 부귀영화라는 통속적 가치에 종속돼버리는 격이었다. 그런데 더 깊이 파고들기에는 한자 실력도 없고 그녀 자신이 한없이 게으른 인간이라는 것을 알고 있었기에 사주팔자 소설 쓰는 것은 단념해버렸다. 소설 쓰기를 포기하고 나서도 개성 있는 인간을 만나면 꼭 태어난 생년일시를 물어보곤 운명수집 노트에 일단 수집해놓는 버릇이 생겼다. 그러니 노무현 같은 개성에 가득 찬 인간의 사주를 간과할 리가 없었다. 약 4, 5천 명 정도의 운명이 노무현의 사주와 함께 그 노트 속에 잠자고 있었다.

사주명리학의 입문서인 『연해자평』淵海子平에는 약 250가지 삶의 패턴이 증례로 수록되어 있는데 이런 구절이 있었다. 무인일주가 병진시를 보면 일日과 시時 사이에 묘卯를 끼고 있어 가랑이 사이에 관을 끼고 있는 거나 마찬가지라고 말이다.

노무현의 사주에 나무가 관이니 진辰 중에 숨은 계수癸水를 파야지 물기운이 올라 관을 생生할 수 있다고 그녀는 해석했다. 그래서 시時의 진을 파야 관이 생한다고 그에게 생수회사를 운영하라고 펌프질을 해댔던 것이다.

2003년 세상을 달구면서 안희정에게 구속영장이 발부된 정치자금 3억 9천만 원 사건은 그녀가 노무현의 사주를 읽다가 생겨난 우연이었다. 물론 그것 때문만은 아니겠지만 이 사주풀이 때문에 노무현이 장수천을 인수하게 되었다.

노무현은 장수천 때문에 고민하고 있었다.

"생수공장 장수천은 충청북도 옥천 장수에 있는데 자본금 5,000만 원짜리입니다. 형님하고 형님 친구 한 분하고 같이 산 땅을 장수천에 보증을 넣어줬거든요. 2억을 갚지 않으면 이 땅이 날아가요. 제가 93년도에 국민회의 부총재였지 않습니까? 영남권 대표주자로 지구당 위원장들의 어려움도 풀어주고 또 지방 선거에서 열심히 하라고 보증을 섰던 거지요. 형님하고 제 것은 괜찮은데 형님 친구분 지분이 문제지요. 땅을 잃지 않으려면 그 회사 지분을 모두 인수하고 이 생수회사를 운영해야 돼서 고민하고 있습니다."

"변호사도 남에게 선뜻 보증을 서주나요? 저 같은 사람이라면 모를까."

변호사인 노무현이 얼빵하게 보증을 서준 일이 몇 번이나 된다고 하니 그녀는 공연히 신이 났다. 얼마 전에는 남에게 어리석게도 돈을 떼였다고 놀림받은 적이 있었다.

"제가 이리저리 남 보증을 잘 서줘서 맨날 마누라에게 야단 맞습니다. 그렇지만 2억을 날리는 것이 억울하기도 하고."

그녀는 별 생각 없이 말했다.

"노 의원은 사주팔자에 땅을 파서 고庫에 있는 물을 퍼내면

관이 성하게 되니까 정치에 성공할 수 있고 대통령이 될 수도 있어요. 생수회사를 인수하십시오."

그는 기다렸다는 듯 망설임 없이 생수회사를 인수하기로 결정해버렸다.

"그럼, 영감 있는 시인의 말대로 생수회사 장수천을 한번 인수해볼까요? 그건 그렇고 제 사주에 왕기라는 게 있긴 있습디까?"

"제가 소설 쓰려고 인간 운명을 수집하긴 했는데 실력이 없어서 유명 명리학자들에게 컨닝도 좀 했어요. 사주 입문서인 『연해자평』에 이런 말이 있는 것을 봤어요. 무인일주가 일시에 인묘를 가랑이에 끼고 있으면 두 가랑이 사이에 정관正官, 편관片官을 끼고 있어서 난세의 영웅이라고요. 바로 노무현 의원의 사주를 두고 하는 말이지요. 몇 군데 유명한 사람들을 찾아가 상담을 했는데 잘 아는 사람이 많지는 않았지요. 난세가 아니면 그냥 영특한 율사라나요."

그는 바로 누군가에게 전화를 걸었다.

"이제부터 장수천은 우리가 맡아서 경영한다."

아마도 참모들의 최소 생계는 해결할 수 있는 수입원이 될지도 모른다고 생각하는 것 같았다. 이광재는 종로에서 생맥주집을 하면서 대기하고 있었고 안희정은 이수인 의원 사무실에서 보좌관으로 일하고 있었다. 그들은 빨리 노무현 옆으로 오고 싶어했다. 노무현 옆에는 보좌관도 운전기사도 없었다. 이제 김영삼 정부도 막바지를 향하고 있었다.

새로운 시대가 다가오고 있었다.

영감 있는 예술가인 그녀의 충고대로 그는 장수천을 인수했다. 생수에서 불소가 약간 과다하게 검출되었는데 그것만 해결되면 생수 사업이 잘될 것이라고 믿었다. 리스를 늘려 새로 기계를 사거나 공장을 증축하는 것 같았다.

그런데 그녀의 사주풀이와는 달리 장수천의 적자는 늘어가고 판매망을 확장시킨다고 유통회사 오아시스 워터까지 맡아서 어떻게 할 수도 없게 되었다. 반풍수 집안 망친다고 그냥 가만히 있었으면 노무현이 땅만 날리거나 아니면 2억만 손해 보면 됐을 텐데 그녀 때문에 그렇게 된 것 같아 언제나 미안했다. 우리들병원에서도 그녀가 경영하는 회사들에서도 오아시스 워터를 열심히 마셨고 공장 건축을 위해 건축가 정기용을 소개하기도 했고 불소를 없앨 수 있다는 과학자들을 조달해주기도 했다. 그리고 그녀가 경영하던 창업투자회사에서 장수천으로 1억 9천만 원을 긴급 투자해주도록 결재했다.

2003년 봄 이후 나라종금 2억과 이 1억 9천만 원은 안희정에게 이력서처럼 언제나 붙어다닌다. 어딜 가나 나라종금과 아스텍창투의 정치자금 3억 9천만 원 뉴스가 도배를 하고 있었다. 예를 들면, 나라종금 로비 의혹사건을 재수사 중인 대검 중수부 안대회 검사장은 지난 22일 안씨가 김호준 전 보성그룹 회장 측으로부터 받은 2억 원 외에 1억 9천만 원의 정치자금을 추가 수수한 사실을 밝혀내고 정치자금법 위반혐의로 사전구속영장을 청구했다는 식이었다. 하다하다 나중에 회사를 정리할 때쯤 장수천에는 리스 빚까지 연체가 걸려 얽히고설킨 실타래처럼 엉켜 있었다.

그녀는 투자한 1억 9천만 원을 포기했다. 리스회사에서 일했던 직원들을 장수천에 보내 연체 이자 등을 청산하는 일을 도와주어야 했다. 2003년 검찰에 참고인 자격으로 불려다니면서 그녀는 봤다.

그들은 노무현을 구석으로 몰아가며 사냥하고 있다는 것을. 하! 기가 차서 정말. 정치자금 수수라니!

이런 와중에도 끈질기게 그의 도전은 좌절되지 않고 계속되고 있었다. 1997년 대선을 앞두고 동면하던 개구리들은 제각각 기지개를 펴면서 어디로 뛰어 앉을까 궁리 중이었고 우여곡절 끝에 통추는 결국 DJ를 지지하기로 결정했다. 통추는 현실적인 힘이 별로 없었지만 김원기 산하에 젊은 정치 스타들이 아직 건재했고 상징성도 있었다. 어느 정도는 효용이 있어서 DJ도 은밀하게 김원기와 통추의 지지를 얻으려고 노력하고 있었다. 이인제도 마찬가지였다.

하마터면 통추가 통째로 이인제에게 갈 뻔한 적도 있었다. 실제로 그랬는지는 모르지만 다급해진 노무현이 밤을 새워서 '이인제가 나가면 나도 나간다'는 글을 썼다. 통추 멤버들이 행여 이인제 편으로 가지 못하도록 쐐기를 박은 것이다. 고백 에세이 『여보 나좀 도와줘』 말고 노무현이 직접 쓴 글을 읽은 것은 그게 처음이었고, 아! 변호사라는 직업도 작가군이구나라는 생각을 들게 했다.

1997년 겨울 부산시를 돌며 DJ 지지연설을 하고 있던 노무현과 김정길 두 사람을 위로하기 위해 그녀는 부산을 두 번 내려갔다. 노무현은 미국문화원 앞에서 김정길은 부산역 앞에서 연설을 하고 있었다. 두 군데 모두 연설을 듣는 청중이 열 명도 안 되었다. 추운 바람이 쌩쌩 부는 거리에서 벌벌 떨며 연설하는 그들이 딱했다. 부산의 기자들과 함께 밥을 먹자 했다.

"그런 미친 배신자들하고는 한자리에 앉아 밥도 먹기 싫다."

그들 둘은 철저히 외면당했다.

김정길도 차기 대선을 꿈꾸고 있었다. 그녀는 차마 그녀가 노무현 대통령 만들기를 하고 있는 중이라는 말을 못 했다. 그래봤자 대통령놀이 소꿉장난이었지만 말이다. 노무현에게 영어 배우라고 영어선생 소개시켜주고 책이나 몇 권 가져다주고는 읽어보라고 권했고 「스미스 워싱턴에 가다」라는 옛날 영화나 구해다 보여준 것밖에 없었다. 그러나 김정길은 "너 고무신

거꾸로 신었지?" 하고 달려들지도 모를 일이었다. 속절없이 심리적으로 삼각관계 비슷한 양상을 보이고 있었다. 그냥 모른 척할 뿐이었다.

관전자였던 그녀가 어느 틈에 정치 깊숙이 들어가 구경하고 있었던 것이다. DJ가 대통령에 당선되고 나자 어느 날 김원기가 그녀에게 일식집에서 밥 먹자고 했다.

"어이, DJ하고 장관 두 명을 통추에서 하기로 약조했는데 JP하고 가르다보니 자리가 하나밖에 없다네. 자네 생각에는 김정길, 노무현 두 놈 중에 누가 장관이 되면 좋을 것 같아?"

그녀는 다음에 대통령이 될지도 모르는 사람이 새 정권 초기에 장관을 하면 안 될 것 같았지만 모른 척하고 대답했다.

"그래도 김정길이 나이도 한 살 더 많으니 먼저 장관을 해야지요."

"어이구야, 김정길이 애인 맞구먼. 허허, 난 또 자네가 노무현으로 애인을 바꾼 줄 알았지."

노무현 노래방사단 모임은 어쩌다 모였다. 장관이 된 김정길은 언제나 늦게 오거나 참석하지 않아 멤버들은 그를 두고 놀렸지만 분위기는 화기애애했다.

"정치인들은 잘나가면 안 나타나고 잘 나타나면 별 볼일 없는 본질적으로 의리 없는 존재들이야."

98년 종로 보궐선거에 당선되어 국회에 들어가자 노무현은 좀 안정되는 것 같았다. 그러나 주변에서 말리는데도 불구하고 2000년 4월에 부산시장에 출마해 또 떨어졌다.

이번 선거 패배는 그에게도 큰 타격이었던 것 같다.

"다시는 정치를 하지 않겠습니다. 공증서에 도장 찍으면서 처자식 먹여 살리고 그냥 그렇게 살아야겠습니다."

'노사모'가 생기지 않았다면 어쩌면 그러지 않았을까.

2000년 초 『한겨레 21』에 이른바 잠룡들의 가능성을 지지도로 조사하지 않고 절대비토세력 숫자로 평가한 여론조사 결과가 나왔다. 지지율은 노무현보다 압도적으로 높았지만 이회창은 무려 45퍼센트 이상이 절대적으로 비토하는 것으로 나타났다. 반면 지지도는 3등 이하지만 노무현을 절대 비토하는 사람은 15퍼센트 미만이었다. 2002년에 다가올 대통령 선거에서 기대해볼 만한 상당히 긍정적인 결과였지만, 원내에 들어가지 못하면 딛고 설 발판 자체가 없었다.

그녀는 첫 노사모 모임이 대전에서 있었던 날 노무현의 빛나는 얼굴을 지금도 생생히 기억한다. 어떤 화학촉매제가 그의 뇌로 주입되었는지 그는 며칠 새 전혀 다른 사람이 되어 있다. 5월경이었을 것이다. 노무현의 전화를 받았다.

"저 대전 내려갈 일이 있어서 강남을 지나갑니다. 가는 길에 차나 한잔 하시겠습니까? 경부고속도로로 갈 거니까요. 잠시밖에 시간이 없습니다만."

그의 목소리가 의외로 밝았다. 불과 며칠 전에 만났을 때만 해도 거의 절망적이었는데 무슨 일일까.

그는 그녀의 집 앞 까시줌마에서 만나자마자 인터넷에서 프린트한 A4 용지의 글을 보여주었다.

"어떤 시인이 인터넷에 이런 글을 올렸답니다. 한번 읽어보세요. 이들이 '노무현을 사랑하는 모임'이라는 것을 만들었다고 하네요. 오늘 대전에서 첫 모임을 하는데 내려가보려고요."

"다른 분들은 청문회의 스타 노무현을 기억하시는지 몰라도, 저는 스스로의 선택과 관찰과 사유의 결과를 차곡차곡 쌓으며 성장한 사람으로서 노무현을 생각합니다. 그는 대학시절을 보내며 운동권 이론에 심취해 거룩한 마음으로 운동 판에 뛰어든 사람이 아니라, 생각 없이 살다가 타고난 곧은 마음의 안테나에 불의가 포착되자 단지 그것을 바로잡기 위해, 아주 사소한 정의를 실현시키기 위해 험로로 들어선 사람입니다.

우리 모두 초기화면에 걸린, 남들이 가지 않는 길로 들어선 사람이지요.

인생에서는 머릿속에 든 이념의 목록보다 필요할 때 그 길로 들어설 줄 아는 선택의 능력과 그 길을 계속 가는 자기 격려의 능력이 더 필요하다고 봅니다. 특히 국가라는 배의 리더에겐 말이지요.

그후 그가 선택을 그르친 적은 없습니다. 왜 그럴까요. 그건 노무현은 정략으로 사고하는 것이 아니라 매 순간 자신의 진심을 다해 사고하며, 더 중요한 건 생각할 줄 아는 능력이 있기 때문입니다. 노혜경·시인"

그녀는 글의 말미에서 노혜경이라는 이름을 보고 큰 소리로 웃기 시작했다. 우습기도 하고 기분도 좋아서였다. 노혜경은 7년 정도 열음사에서 일하다 남편이 부산으로 직장을 옮기는 바람에 열음사를 그만두고 부산으로 간 지 몇 년이 흘렀는데 그렇게 만나게 되어서다.

"이 노혜경이 전에 『여보 나좀 도와줘』 편집 건으로 함께 만났던 열음사의 편집장인데 기억하셨습니까?"

"아, 그렇습니까? 그건 몰랐네요."

"혜경이가 정말 잘 썼네요. 한국정치가 시적 담론으로 업그레이드되는 순간이로군요."

"일종의 팬클럽 같은 것이겠지요. 한번 가봐야 어떤 사람들이 어떻게 모였는지 자세히 알게 되겠지요."

그는 상당히 기분이 고조되어 있었고 그녀도 그가 출구를 찾은 것 같은 묘한 안도감을 느꼈다. 최소한 비빌 언덕은 있겠구나. 무엇인지는 모르겠지만 어디선가 훈풍이 불어오는 그런 느낌.

대전을 갔다온 다음 날부터 그는 그 어느 때보다도 자신에 대한 확신에 차 있었다. 청문회 때의 사람들의 열광적 반응하고도 다른 비로소 땅에다 뿌리를 내리듯 사람들 속에 자신이 제대로 심겨졌다고 느끼는 것 같았다.

"다른 사람에게 이해받는다는 이런 느낌, 사랑받는다는 이런 기분은 난생처음입니다. 청문회 때 받은 열광하고는 완전히 다른, 가문 날에 어디선가 하늘에서 금방 단비가 내릴 것 같아요. 희망이 생겼습니다. 이젠 정말 두려움 없이 계속 갈 수 있을 것 같습니다."

"어제 좋았나봅니다."

"좋다마다요. 너무 행복했습니다."

부산 선거 이후 처음으로 그는 파안대소했다.

나라가 위급할 때 긴급징집된 병사들처럼 노사모는 하늘이 내린 단비였고 행복이었고 또 커다란 괴로움이기도 했다.

"궁극적으로 나는 그들에게는 실망으로 끝나겠지요. 그게 현실정치의 운명이니까요. 그래도 어디 구더기 무서워서 장 못 담습니까? 계속 걸어가야지요. 길이 끝날 때까지… 상처나 패배를 두려워 말아야지요."

여전히 장수천이나 오아시스 워터 때문에 골머리를 앓아야 했고 돈도 없고 온갖 문제들 속에 내던져 있었지만 그는 겨우 갈피를 잡은 것 같았다. 한결 안정되었고 내적인 힘도 생겼다.

맨 밑바닥까지 가라앉아서 밑바닥에 두 발을 대고 나면 이젠 수면 위로 떠오를 수밖에 없을 테니까. 영혼에도 용량이 있다면 그녀는 그날 부산 선거에서 지고 난 다음 노무현에게서 어느 날 부쩍 커져버린 그릇을 느꼈다. 잠시 정치룸펜이었던 노무현은, 그녀의 순진한 혁명의 꿈이었던 노무현은 이제 직업 정치인으로서 떠날 채비를 하고 있었던 것이다.

노무현은 오랫동안 김구를 그의 사표로 삼아왔다. 언제나 언더그라운드에 있는 그 자신이 상해임시정부에서 일하는 사람같이 느껴졌는지 모른다. 그런 그가 대통령이 되려고 하니 롤모델로는 김구가 좀 약하다고 느꼈는지 모른다. 그래서 선택한 롤모델이 에이브러햄 링컨이었다.

"제가 말입니다. 에이브러햄 링컨을 만난다면 어떨 것 같습니까?"

"무슨 말씀인지?"

그녀가 노무현의 말을 이해하는 데에는 몇 분간의 시간이 필요했다. 여의도 맨해튼 호텔에서 옛날식 햄버그스테이크를 먹고 있던 중이었다.

"정치적 멘토를 김구 선생에서 링컨으로 바꾸고 제가 링컨을 만났다는 것을 책으로 알리려고 합니다."

그녀는 사실 링컨에 대해서는 게티스버그 연설 정도만 기억하고 있었을 뿐이다. 그녀는 약간 빈정거리는 투로 말했다.

"신의 가호 아래 국민의 국민에 의한 국민을 위한 정부가 이 지구상에서 죽지 않도록 하는 것입니다."

고등학교 때 영어 참고서에도 나오고 외우기도 했으니까. 링컨이라면 평등과 자유의 통속적 표준이고 고전이라고 할 수도 있었다. 그녀는 그때까지 사실 민주주의 자체에 대해서 진지하게 생각해본 적이 한 번도 없었다. 링컨이라는 그의 말에 자동적으로 민주주의라는 단어가 연상되었던 것이다.

그날은 무슨 특별한 수입이 있었던지 노무현이 그녀에게 비싸고 맛있는 것을 사주겠다고 여의도로 불러냈다. 일본식 햄버그스테이크 코스를 시키더니 갑자기 링컨 이야기를 끄집어내서 의외였다. 마주 앉아 있는 노무현의 얼굴이 그녀가 익숙하게 알고 있던 얼굴과 뭔가 달라 보였다.

그는 이미 언젠가부터 그녀 마음속의 대통령이었다. 그날 압구정동의 다방에서 "저는 대통령이 되고 싶습니다"라고 고백했던 그날부터. 그러나 그 대통령이 재임하는 곳은 현실이 아니라 소꿉장난하는 그런 곳이었다. 그가 링컨이라는 이름을 언급하고 대통령이라는 단어를 링컨과 합쳐놓고 나니 훨씬 현실적으로 느껴지는 것이었다.

그녀 마음속의 혁명아인 노무현에게는 이제 안녕이라고 고해야 하는 건지. 그런데 왜 링컨이라는 이름이 나오자마자 기분이 안 좋아졌지? 그녀의 목소리는 자신도 모르는 새 약간 격앙되었다.

"그는 암살당했잖아요. 불길해요."

"…?"

"그는 또 미국의 대통령이잖아요. 지나치게 타협적이고 지나치게 민주적이지요. 그가 대통령으로 당선되었다는 사실 자체를 성공적이라고 본다면 그렇게 생각할 수도 있겠지만 롤모델로 삼을 만한 다른 사람은 없을까요? 미국이 아니라 우리나라하고 좀 더 비슷한 혹은 더…"

노무현은 그녀가 암살이라고 한 말에 발끈했는지 아니면 그녀의 어투에 마음이 상했는지 마치 검사 같은 딱딱한 말투로 말했다.

"그러면 제가 롤모델로 삼을 만한 정치인의 이름을 김 회장이 한 사람이라도 읊어보십시오."

그녀는 케네디, 말콤 엑스, 체 게바라, 예수, 스파르타쿠스, 아옌데…라고 주섬주섬 읊었다. 가만히 듣고 있던 그가 말했다.

"김 회장은 아직까지 혁명가와 정치인의 차이를 모르시나 봅니다."

사실 그녀가 사회운동과 혁명 사이의 차이를 알고 있었는지 없었는지 아옌데를 끝으로 아무 이름도 기억나지 않았다. 어떤 모범이 될 만한 정치가의 이름도 떠오르지 않았다. 마지막에 호명한 아옌데란 이름만 입술에 딱 달라붙었는지 계속 그 이름만 맴도는 것이었다.

"아옌데는 네루다 시인의 친구였고…"

"네루다?"

노무현은 네루다가 누군지 몰랐다.

"네, 암튼 아옌데는…"

그녀는 스스로를 쏘아 자살했다는 아옌데의 마지막 유언이 떠올라 더 이상 말을 잇지 못했다.

아! 아옌데는 더 불길하군.

노무현은 아옌데 아옌데 하는 그녀가 우스꽝스러웠는지 한결 부드러운 목소리로 물었다.

"아옌데는 자살하지 않았습니까? 아니면 암살당했습니까?"

"그렇군요. 내가 말한 사람들이 모두 죽었군요."

"사람은 누구나 죽지 않습니까? 하하, 이번에는 죽지 않은 대통령이 있다면 이름을 말해보십시오."

"링컨을 통해서 국민에게 말하고 싶은 게 있다면… 그게 뭔가요? 민주주의? 혹은 평등?"

그녀는 암살, 총살 따위의 죽음에 관한 대화에서 벗어나기 위해 그렇게 물었다. 그는 단호한 목소리로 대답했다.

"통합!"

"그렇군요. 혁명가가 되는 것과 대통령이 되는 것은 확연히 다른 것이로군요. 만약 노무현이 대통령이 된다면 조선일보 정치부장도 이회창 씨도 그렇게 야비하게 헐뜯고 비난을 퍼붓고 배신을 물 먹듯이 해대는 인간들도 노무현의 사랑하는 국민이어야 하는 거군요. 나는 당신이 대통령이 된다면 절대로 내가 싫어하는 인간 모두를 사랑하는 국민으로 섬겨야 되는 대중정치인인 그런 대통령의 친구는 안 되겠습니다. 그러니 대통령에 당선된다는 그 자체가 본질적으로는 모순 아닙니까?"

"지금 나에게는 대통령 그 자체가 성공을 의미합니다. 나는 죽는 것은 하나도 두렵지 않습니다. 아주 옛날부터요."

그들은 그들 둘 사이의 평화와 아직 한참 남은 햄버그스테이크를 위하여 서로 웃고 말았고 말없이 점심을 끝냈다. 그녀가 책쟁이라서 그랬는지 책이나 글에 대해서는 그와 한 번도 의견이 맞은 적이 없었다.

얼마 지나지 않아 그가 쓴 『노무현이 만난 링컨』이 출판되었다. 아옌데 대통령이 자살로 죽었다는 것이 재작년인가 공식적으로 발표되었을 때 그녀는 여의도에서 햄버그스테이크를 먹었던 불길한 그날을 그리고 노무현을 생각했다.

그래 끝내 불길했어.

그날 왜 하필이면!

"1973년 군사쿠데타 과정에서 숨진 살바도르 아옌데 전 칠레 대통령의 사망원인이 자살로 결론났습니다. 칠레 대법원은 아옌데 전 대통령이 쿠데타 당시 자살한 것으로 확인했습니다. 살바도르 아옌데는 칠레에서 민주선거로 선출된 첫 사회주의자 대통령이었습니다. 아옌데는 1973년 9월 11일 아우구스토 피노체트가 일으킨 군사쿠데타에 저항하다가 소총으로 스스로 목숨을 끊은 것으로 알려졌습니다. 칠레 대법원은 아옌데 전 대통령이 쿠데타 당시 자살한 것으로 재확인하고 현지시간으로 7일 사망원인 규명을 위한 조사를 공식 종료했습니다.

　그의 소송대리인 로베르토 셀레돈은 '아옌데 전 대통령은 자신을 신뢰한 사람들을 위해 대통령으로서 명예를 지켰습니다'라고 말했습니다. 칠레 사법부는 쿠데타군이 대통령궁을 폭격하고 난 뒤 아옌데 전 대통령이 자살했다는 조사 결과를 지난 2012년에 발표했습니다. 아옌데 전 대통령의 시신도 발굴조사했습니다. 사건을 담당한 판사는 아옌데 전 대통령이 측근들에게 대피를 지시하고 나서 자신은 대통령궁 별실로 들어가 소총으로 자살했다고 설명했습니다.

　피노체트 군부는 아옌데 정권을 무너뜨리고 1990년까지 군사독재정권을 유지했습니다. 군사정권 기간에 3,200명 이상이 사망하거나 실종된 것으로 알려졌습니다. 상파울루에서 연합뉴스 김재순입니다."

점심을 먹고 며칠이 지난 뒤 그녀는 아옌데의 마지막 유언을 프린트해서 노무현에게 보여주었다. 그는 그것을 읽어보고는 별 반응 없이 짤막하게 말했다.

"감동적이군요."

그녀는 네루다와 아옌데 사이에 일생 동안 이어진 우정과 피노체트가 쿠데타를 일으키고 나서 얼마 후에 병석에 있던 네루다도 세상을 떠났다는 얘기도 했다.

"네루다."

그는 네루다의 이름을 낮게 중얼거려보고는 말했다.

"노무현은 김수경 시인의 친구잖습니까?"

산더미 같은 정치 일정이 그를 밀어붙이기 시작했을 때였다.

"이번이 제가 여러분에게 말하는 마지막이 될 것입니다. 곧 마가야네스 라디오도 침묵하게 될 것입니다. 그리고 여러분에게 용기를 주고자 했던 나의 목소리도 닿지 않을 것입니다. 그것은 중요하지 않습니다. 여러분은 계속 들을 수 있기 때문입니다.

나는 항상 여러분과 함께할 것입니다. 내가 이제 박해받게 될 모든 사람을 향해 말하는 것은, 여러분에게 내가 물러서지 않을 것임을 이야기하기 위한 것입니다.

나는 민중의 충실한 마음에 대해 내 생명으로 보답할 것입니다.

나는 언제나 여러분과 함께 있을 것입니다.

나는 우리나라의 운명과 그 운명에 믿음을 가지고 있습니다.

또 다른 사람들이 승리를 거둘 것이고, 곧 가로수 길들이 다시 개방되어 시민들이 걸어다니게 될 것이고, 그리하여 더 나은 사회가 건설될 것입니다.

칠레 만세!

민중 만세!

노동자 만세!

이것이 나의 마지막 말입니다.

나의 희생을 극복해내리라 믿습니다.

머지않아 자유를 사랑하는 사람들이 더 나은 사회를 향해 위대한 길을 열 것이라고 여러분과 함께 믿습니다.

그들은 힘으로 우리를 지배하는 것처럼 보이지만 무력이나 범죄행위로는 사회변혁 행위를 멈추게 할 수 없습니다.

역사는 우리의 것이며, 인민이 이루어내는 것입니다.

언젠가는 자유롭게 걷고 더 나은 사회를 건설할 역사의 큰 길을 인민의 손으로 열게 될 것입니다."

뉴스 혹은 소설

어느 날 그대의 이름 바닷가에 썼으나
파도가 밀려와 씻어버렸네.
다시 한 번 그 이름 적어봤으나
물결이 밀려와 내 수고를 헛되이 만들었네.
부질없는 그대여.
그녀 말하길 헛된 시도를 하고 있으니
덧없는 것을 이토록 불멸케 하고자.

• 에드먼드 스펜서

그녀는 집에서 나와 코엑스 쪽으로 걸어가고 있다.

어떻든 이미 하나의 새로운 작업은 시작된 셈이었다. 그 시작 이후 시간도 꽤 흘러갔다. 이미 최종 결말을 쓰고 있어야 할 시점인데도 아직 플롯도 길이도 스타일도 사실은 장르조차 확정되지 않았으니 아마도 우유부단한 성격 때문에 이 작업이 끝나는 순간까지도, 아니 어쩌면 다른 잡동사니 작품들처럼 영원히 끝내지도 못하고 컴퓨터 안에 내던져져 미완성인 채 있을지도 모른다.

그래도 언제나 새로운 작업을 시작한다는 것은 멋진 일이지! 오류에 찬 기억과 망각의 늪을 헤매고 회한과 슬픔의 거리를 방랑하다 결국은 겨울 나그네가 된다 할지라도 말이야. 철들지 않고 영원히 유년기에 머물러 있는 지진아처럼 출발선에서만 서성대는 거지.

그녀는 끝맺지 못하고 포기해버렸던 수많은 새로운 시작들을 생각했다. 그렇지만 소설이 이미 훌륭히 마무리되어서 끝나버렸다 해도 결국은 혼자 고독 속에 내팽개쳐 있었겠지. 결국은 아무것도 아닌 것들을 이룩하기 위해 헌신하고 쏟았던 열정의 쓰나미에 떠밀려 널브러져 있겠지.

책을 쓴다는 것 특히 독자들의 주머니를 열고 돈을 지불하도록 유혹하는 일을 하지 않으려면 차라리 읽히지 않도록 갖은 장치들을 글 속에 숨겨놓는 거야. 옛날에 책을 펴내고 난 뒤에 다짐했잖아. 책을 써서 정가를 매기고 지적이고 지극히 사적이며 은밀하고 추잡스럽기도 하고 또 아름답기 짝이 없는 개인적 노동의 생산물을 서점에다 진열해놓고 파는 부끄러운 행위를 다시는 하지 않겠다고 말이야.

흠! 그것도 벌써 20년이 더 흘러버렸어.

그런데 저만치 떨어진 길거리에 친구였던 노무현이 표지판으로 서 있는 것 같다. 이제 일련의 독자들을 이끌고 그녀의 기억의 회로를 따라 그곳으로 동행해가야 할 것이었다. 그녀 자신이 그들 독자들을 매혹시키거나 노무현으로 하여금 그렇게 하도록 해야 하는데 사실 자신도 없다. 아니면 그럴 의사조차 없는지도 모른다.

그녀가 노무현에 대해서 쓴다면 말이다.

그것은 그리스인 조르바가 카잔차키스에 대해서 언술하는 것과 같은 건가. 조르바가 소설 속으로부터 튀어나와 카잔차키스에 대해서 구술하는… 그녀는 상상을 하면서 비실비실 웃음을 지었다. 만약 한 사람의 일생 동안 축적되었던 경험이 순간적인 파노라마로 흐르는 화면이 있다면 일생의 사건들 사이에는 시차가 없을 거야. 그러니 시간 배열도 순서도 필요 없겠지. 순식간에 비단처럼 차르르 동시에 펼쳐질 거야.

노무현이라는 하나의 생애가 그녀의 기억의 회로를 통과해 그들 독자들의 기억의 회로 속으로 그 스크린 위로 옮겨진다.

사람들이 그녀에게 묻는다.

"노무현하고 무슨 관계예요?"

"친구입니다."

"아! 후원자시로군요."

라고 응답을 하기도 하고 어떤 이는 의아하다는 듯이 반문하기도 한다.

"친구요?"

대부분의 사람은 이렇게 묻기도 한다.

"어떻게 당신 같은 부르주아가 노무현의 친구일 수 있지요?"

그러면 그녀는 미소를 지으며 대답한다.

"부르주아도 한때는 노무현 대통령의 사랑스런 국민이었답니다."

그들의 가치관이 좌우 어느 쪽에 속하건 계급을 언급할 때면 어느 정도의 빈정거림이 그 비유 속에 들어가 있다. 마르크스가 100년 넘게 지속적인 영향을 미친 까닭으로 사람들은 계급 나누기에 너무나도 익숙해져 있다.

바보같이!

물론 그렇지.

누구나의 삶처럼 그녀의 인생도 모순 덩어리고 아서 쾨슬러의 말처럼 모든 인간 존재 자체가 분열증적 경향이 있다고 하지 않았나.

포르부에 있는 발터 벤야민 무덤을 지나 세테의 폴 발레리 무덤을 들른 다음 마르세유 유니테 다비타시옹에서 하룻밤 묵은 날 그녀는 그 '친구'라는 단어에 대해 한참을 생각했다. 쉽사리 정의할 수는 없는 말이었다. 그녀는 잠시 이 책의 제목을 '애인'이라고 할까 생각해본 적도 있다. 노무현과 김정길 그리고 그녀 사이에 가장 많이 오갔던 단어가 애인이라서다.

파리를 탈출한 벤야민은 루르드를 경유해 마르세유에 겨우 도착했다. 한동안 그곳에 머물면서 국경 넘을 준비를 했다. 그는 이미 미국에 도착해 있는 아도르노와 호르크하이머와 합세하기 위해, 그러니까 새로운 삶의 희망을 향한 티켓을 얻기 위해 그는 우여곡절을 겪으며 미국영사관에서 비자를 발급받았다. 프랑스 국경을 넘어 포르부로 다시 포르투갈까지 가서 미국으로 가는 배를 타기로 예정되어 있었다.

그는 마르세유에서 묵는 동안 마지막이 돼버린 그의 친구들 하나 아렌트와 아서 쾨슬러 등을 만났다.

그들은 서로 어떤 말을 나눴을까.

그날따라 잠 못 들고 그들 친구들 사이에 오갔을 대화를 상상해봤다. 유대인이라는 존재론적 공통 문제를 안고 있었을 것이다. 시오니즘 운동에 대해서는 각자 개인적인 차이도 있었겠지. 다가오는 기계문명에 대해서도, 뉴미디어에 대해서도, 팽

창되는 자본주의 욕망과 그들 모두가 어쩔 수 없이 통과해가야 하는 현대라는 통로에 대해서도 의견들을 나눴을 거야.

국경을 넘어가지 못할 수도 있다고 생각한 발터 벤야민은 최악의 경우 자신의 존엄성을 지키기 위해 모르핀을 준비했을 것이다. 아니야. 어쩌면 그는 비록 도망은 쳤지만 뉴월드 미국의 희망에 대해서는 의외로 회의적이었을지도 모른다. 단순히 지쳤기 때문에 포르부에서 모르핀을 먹고 자살한 것만은 아닐지도 모른단 말이지.

마르세유에서의 그들의 만남은 절망적이었겠지만 벤야민이 죽고 난 다음 그들 친구들의 저술활동을 보면 우정의 열매는 대단했다. 참, 그러고 보니 아서 쾨슬러도 노무현이나 벤야민처럼 자살을 했지.

한나 아렌트는 친구 발터 벤야민의 무덤을 찾기 위해 1941년 포르부에 왔으나 찾지 못하고 돌아간다. 그것은 그녀가 지금 하고 있는 일과 비슷한 심정으로 떠난 여행이 아니었을까. 그녀가 말들 속에 파묻혀서 지금 찾고 있는 것도 노무현의 정신적 유해 아닌가.

오후 6시를 겨우 넘겼는데도 날이 어두웠다.

비가 종일 부슬부슬 내렸고 구름이 낮게 깔려 있었던 탓이리라. 그녀는 나오기 전에 서가에서 오래전에 읽었던 아서 쾨슬러의 『한낮의 어둠』이라는 책을 찾다가 못 찾고 나와버린 터였다. K에게 그 책을 읽어보라고 선물로 주려고 했는데 오히려 김원일의 『노을』을 사서 읽어보라고 권하는 편이 어떨까 하고 고쳐 생각했다. 아니 한 권 사줄까.

77년생인 K는 왜 유독 한국에서는 언제나 좌우가 그토록 첨예한 갈등 속에 있는지 잘 이해하지 못하겠다고 말했다. 그래서 K를 이 소설에서 삭제하는 기념으로 아서 쾨슬러 책을 선물로 주려고 했다. 김원일은 한국인의 가족관계에까지 깊이 침투한 이중적 사고를 좌우 이데올로기적 운명에서 파생된 것이라고 생각했다.

그런데 코엑스에 반디 앤 루니스 서점이 없어지지 않았던가. 아리송했다.

그래. 지금 여기 이 땅에서 살고 있는 한국인들에게는 분명히 운명적이건 심리적이건 정신분열증적 경향이 흐를 수밖에 없어!라고 생각하면서 그녀는 걷고 있다. 그 어느 나라가 이렇게 확연히 이중적으로 분열된 나라가 있었느냐 말이야.

정신분열증이란 병명의 뜻은 간단하게 말해 분열된 마음이다. 시시각각으로 흐르는 강물보다 더 빠르게 변하는 것이 마음의 본질이지만 쾨슬러는 인간이 파충류 시절부터 가지고 내려온 전통의 뇌, 즉 먹고 싸고 하품하고 종족 보존하는 구뇌舊腦가 팽창을 거듭해오면서 새로운 근현대적 신뇌新腦가 부가적으로 생겨났으며 이 신구의 뇌 사이에 분열이 생긴 탓으로 인류는 대체적으로 정신분열증적 유전 경향을 지닌다고 생각했다. 그렇지 않고는 그가 경험했던 냉전세계 이쪽저쪽에서 일어난 잔인한 역사들을 설명할 길이 없다는 것이다.

그녀는 그녀 자신의 인생의 모순이 이런 경향에서 온 것인지 아니면 그녀만의 개인적인 문제인지 잘 가늠할 수 없었다. 김상중의 '그것이 알고 싶다'에서 경산의 코발트 광산 수직굴을 보고는 온몸에 피가 흐르는 꿈을 간밤에 꿨다. 끔찍한 꿈같은 실화, 실화 같은 꿈.

그랬다.

세상을 바꾸려는 꿈을 가진 노무현을 지지하면서도 현실적인 가능성에 대해서는 언제나 회의적이었고 그가 대통령이 되기를 미친 듯이 열망하면서도 여러 번 포기하라고 권했었다. 그의 의견에 동의한다기보다는 그의 뜻에 동조했다.

사사건건 반대했던 적도 생각보다 많았어. 참여정부가 시작된 이후에는 그 누구보다도 더 많은 욕지거리를 퍼부었지. 영감 있는 예술가의 의견을 존중한다던 그도 그녀의 의견을 무시한 적이 많았어. 많이 다투기도 했지.

경기고등학교 맞은편 15도 정도 경사진 내리막길에 서니 아직 가을의 초입인데도 꽤 매서운 바람이 얼굴을 치고 올라왔다. 태풍이 부는 것 치고는 비교적 온난한 날씨라고 하는데도 바람이 회초리처럼 따가웠다. 오른쪽으로 넓은 면적을 차지하고 있는 경기고등학교와 봉원사 산자락만 두고 모두 초고층건물인 삼성동에 그녀는 살고 있다. 사찰과 학교가 아니었다면 봉원사 자리에도 이미 거대한 고층건물이 빽빽이 들어섰겠지.

풍경 자체가 모순인 거리를 걸어내려가면서 학교와 사찰 덕에 숲이 잔존해 있는 것이 그나마 다행이라고 생각한다. 그 분열 사이에 존재했던 모순이 노무현에게나 그녀의 개인사에도 파행적인 증상들을 불러일으켰던 거지. 사람들은 이 두 분열적 증상을 민주화와 산업화라고 알기 쉽게 불렀던가.

이 두 시침 사이에서 원추 운동을 해야 하는, 하물며 그것을 역사라는 이름으로 집단 경험하고 있는 한국현대사가 미치지 않고 온전하다면 그게 오히려 이상한 일이지. 그녀는 현대차 사옥이 들어선다는 한국전력 부지를 흘깃 쳐다보았다. 지난주 내내 뉴스를 달궜던 그곳에 새롭게 들어설 현대왕국을 상상해보면서.

그녀는 약속 시간보다 20분이나 일찍 도착했다.

K는 먼저 와 메가박스 매표구 앞에서 기다리고 있었다. 영화 시사회를 보기로 한 시간보다 그러니까 두 시간이나 먼저 만난 셈이다.

기특한 녀석! 언제나 약속 시간 전에 와 있다니까. 지난해 연말 함께 영화 「변호인」을 본 지도 거의 1년이 다 되어가고 있었다. 시사회 때 보고 극장에서 한 번 더 봤지. 관객 수가 벌써 800만이 넘었다고 난리날 때였는데.

아침에 그가 전화를 했다.

"「제보자」 시사회 안 가실래요? 꼭 봐야 하는 것은 아니지만 우선 만나긴 해야지요. 안 본 지 너무 오래되었잖아요?"

그녀도 K를 한 번은 만나야겠다고 생각해오고 있었다. 노사모는 아니어도 노무현 팬으로 자처하는 K와 계약서를 쓰진 않았지만 영화 「내 친구 노무현」의 시나리오 작업을 위해 지난 몇 년간 이따금 만나오던 사이였다.

시나리오는 완성되지 않았다. 아니, 실제로는 시작도 안 했다고 하는 것이 맞을 거다. 몇 가지 아이디어와 대화만 지루하게 지속되었다. 투자처가 확정되지 않으면 영화는 동력이 없어 지지부진해지기 때문이기도 했을 거고 둘 다 성격이 느슨하고 게으르기 때문이기도 했을 것이다. 그러나 끊기지 않고 질기게 만남을 이어오고 있었다. 그러다 지난해 말 그녀는 시나리오 쓰는 일은 아예 포기해버리기로 작정했다. 대신 소설 『내 친구 노무현』을 시작한 것이다.

그녀는 애당초 노무현의 이야기를 모두 K에게 이야기하는 형식으로 구성했다. 소설 속에서 독자들에게 노무현 이야기를 전달하는 메신저로 만들었던 것이다. 5년 동안이나 실제로 그는 노무현에 관한 기억행위의 동반자였다. 그래서 그녀는 노무현에 대한 모든 이야기를 K를 통해서 독자들에게 전달하기로 마음먹었던 것이다. 마치 「셜록 홈스」의 왓슨 같은 역할이기도 하고 애거사 크리스티의 마플 여사 같은 역할이라고 해야 할까. 그녀가 재현하려는 노무현에 대한 기억을 확인해주는 증인으로서 누군가가 필요했다. 이야기를 독자에게 배달하는 아라비안나이트의 세헤라자데와 마찬가지.

그를 삭제한다는 것은 기억에 하나의 커다란 공동이 생기는 것이나 마찬가지였다. 「변호인」이라는 영화는 이미 개봉됐고 노무현에 대한 회고록도 여러 권 출간되어 있었다. 소문에 따르면 또 몇 권이 준비 중에 있다고 한다. 노무현의 생애는 여러 사람들의 기억의 점철로 점점 공식적으로 공동구역화되고 있는 셈이었다. 좀 더 시간이 지나면 노무현은 위인의 반열에 들어가 돌처럼 굳어지지 않을까.

처음 K가 느닷없이 시나리오를 부탁했을 때는 2009년 가을 아직 부엉이바위에 노무현의 피가 마르지도 않았을 때였다. 거국적인 애도의 물결 속에서 수천 수만 장의 노란색 만장 속에서 그녀는 K의 제의를 듣는 순간 아, 노무현의 사랑 이야기를 시나리오로 써야지라고 생각했다.

봉하 마을에서 자란 어리고 미숙한 한 소년이 첫사랑을 시작하고 그 사랑이 어떻게 성숙한 남자의 욕망으로 자라나며 인간에 대한 사랑으로 확장되는지 보여준다는 러브스토리야. 그녀는 가장 비정치적이었지만 온통 정치적인 그의 생애에 대해 연약한 저항을 하고 싶은 충동을 느꼈던 것이다. 점점 더 우상으로 변해갈 그의 사후의 생에 수사적 반기를 들고 싶어졌다. 그래서 별 망설임 없이 대답했다.

"그래 써줄게. 시나리오."

그리고 부언했다.

"내용은 노무현의 러브스토리!"

그런데 K의 대답이 의외였다.

"노무현도 연애를 했습니까? 의외입니다. 그런데 노무현의 러브스토리를 영화로 만들면 그의 팬들이 좋아하겠습니까?"

그거야 감독의 능력에 따라서 달라지겠지.

당연히!

그녀는 그녀가 감독에게 줄 수 있는 선물은 애당초 딱 두 장면이라고 못 박았다. 대신 너는 그 두 장면의 백그라운드를 충분히 알아야 하고 노무현이라는 인간의 내면 세계를 수없이 들여다봐야 한다고. 그래서 그들은 불쑥불쑥 이따금 오랫동안 만남을 이어왔다. 그러나 K는 한국 현대사에 대한 실제적 경험이 거의 없다시피 한 70년대 후반생으로 그와 노무현 시대에 대한 문맥적 합의를 찾기가 쉬운 일이 아닌데다 투자처를 구하는 일도 어려웠다. 무엇보다도 그녀 자신이 자신의 기억 속의

미아였다.

한 인간의 내면은 지구 속처럼 깊고 오묘하면서 비밀에 가득 차 있기 때문에, 그리고 그 넓이도 우주만큼 팽창할 수 있기 때문에 자칫하면 그 속에서 길을 잃기 십상이다. 거의 모든 국민이 다 아는 극적인 사건, 부림사건이며 청문회 사건, 대우조선 사건 등의 영웅적 행위에 따르는 무용담 같은 거시적 스토리텔링에 밀려 노무현이 그녀에게 스스로 전달했던 이야기들은 말하는 순간 범상하고 시시하게 변질되어버리는 것이었다. 더구나 이를 그녀가 K에게 옮기는 과정에서 사랑이나 정치나 혁명이 상투적으로 변질되고 시대에 뒤떨어진 멜로드라마가 돼버리는 것이었다.

원래 정치나 사랑이나 역사라는 것들의 속성은 더하다. 애당초 통속적인 담론의 범주 안에 소속되어 있어야 하는 건지도 몰랐다. 특히 영화를 위한 시나리오는 더욱 그렇다. 그들은 안개 속을 헤매고 있었다.

"노무현 가지고 영화를 찍으려면 「변호인」같이 시사적이고 사회적인 이슈를 따로 떼어내서 만들어야 해. 노무현이라는 주제를 가지고 문학을 할 수는 없어. 그에 관한 공적인 기억과 차별되는 사적인 기억을 창작해내기란 어려운 일이야."

결국 그들은 그렇게 결론을 냈다. 「변호인」이 천만 관객을 넘긴 지점에선 질투심과 모멸감에 불타기도 했다.

"「변호인」이 영화 미학적으로 아쉽고 실망스러운 부분도 있지만 우리 프로젝트는 아예 포기하는 게 나을지도 몰라."

망설임과 주저함이 섞여 있는 찜찜한 시간에도 그들은 계속 만났고 K는 여전히 영화 만드는 일을 포기하지 않았다.

그녀도 쓰는 일을 포기하지 않았다. 노무현에 대해서는 이야기할 것들이 남아 있었다.

묘한 이 기분이 5년 동안이나 사라지지 않고 지속되어오는 것도 신기한 일이었다. 자궁 속에 아이를 수태해놓고도 출산 시기를 영영 놓쳐버린 엄마같이 언제나 몸이 무겁다고 생각했다. 언젠가는 순산해야지 하면서.

그러다가 지난해 연말 그녀는 집필 중이던 『62세의 이혼』을 뒤로 밀쳐두고 『내 친구 노무현』을 새로 시작했다. 어떻게 그가 내 마음속에 들어왔는지 아니면 갑자기 둥근 만월에 쏠렸는지 마음에 만조가 일었다. 아침에 눈을 뜨면 밤새 꿈속에서 말들이 고였는지 노무현이 생생히 글 속에서 살아 움직이는 것이었다. 기억의 파도가 되어 밑도 끝도 없이 한꺼번에 밀려들었다가 이런저런 일상이 시작되면 썰물이 되어 빠져나가는 것이었다.

노무현이 나의 문학이 될 수 있을까.

거의 홍수였다.

뇌의 회백질 부분을 가득 채웠다가 머리를 텅 비우면서 기억들이 사라져가버리고 나면 뇌세포를 연결하는 뉴런들은 서로의 연결망을 끊어버리고 머리는 하나의 커다란 공_空이 돼버렸다.

자고 나면 죽어서 사라지는 세포들처럼 그렇게 기억들은 죽어나가고 또 생성되곤 했다. 가만히 생각을 가다듬고 노무현을 처음 본 1987년부터 그가 죽은 2009년 5월 23일, 그리고 36년간의 결혼생활을 끝낸 2010년까지를 가지런히 연결해보면 그녀가 그렇게 선호하지는 않지만 대하역사소설이라고 할 만한 것을 만들 수도 있을 것 같았다. 현대사도 대하적 서사구조 형식으로 차용해올 수 있을까. 노무현이라는 인물상이 어쩌면 고전적 면모를 가진 영웅이니까 가능할 수도 있겠지.

이혼.

지난 수년간 지극히 사적이고 현대적인 주제인 그녀 자신의 이혼에 대해서 골몰했던 에너지가 안에서부터 밖으로 거꾸로 쏟아져나왔다. 부패와 권력과 매너리즘에 대한 혁명아, 그리고 대통령인 노무현과 그녀 김수경이라는 개인의 삶이 직조되고 교직되는 일련의 인과적 시퀀스들이 그녀의 머리에서 걷잡을 수 없이 무한정 만들어졌다. 여기저기 파편화된 기억들을 깨진 조가비 붙이듯 돌기로 묶어 물질화시키고 싶은 강렬한 충동이 그녀를 사로잡았다. 비록 모래알로 깨져 완전히 사라져버리는 부질없는 짓이라 하더라도 소용돌이치는 기억들을 인공적인 텍스트로 물질화해놓고 싶었다.

그녀의 두뇌는 폭포수처럼 기억들을 배란해냈다. 이 난자들은 수많은 단어와 절節로 이루어진 자식들을 세상 밖으로 내지르고 싶은 산욕産欲을 느끼게 했다. 친구였던 노무현에게 그녀가 유일하게 해줄 수 있는 말의 묘비 말이다.

그의 순진무구함이 그의 솔직함이 때로는 그녀의 내면에 도사리고 있는 문화 아니 헛된 교양을 얼마나 송두리째 흔들어버렸던가. 이걸 우정이라고 부르자. 필요와 욕망을 배제하고도 얼마나 아름답고 순수할 수 있었는지를 그가 살아 있을 때는 한번도 말해주지 못했다.

글자를 두드리기 시작하고 나서부터 2009년 5월 23일 이후 처음으로 그녀는 노무현의 죽음을 온몸으로 실감하고 있었다. 거대한 국민적 애도의 물결 속에 휩쓸리면서도 정토원에서 엄숙히 거행되던 49재에서도 아무런 느낌이 없었는데 그녀에게는 이제야 비로소 노무현이 소멸되어가고 있었다. 이 잿더미 속에서 봉황이 날아오르리니!

그런데 언제나 장르가 문제였다.

그건 말이야. 목욕탕 입구에서 여탕과 남탕이 갈라지는 것처럼 명확한 게 아니란 말이지. 5년 전 K에게 시나리오를 써준다고 약속할 때부터 고민을 해왔다. 진실과 사실 사이에서, 상상과 실재 사이에서, 노출과 은폐 사이에서, 모든 사이의 공란에서.

그녀가 쓰려는 글을 시나리오라고 불러야 하나 소설이라고 불러야 하나, 혹은 다큐멘터리라고 불러야 할지, 회고록이라고 불러야 할지, 판타지라고 불러야 할지, 환영이라고 불러야 할지.

그녀는 줄곧 알렉상드르 뒤마 콤플렉스에 시달렸다. 그녀가 그동안 견뎌온 현실적 고난들에 대한 자연적인 반응으로 『몬테크리스토 백작』 같은 탁월한 복수극을 쓰고 싶은 욕망을 주체할 수 없었기 때문이다. 국세청 공무원의 책상 앞에 앉아 있을 때, 검찰청에 앉아서 바보 같은 질문과 조사에 속절없이 사생활을 전부 노출하고 마치 발가벗고 그곳에 앉아 있는 것처럼 분노에 차서 심문받고 있을 때마다 얼마나 그런 복수의 충동에 흔들렸느냐 말이다.

사실 노무현 정권부터 이명박 정부 내내 그녀는 자신을 에드몽 단테스와 동일시하며 살았다.

순진무구한 죄 없는 에드몽 단테스.

정말이지.

음모와 모함, 공권력이 행사되는 방법 등이 놀랍게도 그 시대와 비슷했다. 비극적인 일은 그럼에도 그 시대와 같은 복수를 할 수 없다는 점이었다. 물론 그 시대에도 사실상 복수는 불가능했다. 소설적 상상력이 복수 가능한 새로운 현실을 재창조했겠지.

한국의 행정 조직은 전근대적인 데 반해 사회는 고도로 현대화되어버렸기 때문에 몸을 움직이려고만 하면 시스템에 갇혀버린다. 상상력을 가동한 재창조도 불가능하다. 한국 최고의 실험작가라고 자처하는 그녀가 자신을 2세기도 더 전의 인물인 에드몽 단테스로 느낀다는 것 자체가 부조리이긴 했다. 그녀 멋대로 악한들에게 정의를 행사하고 복수에 성공하는 캐릭터가 되는 욕망을 느낄 때 그녀는 생각한다.

지금 나의 구뇌가 활동을 하는군!

에드몽 단테스는 선장으로 승진이 결정된 선원으로 메르세데스라는 연인과 결혼까지 앞둔 행복한 청년이었다. 그는 선원으로 일하면서 우연히 나폴레옹의 편지를 전달한 것밖에 없는데 누명을 쓰고 몬테크리스토 섬에 갇혀버린다.

순진한 그녀처럼.

그녀는 자신이 검찰에 참고인 자격으로 불려갔던 첫 사건을 복기해본다. 물론 지금도 그 사건을 생각하면 에드몽 단테스를 떠올리게 된다. 10년도 더 전에 일어난 사건이지만 그녀의 감정을 조절하는 구뇌가 활발히 움직이며 그녀의 분노, 울분 이런 것들이 자극된다.

노무현이 대통령으로 취임한 직후인 2003년 3월이었다.

그때도 남편 이상호와 어딘가 외국의 학회를 마치고 돌아오는 길이었다. 그들이 서울에 없었던 사이 노무현이 우리들병원에서 정치 자금을 받았고 그 대가로 병원을 홍보하기 위해 허리수술을 받았다는 뉴스로 언론이 난리라는 것은 귀국하기 전 우리들병원 직원과 회사에서 연이어 오는 전화로 알고 있었다.

도대체 이게 말이 돼?

공항에 내리니 역삼동 집 앞에 파파라치들과 기자들이 진을 치고 기다린다며 집으로는 들어가지 않는 게 좋겠다는 연락이 왔다. 그녀 부부는 워커힐에 여장을 풀고 열흘간 집으로 돌아가지 못했다. 그리고 그녀는 처음으로 중수부에 참고인 자격으로 불려갔다.

친구인 노무현을 위해 한국의 금융제도 속에 허용된 1억 9천만 원을 노무현이 운영하던 장수천에 투자해준 적이 있지. 그녀가 대주주로 있던 창투회사에서는 장수천 말고 다른 회사 여러 군데에도 투자를 해왔지. 그것이 창업투자회사가 하는 일이었다. 그것도 노무현이 정치적 직책이 전혀 없었던 1998년의 일이었다. 당시 물에서 나오는 불소의 양만 조절하면 상당한 수입이 예상되었고, 노무현이나 안희정은 당연히 그 투자금을 반환할 의사가 있었는데도 결국 장수천을 해체할 때 그 돈을 돌려주지 못했으며, 회사장부에는 결손 처리가 되었다. 그들은 이 1억 9천만 원을 정치자금이라고 우겼으며 안희정에게는 구속영장이 청구되었다.

지금도 가끔 사람들의 기억 속에 남아 있어서 물어보는 사람이 있다.

"아, 우리들병원요? 노무현 수술해서 유명해졌지요?"

정치자금 1억 9천만 원을 준 그녀에게 보답하기 위해 노무현은 가짜로 김수경의 남편 이상호에게 허리 수술을 받았고 우리들병원은 그 연유로 유명해져서 돈방석에 앉았다는 것이 신문들의 스토리 메이킹이었다.

종신형으로 암굴에 갇힌 에드몽 단테스는 어떻게 복수에 성공할 수 있었을까.

그가 암굴에서 만난 파리아 신부가 명석한 추리로 그가 왜 그곳에 갇히게 되었는지 가르쳐준다. 즉 범인들을 적시해주는 거다. 그런데 그녀는 구체적으로 범인들이 누구인지 알 수가 없다. 에드몽 단테스는 파리아 신부에게서 르네상스 시대에 추기경이 보물 숨겨둔 곳을 전해듣는다. 파리아 신부는 14년간의 세월 동안 에드몽 단테스에게 지식과 정보를 습득시켜준다. 그는 토스카나로 가서 백작 칭호를 돈으로 산다. 적들에게 복수하려면 돈과 계급, 즉 권력이 절대적인 요소임을 알기 때문이다. 에드몽 단테스를 평생감옥인 암굴로 보내기 위해 필요했던 세 가지 요소인 검사대리인 빌보어, 즉 검찰청과 그의 범죄를 숫자로 꾸며야 하는 회계사 당글라르, 국세청 밀고자인 연적 페르낭까지 그녀와 상황이 똑같았다.

지난 10년 동안 그녀를 옭아매고 노무현마저 죽게 만든 세 요소가 이와 전혀 다르지 않았다. 국세청, 검찰청 그리고 남편 이상호의 개인적인 적들, 판결을 담당하는 법원과 언론 그리고 노무현의 죽음으로 대단원이 끝나게 되는 비극 그리고 연이어 찾아온 가정의 파탄.

이야기 구조는 마치 뼈에 붙어 있는 갈빗살처럼 엉켜 있고 뒤마 시대와 너무나 흡사한데 실제로 적이 누구인지 알 수 없다는 게 달랐다. 파리아 신부 같은 지혜도 없는데다 르네상스 보물도 없고 사회구조는 복잡해져 누구 몇 사람을 적으로 지칭할 수도 없다.

그날 2009년 5월 23일 전국에서 봉하로 모여든 사람들이 안희정이나 유시민이 지나갈 때마다 소리쳤다.

"복수해주세요."

"복수해주세요."

그러나 어떻게?

소용돌이치는 이 원초적 욕망을 달성할 수만 있다면!

막장극을 쓴다 한들 대수겠는가. 그녀 자신뿐만 아니라 그녀의 독자들 혹은 영화가 만들어졌을 경우 관객들도 대만족하련만! 그녀가 쓴 글을 읽는 독자들을 상상만 해도 사랑과 흥분의 감정이 끌어오른다.

몬테크리스토 백작 같은 슈퍼맨을 하나 만들어낼 수만 있다면 말이야.

알렉상드르 뒤마는 억울한 일을 당한 어떤 죄수가 탈옥에 성공해서 복수하려 했으나 결국은 돈과 권력이 없어 복수에 실패했다는 실화를 듣고 너무 분통이 터져 이 통속소설을 썼다고 한다. 지난 5년간 이 복수극의 노무현식 번안에 대한 욕망은 끈질기게도 그녀의 심리 저변에 사라지지 않고 깔려 있었다.

그러나 복수에 대한 욕망과 복수극을 쓴다는 것은 다른 일이었다. 그녀가 복수하는 데 꼭 필요한 돈과 권력을 가질 방법은 전혀 없었다. 소설 속에서 슈퍼맨을 하나 창조할 수도 있겠지만, 복수에 대한 욕망이 로망스, 즉 소설에서 태생한 원형유전인자이긴 하지만 그녀는 전지전능한 창조자인 작가가 될 수는 없었다.

그것은 능력 밖이었다. 그녀는 이미 너무 현대적인 인간으로 진화해버렸던 것이다. 뒤마와 도스토옙스키 그리고 카프카 사이에서 고민하던 그녀는 사회적 책임 없이 슈퍼맨을 만들어낼 수는 없는 노릇이라고 결론지었다.

지난 늦은 봄 상하이로 며칠간 출장갔을 때 우연히 만난 한 중국인이 그녀에게 소설에 대한 본질을 일깨워주었다. 모든 것이 환영幻影이라고 말이다.

물론 출장 중에도 그녀는 내내 『내 친구 노무현』의 형식에 대해 생각하고 있었다. 일을 하는 동안에도 줄곧 생각이 책에 머물러 있어서 그랬는지, 결국은 노무현의 생애도 그녀 자신의 스토리도 아니고 어떻게 기술하느냐의 문제만 남아 있는 것이었다. 그것은 역사의 범주와 사실의 범주와 심리의 범주를 넘어가버리는 기술적 고민이었다.

일루전Illusion.

전날 저녁 식당에서 우연히 의사며 예술가인 도미니크라는 중국사람과 동석하게 되었다.

"제 이름은 김수경金水鏡입니다."

그녀가 자신의 이름을 말하자 그는 파자破字 풀이로 점을 쳐주겠다고 했다. 그녀는 그녀의 한자 이름을 냅킨에 써서 건네주었다.

"일루전! 미스 일루전!"

그는 다소 과장된 투로 그녀를 그렇게 불렀다.

"일루전, 문자들의 일루전, 당신은 글자와 깊은 연관이 있는 사람입니다."

그녀는 이 중국인이 『내 친구 노무현』을 쓰기 시작한 후엔 꿈도 글자로 꾸고 허구한 날 글자 속을 허우적대고 있는 자신을 알아차렸다고 생각했다.

나는 말이야. 지난 20년간의 기억 속을 지금 헤매고 있어.

물거울水鏡이 내 이름의 뜻이니 이 이름에 반사되는 기억들은 또 얼마나 흔들리며 얼마나 굴곡될 것일까.

구운몽九雲夢이라는 말이지. 수백 년도 더 전에 김만중은 그걸 알았단 말이야. 그녀는 그녀가 행하고 있는 이 기억 행위들의 사실성에 관해서는 관심이 싹 없어졌다. 아무래도 이 글을 일컬어 소설이라고 해야겠다.

신기한 파자점괘였지.

처음 만난 중국인에게 그녀의 실체를 단번에 간파당해버렸다니!

그런데 말로는 소설형식을 빌려서 쓸 것이라고 했지만 아직도 장르 때문에 고민하고 있다는 것을 그는 파자점으로 알아채버렸나? 그가 느닷없이 미스 일루전이라고 한 말이 소설이라는 장르의 본질을 간파한 촌철살인이었던 거지.

그다음 날 아침 호텔 식당에 가서 빈자리가 있나 두리번거리고 있었다.

"일루전! 미스 일루전!"

그녀는 자신을 부르는지도 모르고 식당 중간에 멀뚱히 서 있었다. 한참 후에 도미니크가 가까이 다가왔다. 아차! 날 부르는 소리였구나. 그녀는 "굿모닝" 하고 아침인사를 했다.

처음 얼마 동안은 노무현에 관한 사실, 그녀가 사실이라고 생각하는 일들만 쓸까 하는 생각도 없지는 않았다. 하지만 그렇게 정의를 해놓고 나서 돌아보면 모든 것이 어렴풋하고 환영처럼 모호해졌다. 사실이라고 진실이라고 단정할 수 있는 것은 아무것도 없었다.

그녀는 다소의 강박관념에 사로잡혀 지금부터 그녀가 하는 이야기들은 모두 소설이라고, 본질적으로 꾸며낸 이야기라고 먼저 정해놓고 싶은 생각이 간절해졌다. 모든 게 팩트라 주장하는 뉴스 기자들이 씨부렁대는 것도 사실은 소설, 그것도 아마추어가 쓴 상투성에 젖은 삼류 통속소설이라고 말이지. 그래서 그 소설이나 그녀가 지금 쓰고 있는 이 소설이나 실은 마찬가지라는 얘기야.

시나리오로 쓴다 쳐도 그랬다. 비록 K처럼 진실하고 촉망받는 영화감독이라 해도 그에게 사실에 입각한 이야기를 들려주거나 시나리오로 써준다 해도 그는 그 모든 것을 편집하고 잘라내고 덧붙이거나 왜곡할 자유가 있다.

게다가 점심 때 그녀의 변호사 정진수를 만났는데 그는 그녀에게 이런 글을 쓰긴 쓰되 출판하거나 영화로 만들지는 말라는 거였다. 그렇게 쓴맛을 봐놓고도 또 그러느냐는 거다. 2018년에도 대선이 있고 아직도 노무현이 무덤에서 정치를 하고 있는 이상 그녀의 발언과 행동은 정치적으로 해석되는 것이 당연하며 그래서 또 보복을 당할지도 모른다는 거였다. 그녀는 담담

하게 말했다.

"허구라는 형식으로 해야죠."

그러고는 바로 던지듯 말을 이었다.

"인생에서 가지고 있었던 거의 모든 것을 다 빼앗겨버린 지금 더 이상 빼앗길 것도 지켜야 할 것도 별로 없는데요, 뭘."

그러나 끔찍한 일들을 재탕당한다는 것은 생각만 해도 질리는 것이었다. 그래서 그녀는 다음과 같은 말을 덧붙이려고 마음먹고 있었다.

"앞으로 내가 하는 모든 이야기는 허구이니 비록 이름과 장소가 같다 할지라도 상상에서 일어난 우연에 불과하므로 실제 인물이나 사건과는 아무런 연관도 없다는 것을 미리 알려드립니다."

일장춘몽을 다시 꾸려고 잠들 필요가 있나.

아침식사 테이블에서 도미니크가 그녀에게 물었다.

"당신은 밥벌이로 뭘 해요?"

"저요? 혹시 기억하시는지 모르겠지만 한국의 대통령, 지난번 자살을 한, 그리고 제 친구인 대통령에 대해서 글을 쓰고 있어요."

그는 미소를 지으며 말했다.

"아 참, 그런 사람이 있었지요. 네, 말로가 비참했던 사람,

기억납니다. 그의 전기傳記 말인가요?"

"소설이에요."

그는 반문했다.

"소설을 쓰는 사람? 아니면 소설을 하고 있는doing 사람?"

그는 현재진행형 doing을 사용했는데 그러고 보면 주역周易적으로 그녀의 현 상태를 족집게로 집어낸 것이지. 그렇지. 이렇게 구어체로 소설을 읊고 있다는 것은 행위 doing 아닌가?

이번 상하이 여행에도 그녀는 노무현을 동행시켰던 셈이다.

그녀는 그녀 PC 안에 있던 노무현을 USB 안에 통째 담아서 가져갔으니까. 에버노트를 사용하긴 하는데 와이파이가 안 될까봐 그녀는 아침에도 USB에다 입을 가져다 대고 소곤댔다.

"거짓말을, 즉 허구를 짓되 진실하게 하겠어요."

아니 이미 죽고 없는 사람에게는 고告했다고 하는 게 맞을지 몰라.

그의 영혼? 그의 귀신?

뭐 아무래도 좋다.

그녀가 쓰는 동안은 그는 늘 생동하고 살아 있는 에너지니까 상관없는 일이지.

노무현이 말한 바 있다.

"진실보다 더한 품위는 없습니다."

'검사와의 대화' 모두 부분에. 그런데 운명적으로 허구를 지어야 하는 이 소설 쓰는 행위도 궁극적으로 진실할 수 있을까라는 원초적 의문이 든단 말이지.

우스운 일은 글을 쓸 때마다 그 일이 떠오르는 거다.

요 며칠 더 자주 그 일을 생각했다. 이혼소송이 아직 끝나지 않았을 때인 2011년쯤이다. 판사가 심리상담을 하라고 해서 전 남편과 함께 법원이 정해준 심리치료사와 20차례 면담을 한 일이 있다.

결혼생활을 36년간 했는데 이혼이라는 과정에서 너무 놀란 일이 많았다. 그중 가장 쇼크였던 것은 그녀가 쓴 글이 법정증거가 되었던 거다. 심리상담 중 느닷없이 남편이 진지한 얼굴로 그녀를 거짓말쟁이라고 몰아붙이는 거였다. 그가 말했다.

"이 여자는 자기 스스로 거짓말을 짓는 사람이다!"

이렇게 주장하는 증거는 그녀가 쓴 소설 『자유종』에 그렇게 씌어 있다는 거였다. 그 소설 속에서 조선 후기 유학자의 말을 빌려 '소설은 거짓과 음탕을 짓는' 것이라는 일종의 반어를 사용했는데 남편은 "김수경은 거짓과 음탕을 짓는 것이 소설"이라 했으니 거짓말쟁이라는 거였다. 그리고 그의 증거목록에는 그녀의 시가 죽 열거되어 있었는데 그 시들의 불행함, 고독들은 그녀가 결혼생활을 애초부터 행복하게 생각하지 않았다는, 그리고 남편인 그를 사랑하지 않았다는 증거라는 것이었다. 그다음부터 글을 쓸 때마다 그 생각이 떠오르는 거였다. 최고로 고통스러운 개인적 필화사건이라고 할 수 있을까.

먼저 K를 만나 그녀가 『내 친구 노무현』을 독자적으로 쓰기로 했다는 사실을 이야기해주고 싶었다. 그에게도 그의 독자적 길을 가라고 말해주고 싶었다. 그들 사이에 놓인 고무줄처럼 지난 5년간 노무현이 존재했다면 그냥 그 줄을 놓아버리고 노무현으로부터 자유롭게 되자고 말하고 싶었다. 복수극도 아니고 실화도 아니고 시나리오도 아니고 무엇보다도 그는 그동안 유일한 청자聽者였으니까 말이야. 또 그의 허락을 얻고 시작한 것은 아니지만 소설 속에서 그가 사라져야 하는 사정을 이야기해주고 싶었다.

얼마 전 죽은 자들의 도시 여행에서 돌아온 뒤 이 작품의 성과에 대해 걱정을 하다 출판사 편집자들과 그녀가 선택한 몇몇 독자들에게 일종의 천기누설을 하고야 말았다. 미완성인 원고를 사전에 공개해버리는 실수를 저지른 것이다.

그녀는 소비와 오락이 판치는 세계 안으로 슬그머니 이 책을 들이밀어볼 생각을 하니 어쩌면 아무도 안 읽어줄지 모른다는 불안감에 휩싸였다. 또 틀림없이 책이 많이 팔리지 않아 출판사에 염려를 끼칠지도 모른다는 걱정에 겨웠다. 그녀는 미리 판도라의 상자를 열고 그 출판사 편집자들과 약 열 명의 독자들에게 원고를 공개해버렸다. 그녀가 지금 하고 있는 작업을 봐달라고 부탁했던 것이다. 마치 사랑을 고백하는 것처럼. 떨리는 마음으로, 그들의 사랑을 받기를 진정으로 고대하는 마음으로 A4 용지에 프린트된 원고 복사본을 한 부씩 주었다. 아니 드렸다.

그런데 그들 중 누구도 지난 5년간 『내 친구 노무현』의 인내심 깊은 유일한 청자였으며 독자였으며 출연자였던 그리고 콜라보였던 K의 존재에 대해서는 매력을 느끼지 못하는 것이었다. 편지투의 문장, 남의 것을 보고 시들하게 전달하는 듯한 플롯 이런 것은 이제 완전 낡은 기법이 되었나보다. 그들, 그녀에게 엄선된 독자들은 노무현의 무대에는 오직 노무현 그만이 있어야 한다고 했다. K는 이 소설로부터 사라져야 한다고 한결같이 주장했다.

결국 그녀는 무릎을 꿇었고 이 현명한 독자군의 염원대로 소설 속에서 K의 존재를 사라지게 하기로 결심했다. 그를 죽이거나 어디론가 유배를 보내버려야 했던 것이다. 노무현 이야기의 전달자이자 메신저였던 K는 그녀가 최초의 시나리오를 위해 구상했던 노무현의 러브스토리 한 편만 남기고 모두 영구 삭제됐다. 그래서 그녀는 이 전도유망한 젊은 영화감독에게 이 한 장章을 헌정하기로 마음먹었던 것이다.

정치와 소설은 아니 정치와 문학은 흡사한 구석이 많다.

본질적으로 거짓을 내포하고 있다는 점에서 또 궁극적으로는 말에 관한 담론이라는 점에서. 이 모든 것은 일루전이고 이 모든 것은 오직 진실일 뿐이었다.

그녀는 그녀가 쓴 모든 문장 안에서 K를 삭제하는 데 엄청 고생했다. 쌀독에서 쌀벌레를 솎아내는 것보다 더 힘들었다. 자신을 싫어하는 사람들이 포함된 공동체의 투표행위로 선거에서 이겨야 하는 민주주의와 숨은 진실을 드러내기 위해서 거짓을 차용해야 하는 문학은 동전의 양면인지도 모른다. 그 결과가 지극히 모호하다는 점에서도 말이다.

지난해 그들은 「변호인」 시사회를 보고 나서 메가박스 7번 방에서 「변호인」을 한 번 더 봤다. 그러고는 지쳐서 오크우드 호텔에 가서 밥을 먹었다. 1년이라는 시간이 흘렀는데도 마치 아무 일도 없었다는 듯이 모든 것이 반복되는 것 같은 데자뷔가 느껴졌다.

그때처럼 서울 사람들이 모두 코엑스 지하왕국으로 몰려든 것 같은 그런 숨막히는 분위기는 없어졌다. 코엑스를 개보수해 작은 식당과 상점이 한꺼번에 사라져서인지 공간적으로도 쾌적해 보였다. 타일 색깔이 밝아서 더 넓게도 보인다. 그런데도 작년하고 똑같이 지하도를 걸어가 오크우드 라운지로 가는데 왜 하나도 변한 느낌이 없는 거지?

그들은 배가 고팠고 목이 말랐다.

2009년 가을 K가 처음 그녀를 찾아왔을 때도 그랬던 것 같

아. 이렇게 코엑스 지하도를 걷다가 커피를 마시며 그가 불쑥 당돌하게 말했다.

"선생님, 저 노무현 영화를 만들고 싶어요. 선생님께서 시나리오를 써주시면 좋겠는데요."

"왜 하필이면 나야? 유시민도 있고 윤태영도 있고 양정철도 있는데 말이야. 말하자면 노무현재단이 있는데…"

"노무현의 다큐멘터리 영화는 만들고 싶지 않아요. 화자가 3인칭 전달자가 되면 더 상상력 있는 노무현 영화가 나올 것 같아서요. 저도 상세히 검색해봤거든요."

"상상력? 노무현의 삶에서 상상력이 발동될 여지가 뭐 있을라고. 거의 모든 게 노출되어버린 사람인데. 그리고 난 지금 검찰조사 받고 있는 중이야. 전혀 여유가 없어!"

K는 약 170센티미터의 키에 움푹 들어간 눈과 날카로운 눈매만 제외하고는 얼굴형이나 어깨선이나 둔부까지 모든 것이 동글동글한 귀엽게 생긴 청년이었다. 세상의 무게를 혼자 머리에 이고 있는 것처럼 머리 정수리가 납작하면서도 넓었다. 물어보지 않아도 어릴 때 별명이 납작이 혹은 납작머리 그런 거 아니었을까. 그런데 묘하게도 그 머리통이 그가 신중하고 진실한 청년이라고 느껴지게 했다.

"그런데요, 선생님. 사실은 선생님께 더 관심이 있어요. 선생님 같은 분이 노무현을 어떻게 바라보았나 하는 관점, 감정

이런 따위들요."

"지금부터 내가 하려는 이야기들은 그게 무슨 이야기든 간에 모두 나 자신에 관한 이야기이지 않겠니?"

"그렇겠지요."

그들은 오크우드에 도착했다.

"그런데 선생님,「제보자」는 어땠어요?"

"나도 한때는 황빠를 자처했어. 한참 동안 짝사랑했는데 돌아보니 그 새끼가 형편없는 놈이더라 혹은 썩을년이더라 그런 경험은 누구나 해보잖아? 황우석에 관한 과도한 열정이 대중을 송두리째 잡아먹어버리면 나치즘 같은 것이 일어나는 거지."

"선생님, 저는 아예 열정이 없는 인간인지 그렇게 늪 속에 깊이 빠진 적이 없어요. 여자한테도 그렇고요. 그래서 결혼을 여태 안 하고 있는지도 모르지요."

"똑똑한 세대라서 그런가. 그런데 어떻게 노무현 팬이라고 할 수 있어? 팬일 수 없는 거지. 무모한 열정이 없는 사람이 어떻게 혁명을 하겠어? 어떻게 사랑도 안 하고 살 수가 있지? 황우석에게 열광하는 사람들과 노무현에게 열광하는 사람들 사이에는 묘한 공통점이 있거든. 열정의 허위와 열정의 무모함 사이라고 할까."

그들은 오크우드에서 우거지 갈비탕을 먹고 생맥주를 마시고 나서 그녀가 살고 있는 아이파크까지 걸어갔다. 그리고 아서 쾨슬러 책과 함께 주려고 프린트해온 그녀의 소설 한 부분을 K에게 주었다.

"안녕, K. 이건 지난 5년간의 우정을 위한 선물이야. 나의 영감을 유지시켜준 데 대한 감사의 뜻이야."

A Chapter for K

하지만

지금 세월이여

네가 내게 말을 거는구나

어제는 말하지 않았던 그걸 말하려고.

• 파블로 네루다

"노무현 그는 어떤 사람이었습니까?"
라고 너는 물었지.

"그리고 김수경 당신은요?"
라고도.

"그는 자살을 할 수 있는 인간유형이었습니까?"
라고도 물었지.

물론 도처에 그의 사진이 널려 있고 유튜브에도 온갖 그의 공식적인 연설 등 동영상투성이지. 굳이 말 안 해도 잘 알겠지만 말이지. 그런데도 설명을 해본다면 말이지.

음, 그러니까 노무현은 신장 170센티미터가 되지 않는 단신으로 뼈대는 다부지지만 다소 왜소하고 체격은 깡마른 편인 고집 센 경상도 남자였지. 건장하다거나 말랐다는 것과 관계없이 그에게서는 어떤 남성적 기개가 뿜어져나왔어. 이 기개라는 것이 섹시하다거나 하는 것을 말하는 것은 아니고. 그러니까 테스토스테론 호르몬이 넘쳐 남자에게서 저절로 쏟아져나오는 그런 매력이 아니고, 소나무나 대나무 같은 데서 풍겨나오는 그런 강건한 정신 같은 거였어.

일종의 내면화된 자만심? 혹은 자존심이라고 부를까.

그러니까 그는 약 25년간의 공적인 인생을 살았다고 할 수 있는데 이 25년의 세월 동안 그의 내면을 불태운 것은 그가 존재하고 있는 세상을 바꾸겠다는 강렬한 혁명적 욕망이었어. 사실 나는 노무현을 만나기 이전까지 지금 우리가 살고 있는 시대에는 그런 낭만적 인간, 그러니까 진정한 혁명적 인간이 존재할 수 없다고 생각했어. 마흔쯤부터 알다시피 부엉이바위에서 투신한 65세 그 순간까지 이 세상에 살다 간 인생의 대부분을 세상을 바꾸겠다는 낭만적 의지, 즉 혁명을 행하려 했다는 거지.

철이 든 뒤의 그를 사로잡았던 이 욕망은 실제로 그가 어떤 정치적 업적을 이루었다거나 혹은 못 했다거나 하는 것은 이 소설 혹은 너의 영화 속에서는 언급하거나 숙고할 필요가 없는 일이야. 가치판단은 역사에 맡기고, 다시 그의 외양에 대한 묘사로 돌아가서, 한마디로 그는 왜소한 체격에 근육질도 아니지만 그에게서는 어떤 그만의 남성적 매력이 풍겨져나오는 인간이었다는 거야.

모르긴 해도 태어날 때부터 그랬을 거야. 사실 이 글을 쓰면서 나는 처음으로 지나간 시간 속에서 그를 차분히 주시했다고 할 수 있어. 노무현이 내 소설 속에서 등장인물로 점할 수 있는 개성과 매력.

그는 자주 그의 장인이 어렸을 적부터 자신의 비범함을 알아봤다고, 봉하 마을의 어린 소년 시절부터 자신에게 그런 기개가 있다는 것을 그분이 알아봤노라고 자랑을 많이 하기도 했지. 조금만 주의를 기울여 관찰한다면 그런 타고난 품격은 바로 티가 나지 않았겠어?

내가 처음 만났을 때의 그는 이미 40대였지만 말이지.

왠지 그 다부진 기상이 그가 아주 오래전부터, 태어날 때부터 지녀온 것이라는 그런 느낌을 받았어. 유년 시절에 대한 그의 생생한 기억과 맛깔나는 입담 때문이었는지는 몰라도 어린 시절의 노무현을 바로 눈앞에서 만나고 있는 듯한 착각을 한 적이 한두 번이 아니야. 그는 자신에 관한 이야기를 너무 생생하게 해줘서 듣는 내가 몽타주로 그림을 그릴 수 있을 정도였는데 다시 자네에게 옮기려니 나의 비유와 표현력의 부족함이 엄습해오는군.

그만큼 그는 표현 능력이 뛰어났던 사람이야.

지난번에도 말했지만 서면 로터리에서 데모 군중의 한가운데 서서 포효하던 노무현을 처음 봤을 때 나는 강렬한 인상을 받았지. 그 후 3당 합당 사건 때문에 그를 알게 되고 자주 만나기 시작하면서 마치 바둑을 등 뒤에서 관전했던 꼴이라고 할까. 나도 모르는 새 자연스럽게 정치라는 게임과 가까워지게 되었지만 내가 그에게 매료되었던 것은 무엇보다도 이야기하는 능력 때문이 아니었을까.

알려져 있다시피 노무현은 경남 김해 진영읍 봉하 마을에서 가난한 농부 광주 노씨의 막내아들로 태어났어. 나는 그가 죽고 난 그날 처음으로 그곳 봉하 마을에 가보았는데 하도 그에게서 이야기를 많이 들었고 그의 회고록에도 기록되어 있어 여러 번 읽을 기회가 있었잖아? 그래서 그 마을은 눈을 감아도 훤히 보일 만큼 익숙하게 느껴지는 곳이야. 차라리 내 상상 속에서 더 자세히 그릴 수 있지.

나는 부산에서 자랐는데 내가 클 때만 해도 부산 동래도 시골이나 마찬가지 풍경이었어. 도시로 변해가면서 기억 속에서 점점 사라져갔지. 그래서 기억이 잘 나질 않는데 봉하는 이야기 속에 머물러 있으니 더 생생히 많이 기억되는 것 같았어. 알프스에서 하이디가 영원히 늙지 않는 것과 마찬가지지.

농사 짓는 아버지와 어머니, 형과 누나가 그의 가족이었지.

그의 타고난 야성이 노씨 집안이 대대로 대물림해온 습성이나 유전자 때문이었는지 후천적 환경에 의한 것인지는 잘 모르겠어. 아니면 그의 말대로 단순히 운명이었는지도 모르지. 그의 기억에 따르면 형은 촌에서는 드물게 영리했다고 해. 그래서 어려운 환경 속에서도 대학에 진학했어. 집안의 대표주자인 그가 부산대학 법과대학을 졸업해서 고시에 합격한다면 그리고 법조계에 임용된다면 바로 집안을 일으켜세울 수 있다고 생각했던 것 같아.

한국이 산업사회로 접어들기 전인 당시에는 한국의 가계가 중산층으로 진입하기 위한 가장 확실한 방법이 공무원 임용고시 아니었겠어. 노씨 가문도 가난에서 벗어날 수 있는 방법은 오로지 그 길이었을 거야. 그의 집은 봉하 마을의 여느 가난한 농가보다도 더 가난했거든.

노무현은 자신의 집안에 꼴 먹이러 갈 소가 한 마리라도 있었으면 좋겠다고 생각했어. 물론 농사지을 땅도 변변치 못했지. 그래도 국민학교에 입학하기 전까지야 봉하 마을에 사는 다른 친구들하고 어울려 노는 것에 그다지 빈부의 격차를 느끼지 않았기 때문에 비교적 행복하고 낭만에 찬 유년 시절을 보낼 수 있었지.

그가 내게 자신이 행복했었다고 표현한 것은 두 번이었어. 유년 시절 산에서 내려오는 개울물에서 마음대로 뛰어놀던 봉하 마을 시절과 권양숙 여사와 연애하던 때의 봉하 시절 그 두 번뿐이었던 것 같아. 많은 방랑을 하고 고향에 돌아와, 그러니까 사랑에 실망하고 고독에 젖어 새로운 시작을 위해서 다시 봉하 마을로 돌아왔을 때 이야기지.

어린 시절과 청춘 시절의 행복에 대한 기억 때문에 그의 모든 인생을 정치에 바치고 대통령이라는 직책에서 정점을 찍고 퇴임한 뒤 다시 그곳으로 돌아갔던 건지도 모르지. 청춘의 환멸을 그곳에서 씻어내고 봉하에서 새롭게 비상하고 싶었는지 모른단 말이야.

그런데 그곳으로 돌아가 그곳에서 세상을 뜨고 말았으니 봉하 마을이야말로 그의 유일한 삶의 무대 아니었겠느냐 말이지. 그의 고백 에세이 『여보 나좀 도와줘』를 보면 그곳에서 보낸 어린 시절의 시간을 가리켜 '내 마음의 풍차'라고도 표현했지. 나는 그의 첫 저서인 『여보 나좀 도와줘』의 초고를 읽어보고 나서 그에게 물어보기도 했어.

"아니, 나라를 다스리겠다는 사람이 마음속의 풍차만 돌려서 발전發電을 하면 나라에 필요한 전기는 언제 만들 거예요?"

그의 고향 봉하 마을은 그 옛날 가야왕국의 땅이었다고 해. 그래선지 그의 기억의 근저에는 희미하게 가야왕국이 깔려 있었어. 『여보 나좀 도와줘』에도 나오지만 어릴 때 본 와불상臥佛像 근처에서 가야시대의 깨진 와당瓦當이 출토되었다거나 몸 아픈 가야 왕자가 봉하 마을에 와서 머물렀다는 등의 이야기를 자주 했던 것을 보면 망한 왕국의 설화들이 그의 상상력을 키워주고 일종의 문화적 동질감을 부여해줬던 것 같아.

나에게도 비슷한 기억이 있지.

김해와 마찬가지로 내가 나고 자란 부산 동래구 복천동도 옛 가야 고을이었는데 말로만 듣던 가야 유적지란 것이 어느 날 그러니까 바로 옆집에서 가야 문물이 대량으로 출토된 거야. 매일매일 출토되는 유물들을 보면서 아! 나는 가야왕국의 후손이구나 하고 느꼈던 적이 있어. 족보를 더듬어 올라가봐도 별로 근거가 없는 막연한 감이지만 어릴 때의 감각에 판박이가 되어버린 어떤 순간은 일생 동안 계속되기도 하는 거지.

내 아버지는 경북 대구 출신이고 노무현은 광주 노씨 아니야? 가끔 사람들이 날더러 풍류를 즐길 줄 안다고 하면 나도 모르게 대답할 때도 있어.

"음주가무를 즐기다가 신라에 망한 가야왕국의 후손이니까."

암튼 봉하 마을의 가난한 노씨 집안의 희망과는 달리 형은 고시에 실패를 거듭하고 생활도 팍팍하기 짝이 없었다고 해. 노무현은 봉하 마을에서 10리나 떨어진 국민학교로 매일 등하교를 해야만 했고 그러면서 자신이 가난하다는 것을 인식하기 시작했지. 책가방이나 필통·연필 등의 문구, 옷·신발 등의 차림새로 자신의 처지를 자연스럽게 알게 된 탓이야. 빈부 차이에서 오는 부조리나 모순을 없애고 싶었던 마음이 새 책가방이나 필통 같은 것을 소유하고 싶은 마음, 우리 집도 소 한 마리 있었으면 하는 욕망으로 드러났다는 거지.

그의 국민학교 때 담임선생님의 회고를 보면 선생님이 노무현의 집에 가정방문을 가니 아무도 없고 노무현 혼자 있었대. 아침마다 그 먼 길을 걸어오는 것을 상상하면서 가슴 아팠다는 내용이 있지. 요즘으로 말하면 초등학교에 다니기 시작하면서부터 그는 봉하 마을에서 읍내까지 10리나 되는 길을 오가며 등하교를 했으니까 말이야. 10리라면 4킬로미터이니 상당히 먼 길이었겠지.

함께 등하교하는 여학생들을 놀리고 장난치며 재미있는 순간들도 많았다지만 어린 아이들에겐 힘들었던 것 같아. 그래서 좀 아프면 학교에 가지도 못하고 결석도 잦았다고 했어. 그는 보자기에 책을 싸서 등 뒤에 싸매고 다니는 책보자기 말고 다른 학생들이 들고 다니는 책가방을 메고 싶었지. 연필과 지우개와 칼을 필통에 넣어서 다니고 싶어하던 평범한 국민학생이었는데, 그가 가지고 싶은 것들을 챙겨서 가질 수 있는 형편은 아니었다지. 그래도 국민학교 시절에는 그런대로 견딜 수 있었어. 그렇게까지 불편한 것들도 아니었으니까 말이지. 사실 그때는 모두 가난한 시절이었으니까 소년 노무현만 따로 겪는 경험은 아니었지.

다소 조숙했을까.

노무현은 국민학교 친구들 중에서 한 여학생을 좋아하기 시작했어. 이 여학생에 대한 열정으로 청춘 시절을 버텼던 것 같아. 그녀는 비교적 유복한 읍내 양복집 딸이었는데 처음에는 서로 무척 좋아했었다는 거지. 그녀는 예쁜 필통을 가지고 있었고 옷도 예쁘고 단정했어.

물론 당연했겠지. 양복집 딸이었으니 좋은 옷을 지어 입혔겠지. 그의 눈에는 공주 같았겠지. 얼굴도 무척 예쁘게 보였을 테지. 내가 놀란 것은 이 여자 아이에 대한 노무현의 사랑이 보통 어린 시절의 남자 아이들의 첫사랑과는 달리 상당히 오랜 시간 끈질기게 지속되었다는 거야. 하나의 집념을 이룰 만큼 강렬했어. 나중에 그가 남성으로서 정말 성숙한 사랑을 만나게 되는 순간까지 끊임없이 놀랄 정도로 그 사랑이 순정적으로 이어졌지. 어른이 되고 결혼을 하고 난 다음까지도 말이야. 흔치 않은 일이지. 사실 첫사랑이 남자들의 로망이라고 하지만 대부분 기억의 안전지대 속에 갇혀 있지.

사실 어떻게 보면 황순원의 「소나기」 같은 초딩들의 첫사랑이 뭐 그리 특별한 사건도 아니지만 오래 기억나는 것처럼 내 마음속에는 그의 풋사랑이 오래 기억에 남아 있어.

왜 그랬을까.

나는 시나리오를 써달라는 네 부탁을 받았을 때 맨 먼저 이 이야기를 떠올렸어. 사실 「변호인」 같은 노무현 이야기를 영화로 만들고 싶지는 않았거든. 아니, 솔직히 말하면 이야기가 아니라 딱 한 장면 노무현의 첫사랑이면서도 짝사랑 이야기 중에서 딱 한 장면을 영화에 쓰고 싶었기 때문에 러브스토리를 만들겠다고 네게 말한 거야.

이 첫사랑 이야기 속에 노무현은 자신의 열등감과 사랑에 대한 허무함과 부질없음을 숨겨놓았어. 실제 그가 내게 가장 자주 사용하던 단어는 '부질없다'였는데, 보통 경치가 아주 좋을 때, 기분이 좋을 때, 예쁜 여자를 볼 때 말하더라고.

아주 이른 나이에 그는 사랑의 '부질없음'과 자신의 열등감을 이 짝사랑 속에 깊이 숨겨둔 거지. 그는 학교에서 만날 그 여자 아이 생각에 등굣길이 지루하다는 생각도 없이 한달음에 달려가곤 했대. 그리고 만약 성공해서 부자가 된다면 그 아이가 그를 좋아하지 않을까 하는 상상을 하면서 쓸쓸함을 견뎌냈다는 거야.

장래에 대한민국 대통령이 될 아들의 어머니는 그가 어릴 때부터 반골인 성품을 타고나 무척 걱정이 많으셨다고 하더군. 그래서 모난 돌이 정 맞는다고 아들이 자기 성정을 못 이겨 모진 세파에 다치게 될까봐 늘 노심초사하셨대. 둥글고 모나지 않게 안전하게 살라고 그의 어머니가 경고하셨다지만 뻣뻣한 말총머리가 굽히지 않는 그의 성격을 상징하는 것 같았어. 누군가는 그가 태어난 봉하 마을의 풍수지리가 영웅을 탄생시키는 곳이라고도 하고 또 누군가는 그가 태어난 사주팔자의 시時가 난세에 영웅이 태어나는 때를 만나 그렇다고도 해.

그는 나하고 점심이나 저녁 약속을 하면 가끔 이발소에 들러 머리를 깨끗하게 손보고 나서 약속 장소에 나타나곤 했어. 그러고는 아무리 손보려 해도 잘 길들여지지 않는 자신의 머리카락에 대해 자주 불평하곤 했지. 말총머리인 자는 성질이 못됐다는 둥 최씨 성 가진 사람보다도 더 고집불통이라는 둥 말총머리에 얽힌 통속적인 소문에도 통달하고 있었지.

"내 머리카락은 이발사가 고데기로 지져도 뻣뻣해서 어떻게 해볼 도리가 없어요. 숱은 또 왜 이리 많은지, 이발소 갈 때마다 이발사를 고생시켜요. 참 미안한 일이지요."

곧잘 이런 식으로 말하곤 했는데 정말 세포구멍에서 머리카락이 한꺼번에 뭉치로 솟아올라오는지 그의 머리는 틈새 없이 자란 해운대 동백섬 소나무 숲 같았어. 머리카락을 통해 하늘로 에너지가 무섭게 뻗어오르는 것 같았지.

크지는 않지만 깊고 강한 두 눈 말이야. 속눈썹이 안으로 말려 들어가 있고 이마 전체를 가르는 깊숙한 일자 주름 밑에서 불타고 있어 왜소하고 약해 보이는 체격인데도 다부지고 강인하다는 인상을 받지 않을 수 없었지.

타고난 곱슬머리인 나하고는 완전 반대였어.

나는 내가 곱슬머리라는 게 너무 싫었어. 곱슬머리는 독하다고 친구들에게 놀림받은 적이 있었거든. 곱슬머리보다는 힘있게 뻗은 긴 생머리에 여성스러운 드레스를 입고 싶었어. 왠지 곱슬머리는 덜 지성적으로 보인단 말이야. 내게 곱슬머리는 독하기는커녕 내 게으름과 우유부단함을 상징하는 것 같았거든.

노무현과 나는 서로 모든 것이 너무 달라서 완전히 대칭점을 이룰 정도였지. 다른 점이 천 가지도 넘을 거야. 그래도 공통점이 몇 가지 있긴 했어.

1946년에 노무현이 태어났고 나는 1949년에 태어났으니 같은 세대의 경상도 출신이라는 점, 그리고 그와 나는 생일마저 똑같다는 것. 둘 다 9월 1일에 태어났지. 그래서 우리 노래 방사단 말이야, 규칙이 있었어. 생일을 맞은 사람이 저녁을 사고 술을 사기로 되어 있었거든. 양력 9월 1일에는 내가 사고 노무현은 음력 8월 7일에 저녁을 샀어. 나는 윤달에 태어나 음력 생일이 없으니까.

당연히 별자리도 같았어.

처녀자리였지. 그렇군. 또 하나 있어. 그는 송기인 신부에게, 나는 오수영 신부에게 80년대에 가톨릭 영세를 받은 적이 있어. 그렇지, 그 두 신부님 모두 정의구현사제단 소속이었어.

그의 세례명은 유스토, 나의 세례명은 글라라. 둘 다 영세를 받긴 했지만 성당에 나가지 않는 냉담자인 점도 비슷했지.

우리가 자주 가서 차를 마시던 당시 내가 살고 있던 집 앞의 작은 카페 까시줌마에서 언젠가 시간이 남아 빈둥거리다 『Love Sign』이란 별점 책을 봤지. 그날 재미로 노무현과 나의 생년월일을 넣고 애정 운을 점쳐봤어. 책에 딸려나온 부록에 별점 차트가 있었거든. 같은 처녀자리라서 애정관계는 성립이 안 되고 굳건한 동지며 친구 사이라고 점괘가 나오는 거야. 우리는 서로 웃고 말았지.

그렇지. 그는 대체로 너그럽고 과묵한 인간이었어. 하지만 위장이 안 좋아서 음식이 맞지 않으면 배앓이도 가끔 하고 약간 예민해져서 신경질적이 되곤 했어. 영화 「변호인」에서는 돼지

국밥을 너무 게걸스럽게 잘 먹는 걸 보고 저건 노무현이 아닌데 어! 어! 했지. 그는 아마 체질적으로는 소음인이 아니었을까. 언젠가부터 배앓이를 예방하기 위해 몸에 옥을 붙이고 다니기 시작했는데 효과가 좋다고 무척 만족해하기도 했어. 어떻든 가끔 고생했던 위통과 어떻게 손볼 수 없는 뻣뻣한 머리카락에 대해서 비교적 불만이었던 것을 제외하고는 그는 대체로 친절하고 예의 바르고 따뜻한 사람이었어.

그 여학생은 학년이 올라가면서 점점 노무현을 피하기 시작했다더군. 그는 마음속으로 많이 실망하고 왜 그녀가 자기를 싫어할까 분석을 해봤대. 가난하다는 이유 외에는 별다른 이유가 생각나질 않았다는 거야. 게다가 그녀는 다른 학생들처럼 진영중학교로 진학하지 않고 마산으로 유학을 가버렸어. 점점 멀어진 거지.

노무현은 입학식 때 죄도 없이 담임선생님에게 싸대기를 맞고 그 여학생은 멀리 마산으로 가서 잘 보지도 못해 우울한 중학교 생활을 했지. 어떻든 빨리 돈을 벌어 자립하겠다고 작정하고 부산상고로 진학했는데 놀면서 고등학교를 다녔어. 왜냐하면 대학을 갈 수도 없고 가봤자 대학 나온 형님 꼴이 민망했으니.

그는 이렇게 말했어.

"그 여자 아이는 진영 읍내에 살고 있었고 양복집 딸이었습니다. 언제부터 좋아하게 되었는지는 잘 기억이 안 나요. 아마 태어나기 전부터였다고도 생각했지요. 서산에 해 지고 밤이면 달 뜨는 것처럼 자연스럽게 그 여자 아이를 좋아한다는 것을 느꼈을 뿐입니다.

마을은 자왕골을 등지고 있었는데 봉화산은 그리 높은 산은 아닙니다. 해발 백수십 미터? 그래도 사방 천지에서 잘 보이고 또 사방 천지를 잘 볼 수 있어서 그 옛날 봉화 불을 피우는 봉우리라 봉화산이랍니다.

국민학교 다니기 전까지는 이른바 그곳이 파라다이스였어요. 동네의 고만고만한 아이들하고 똑같이 멱 감고 꽃 따고 칡도 캐고 온갖 장난을 치면서 그렇게 지냈습니다. 내 일생 중 가장 행복했던 시절이 아니었을까요. 물론 누구에게나 그렇겠지만요.

고향 풍경이라는 것이 마음에서 늘 빼놓을 수 없는 것이지요. 집에는 든든한 형님과 누님과 부모님이 계시고 내가 입고 먹는 것이 다른 아이들과 다를 것도 없었고 갈등을 할 이유도 없었지요. 소가 한 마리 있거나 논밭이 좀 더 있으면 좋겠다는 평범한 희망은 있었지만요. 그런데 국민학교 다니면서부터는 사정이 달라졌습니다. 읍내에 사는 아이들하고는 사정이 다르다는 것을 알게 되었고 좋아하는 여자 아이의 마음을 얻는 것도 용이하지 않았어요."

노무현이 첫사랑 얘기를 해주던 그날 나는 그의 손이 귀티 난다는 걸 알았어. 그가 말하는 동안 그의 손을 물끄러미 쳐다보게 된 거야. 그는 느슨하게 깍지 낀 두 손을 흰 식탁보를 깐 탁자 위에 올려놓고 있었는데 그 수상手相이 참 귀상貴相이었던 거지. 그를 안 지 몇 년이 흘렀는데 그전에는 미처 알아채지 못했던 사실이야. 그날 처음으로 그렇게 느꼈거든.

왜 내게 수상이 그렇게 중요하냐고? 어릴 때부터 할머니는 손이 귀티 나야 선비는 출세한다고 늘상 그러셨거든.

그는 계속 그의 첫사랑인 여자 아이에 대해 말하고 있었어. 아마도 그가 한 말을 많이 흘려들었을 거야. 같은 부분이 반복되곤 해서 조금 지루하기도 했어. 그럴 때는 마음속으로 조그만 국민학교 여자 아이가 잘 지은 원피스 같은 것을 입고 조그만 턱을 약간 치켜들고는 그녀를 흠모하는 사내 아이들 사이를 거만스럽게 걸어가는 모습을 상상해봤어. 그리고 어린 노무현이 그 소녀를 숨어서 몰래 쳐다보는 장면도 말이야.

나는 그 어린 사내 아이에게 가슴 가득히 연민이 차오르는 것을 느꼈지. 내가 그 여자 아이였다면 그 아이에게 색깔이 예쁜 필통도 주고 연필도 주고 크레용도 나누어줬을 것 같아. 그리고 남몰래 손도 잡아줬을 것 같아.

그의 손은 길고 가느다란 피아니스트의 손 같다고는 할 수 없지만 그 정도로 부드럽고 섬세한 선을 가지고 있었어. 그를 막연히 피부가 가무잡잡한 사람이라고 생각했어. 그런데 와이셔츠 소매 밖으로 나온 팔목과 손을 눈여겨봤더니 피부가 의외로 하얗고 깨끗했어.

영화 「변호인」을 보면서 물론 영화에 한 번도 클로즈업된 적은 없었지만 송강호의 손을 보고 나는 속으로 소리쳤어.

"아니야. 저 손은 노무현이 아니야."

우스운 일이지. 상상해봐. 쇼팽의 영화를 만드는데 전혀 피아노를 칠 것 같지 않은 손이 투박한 배우를 기용하는 경우를… 아마 돌아가신 내 할머니가 노무현의 외양을 보셨다면 한마디 하셨을 거야.

"얼굴은 농군인데 손이 귀상이야. 틀림없이 아름다운 선비가 될 상이야."

내 할머니는 언제나 남자를 보면 먼저 손을 봐야 한다고 말씀하셨거든.

중학교에 진학해서도 그는 3년간 매일 10리 길을 걸어서 읍내로 등하교를 해야만 했어. 그 여자 아이를 학교에서 보는 기쁨은 사라져버렸지. 그 여자 아이는 마산에서 유학을 하고 있었으니까. 진영에서 마산이라 별로 먼 길은 아니지만 일상에서 그가 누리던 작은 기쁨이 사라져버렸던 거지. 그렇다고 그의 사랑이 약해지거나 없어진 것은 아니었어. 오히려 내면적으로 더 강렬해진 것 같아.

"아닙니다. 그 여자 아이를 좋아하는 일을 멈춘 것은 아니었습니다. 제가 깨달은 것은 사랑이라는 것이 애당초 불가능하다는 것이었습니다. 아니 부질없다는 것이었습니다. 조숙했다고 생각지는 않지만 사람이 사람을 사랑하기 위해서 충족해야 할 조건들이 있었어요. 그런 것에 대해 생각을 많이 해봤습니다.

내가 외양이 멋있는 사나이로 변신하면 그 소녀는 날 사랑해줄까, 부자가 되면 출세를 하면 사랑받지 않을까 하는 따위의 어리석은 가정들이지요. 국민학교 때 갖지 못했던 그 필통, 책가방, 옷에 대한 욕망, 이성에 대한 호기심과 심미적 이상이 서로 섞여 구별되지 않았어요. 그것이 현실적 절망의 바닥에 깔려 그저 불가능한 사랑으로 남아 있었지요. 물론 그것이 진정한 사랑도 뭣도 아니었지만요.

고3이 되자 현실을 타개하기 위해 은행에 취직되기를 정말 열망했지요. 그런데 시험에 떨어지고 어느 작은 어망회사에 취직을 하게 되었어요. 곧 월급을 받을 거라서 부산진 시장에 가서 당시 유행하던 바바리코트와 가죽구두를 한 켤레 샀습니다. 시간을 재빨리 앞으로 당겨오고 싶었다고나 할까요. 어른 흉내를 내보려고 그랬어요.

그런데 시장에 가보니 예상보다 훨씬 가격이 싼 겁니다. 왜 당시 장 가뱅이나 알랭 들롱이 잘 입고 나오던 레인코트 있지 않습니까? 그걸 모두 바바리코트라고 불렀지요. 나중에야 바바리라는 것이 상표 이름이라는 것을 알았습니다. 그래서 새 코트를 입고 새 구두를 신고 그녀를 만나러 갔지요.

나는 나 자신이 대단히 멋있다고 생각했습니다. 처음으로 좋은 옷을 입고 좋은 구두를 신었으니까요. 거울 속에 비친 내 모습이 상당히 근사하다고 여겼습니다. 그녀에게 멋지게 보일 거라고 생각했던 거지요. 그런데요. 아뿔싸, 날씨가 궂었는데 드디어 비가 내리기 시작하는 겁니다.

우산요?

우산은 가지고 있었던 것 같아요. 우산을 썼는데도 빗방울이 새로 산 바바리코트에 한 방울 두 방울 떨어져내리는 겁니다. 땅도 질퍽질퍽해져 구두도 물에 젖어들기 시작했습니다. 그녀를 만나기도 전인데 코트의 천이 이상해지기 시작하더라고요. 쭈글쭈글하고 마치 종잇조각처럼 찢어질 것 같은 겁니다. 아마 김 회장은 잘 모르실 겁니다. 가죽구두인 줄만 알았는데 신문지를 여러 겹 압축해서 겉만 가죽처럼 반드르르하게 광택을 입힌 거였지요. 겉보기에는 참 신기하게도 진짜 가죽 같아 보였어요. 그 시절에는 그런 가죽구두가 있었어요. 그럼요, 잘 모르시겠지만, 아마 몰랐을 겁니다.

그 구두가 내리는 비에 하나씩하나씩 그 속이 민낯으로 드러나는 것 아닙니까. 그 자리에 서서 종이처럼 물기에 후줄근해지는 멋진 바바리코트와 한 장씩 와해돼가는 구두의 신문지를 내려다보면서 처음으로 나 자신의 모습을 현실적으로 보게 되었지요.

유리에 비친 나의 모습은 참 우스꽝스러웠습니다. 이 장면을 되돌아보면 그때부터 일생 내내 이성에게는 일종의 열등감을 지니게 되었던 것 같습니다."

이렇게 영화적인 장면이 어디 있겠어?

스무 살 정도 된 미래의 대한민국 대통령이 여자를 찾아가는데 자신이 신고 있던 구두는 물에 젖어 종이임을 드러내고 자신이 입고 있던 레인코트는 빗물에 젖어 완전 허접스러운 종이처럼 구겨져가는 장면을 슬로 롱테이크로 잡는다면 얼마나 멋있겠어? 그런 생각 안 들어?

그는 실망에 빠져 돌아와 그 자신의 앞에 실재하는 현실과 마주해야 한다고 생각했어. 정말로 멋있어지려면 어떻게 해야 하나 궁리하다 그가 유일하게 할 수 있는 노동을 하게 되지. 그러나 허리 부상으로 그 노동이 자신에게 맞지 않는다는 것을 알게 되었어. 사람에게는 다 운명이 있으니까. 그가 노동에 종사하기에는 그리 적합한 체구도 아니잖아. 문제는 젊은 남자로서 성적 욕망과 정서적 감정 사이에서 한창 갈등을 겪었다는 거지. 모든 인간이 다 겪는 일 아닌가.

"막노동하다가 허리를 다쳐 병원에 입원해 있을 때였어요. 그거야 뭐 사랑이라고 부를 수도 없지요. 형태는 짝사랑이었지만 엄밀히 말하면 그것은 성적 호기심과 욕망이었습니다. 여자에 대한 호기심, 육체적 분출에 대한 강한 집념 말이에요. 중학교 때 담임선생님에게 따귀를 얻어맞을 때도 부조리를 뼈저리게 느꼈어요. 그래서 잘살아서 절대로 이런 경우를 당하지 않겠다, 그러나 다른 사람도 다 같이 잘살아야 이런 불평등이 없어지겠구나 생각했는데, 허리를 다쳐 병원에 입원해 있는 동안에도 마찬가지였습니다.

나는 사안을 단순하게 해석했습니다.

옷과 구두가 비에 젖어버린 날 본질적으로는 사랑이라거나 정념이 부질없다는 것을 알게 되었지요. 하지만 삶의 조건 안에서 여자, 암컷으로서의 여자가 필요하다는 마음에 들떠서 병원 간호사들 중에 대충 누구라도 물론 그들 중에서 더 예뻐 보이는 여자를 지목해서 짝사랑했습니다. 엄밀히 말하면 딱 그 사람이어야 된다는 감정은 별로 없었다고 할 수 있습니다. 저를 쌀쌀하게 대하던 그 간호사가 제가 봐도 별 볼일 없는 대학생이나 좋은 직장에 다니는 사람들에게는 완전히 다른 반응을 보였습니다. 조건에 반응하는 거지요. 저도 성적인 관점에서 제 욕망의 대상으로 여자를 봤고 그 여자도 남자를 그렇게 봤던 거지요. 특정한 사람에게 상처를 받았다기보다는 나 자신의 초

라한 행색, 내가 처해 있는 상황의 부조리 등에 관해서 자조적인 자각을 했던 경험이었어요. 그 당시에 저도 이런 복잡한 깨달음을 내면적인 소설로 써야 되겠다 마음먹고 실제로 써보기도 했지요.

꿈 많은 청년인 내가 주인공인 일인칭소설이었습니다.

화자는 어려운 환경 속에서도 열심히 공부를 합니다.

고시공부용 책값을 벌고자 막노동판에서 일하다 불의의 사고를 당합니다. 병원에 입원해 있는 동안 한 간호사에게 연정을 품고 애태우다가 말 한마디 못하고 퇴원해 풀이 죽어 돌아간다는 단편이었습니다. 요즘 말하는 사회주의적 리얼리즘 같은 것에 바탕을 뒀던 것 같습니다. 별 볼일 없는 허접한 글이었겠지요.

자신의 처지에 대한 속 좁은 불평, 그 어망회사에 계속 있다가는 앞날이 그야말로 뻔해서 학벌이 필요 없는 사법고시에 도전하자는 생각으로 봉하로 다시 돌아왔습니다. 젊은 남자는 육체가 지옥입니다. 여자의 경우에는 어떤지 잘 몰라도 남자에게는요. 비 오는 날 사건 이후에도 그 여자 아이에 대한 연정은 마음의 맨 밑바닥에 흐르는 강물처럼 언제나 남아 있었어요. 오기로 보였는지, 친구들은 '무현이 너 오기 대단하다'는 말도 하긴 했어요.

시간이 흐르고 난 다음 그러니까 어망회사를 그만두고 양숙 씨와 결혼도 하고 사법고시에도 붙고 아이도 낳고 변호사를 하고 있을 때니까 세월이 아주 많이 흐른 거지요. 그 여자 아이는 재단사하고 결혼을 하고 난 다음이었습니다. 국민학교 동창회가 있었습니다. 부산진 시장 근처의 무슨 호텔에선가 동창회를 하는데 친구들이 '무현아, 니 좋아하는 아도 온다' 하길래 아마도 사법고시에 붙고 변호사씩이나 하는 나를 이번에는 좀 달리 보겠지 하는 마음에 동창회 가서 속칭 근사하게 기마이도 쓰고 거들먹거리면서 허세를 부려보기도 했습니다. 그런데 그녀는 내가 속칭 출세를 했는데도 영 나한테는 관심이 없었습니다. 정말 작정한 듯이 쌀쌀했지요.

어떻게 해야 여자한테 잘 보일까 하는 문제는 지금까지도 나한테는 버거운 숙제지요. 간호사를 짝사랑했던 사건은 국민학교 때 첫사랑과는 달리 한창 청년 시절이니까 여자 친구가 육체적으로 정말 필요할 때였는데 여자 친구를 사귈 자격이 안 된다는 현실을 인식한 것이 사실은 가장 마음이 아팠던 것 같습니다. 국민학교 때 첫사랑에 대해서는 그녀가 누구인지 친구들은 다 알 것 아닙니까. 좀 창피한 일이지요. 아내 양숙 씨도 그렇고 해서 고백 에세이에는 못 썼어요. 노가다 시절 짝사랑했던 사건은 어느 누구 개인에 대한 사랑이라고 하기보다는 남자로서의 객관적인 자격을 확인한 뒤의 절망감이랄까 그런 거였습니다.

그 시절의 습성이 많이 남아 있는데 한창 감수성이 예민한 청춘 시절의 경험이라 그런가봐요. 노가다 시절에는 모든 말이 정말 구어체였어요. 직접적이고 육체적이고 그래서 쌍소리도 많이 익혔지요. 지금 참모들이 질색하면서 고치라고 야단을 하는 버릇이 그때 길들여졌어요.

　불안정했던 청춘이 그래도 진영에 가서 양숙 씨와 만나서 걷고 뽀뽀도 하면서 처음으로 여자와 안정된 관계를 가지게 되었습니다. 공부하다가 한동네 사는 양숙 씨 불러내서 둑길을 걷고 손잡고 마음속에 욕망을 감춘 채 밤이 이슥하도록 함께 돌아다니는 거지요. 촌이니까 별들이 좀 많아요. 지금 생각해보면 제 인생에서 가장 행복했던 때가 아니었나 생각합니다.

　고시에 합격하던 순간에는 세상에서 모든 것을 다 얻은 것 같았습니다. 그랬지만 그 이후로는 먹고살기 위해 쫓아다니다 보니 부모 노릇 남편 노릇 제대로 못 했지요. 언제나 미안하고 죄스럽고. 행복도 멀리 도망가버리고 인생이 다 그런 거지요. 그런데 참 이상하게도 사랑이라는 것이 내게도 찾아온 적이 있었습니다."

　변호사 개업을 하고 성공한 변호사 즉 돈을 잘 버는 변호사, 법정에서 지지 않는 변호사의 길을 걷고 있을 때도 마음 한구석은 텅 비어 있었던 적이 많았다고 해. 어쩌다가 세법 전문 변호사, 노동자 전문 변호사로 알려지면서 실속 없이 바쁘기만 했던 생활이 지속되자 여느 다른 부부들처럼 권태와 회의가 들기 시작했는가봐.

그는 자주 가까운 도시로 출장을 갔어. 일에 파묻혀 살았지. 죽을 만큼 힘들게 일하고 나서 밤이면 여관에 그냥 몸을 던지고 잠들었다 아침에 눈뜨면 또 일하는 그런 생활이었다고 해. 어느 날 어떤 여자를 만나게 되어서 어울렸는데 그 여자가 옆에 있다는 존재감을 식별할 틈도 없이 잠들어버렸어. 새벽녘에 어떻게 그 여자를 안게 되었어. 여기서 그의 죄의식이나 그런 것을 언급하지는 않겠어.

"그때는 노동운동하는 대학생들을 만나기도 전이었고 나도 모르게 나에게도 한국남자들의 관성이 배어 있었던 때였지요. 그런 나에게도 극히 이례적인 일이었는데 그녀와 알게 되면서 이전에는 한 번도 느껴보지 못했던 그런 감각을 경험하게 되었습니다. 여자를 사랑한다는 것이 이런 거구나, 인생에 다른 한 존재가 들어왔는데 그렇게 부드럽고 그렇게 따뜻하고 그렇게 위안인… 한 번도 경험해보지 못했던 일이 제게 일어난 겁니다. 저는 한동안 그녀를 만났습니다. 그러다가 부림사건을 계기로 여러 가지 정치적 상황에 둘러싸이게 된 거지요.

이혼을 하고 그녀와 살게 되면 어떨까 하는 생각도 해봤어요. 어린 아들을 데리고 그녀를 같이 만났던 적도 있어요. 아들이 본능적으로 너무 싫어하더군요. 그런데 대학생들이 소개해준 책을 읽으면서 소위 의식화라는 게 제 마음속에서 일어났습니다. 여성문제, 성문제, 사랑문제를 이전과는 달리 생각해야 했습니다. 사랑이나 로맨스를 생각할 여유가 없어진데다 옳지 못한 일이었기 때문에 그녀와는 당연히 헤어졌고요.

질풍 같은 새로운 사건들이 제게 몰려왔지요. 그냥 그 일을 까마득히 잊고 살았었는데 아! 내가 정말 그녀를 사랑하고 있구나 하고 자각했던 일이 있었어요. 제가 1988년에 처음으로 국회의원에 당선되었지요? 지역구가 부산이니 서울로 이사를 갔는데도 자주 부산으로 다니러 올 일이 많았지 않겠습니까. 부산에 내려왔다가 부산역으로 기차를 타려고 들어왔지요. 그런데 부산 출신이니까 아시지요? 부산역의 구름다리요.

구름다리를 사이에 두고 레일 건너편에 그녀가 서 있지 않겠습니까. 소식이 끊긴 지 몇 년 되었거든요. 제 가슴이 얼마나 뛰던지 걷잡을 수 없었어요. 저는 구름다리를 뛰어올라가기 시작했어요. 제가 구름다리를 건너는 사이 그녀가 타고 갈 기차가 그녀를 싣고 가버릴까봐 너무 불안했습니다. 층계를 몇 개씩 건너뛰면서 달려갔지요. 그러면서 생각했습니다. 제가 정말 그녀를 사랑한다는 것을요.

다행히 그녀는 아직 떠나지 않았고 겨우 인사를 나눌 시간 정도가 있었습니다. 그녀가 가까운 도시에 살고 있다는 것을 알게 되었습니다. 그리고 결혼했다는 것도 알았습니다.

안타깝게 헤어졌습니다. 사랑에 대해서 미진했던 것들이 그 짧은 해후의 순간에 다 해소되었다고 할까요. 국민학교 때 여자 아이를 좋아했던 것, 노가다 시절에 성적 욕망에 불탔으나 닿을 수 없었던 것, 아내와 함께 영위해온 안락함, 그 모든 것이 그 순간 안에 농축되어 있다고 할까요?"

사실 나는 노무현의 이 말에 정말 놀랐어. 은근 그에 대한 선입견이 있어서 첫사랑은 몰라도 그가 그런 농밀한 사랑을 경험했을 거라고는 전혀 상상하지 못했거든. 그의 감성은 순결했지만 전혀 길들여져 있지 않고 소박할 정도로 촌스럽다고 생각하고 있었거든.

그가 바람을 피웠다거나 하는 세속적 차원에서가 아니라 그가 말하는 사랑에 대해서, 더 정확히 말하면 그 사랑을 인식하는 태도에 대해서 너무 놀랐어. 노무현이 여자 아이를 만나러 간 날 옷과 구두가 비에 젖어가는 장면과 이 장면, 사실 이 장면을 영화 속에 넣는다고 상상해보면 굉장히 통속적이긴 하지? 그러나 그의 첫사랑 여자 아이와 이 여자를 동일선상에 놓고 본다면 한 인간이 대상을 통해서 인간 감성에 얼마나 깊숙이 들어갈 수 있는지를 인식하게 되는 거야. 노무현의 두 번째

러브스토리를 만들고 싶었던 이유이기도 하지.

내가 그에게 이 이야기를 들은 지 몇 해가 흐른 뒤 어느 날 그가 내게 할 말이 있다면서 만나자는 거야. 여의도야. 사실 그 날은 이수인 의원을 찾아가서 안희정을 데려오고 싶다고 양해를 얻어야 하는데 날더러 같이 가자고 한 날이었거든. 밥값도 좀 계산해달라면서 말이야.

약속은 저녁이었는데 낮에 미리 전화가 걸려온 거야. 빨리 할 얘기가 있다는 거지. 물론 그와 나의 비밀놀음인 대통령되기 작전 이야기 아닐까 추측하고 있는데 대뜸 용건을 꺼내는 거야.

"그녀에게서 연락이 왔어요."

"그녀?"

부산역 이야기를 미처 생각지 못했어.

"전에 부산역에서 만났던 여자 이야기 하지 않았습니까?"

"아! 그렇군요. 그런 여자가 있었지요. 사랑했다던…"

"그녀가 전화를 했어요. 살고 있던 남자와 헤어졌나봐요. 그래서 서울에 와서 작은 점포 같은 것을 하려고 한다면서 한국노총 건물에 가게를 하나 얻고 싶다는 겁니다…"

나는 노무현이 왜 일부러 내게 전화까지 해 이 이야기를 하는지 좀 의아했어. 그는 약간 흥분돼 있었고 들떠 있었어. 그녀가 독신이 됐다는 사실이 그를 기분 좋게 만든 탓일까.

바로 그날 한국노총을 함께 찾아갔어. 그때가 아마 노총 위원장이 새로 당선된 지 얼마 지나지 않았을 때였던 것 같아. 노총 사무실에는 위원장뿐만 아니라 금융노조, 언론노조, 섬유노조 위원장 등 열댓 명이 몰려 있었어. 나는 사실 굉장한 스릴을 느끼면서 노무현을 지켜봤어. 내가 흥미 있었던 것은 노무현이 그들에게 어떻게 그 여자를 소개할 건가 하는 거였어.

　　우리는 여직원이 내다주는 녹차를 마시며 커다란 사각 테이블에 둘러앉아 있었어. 노무현이 먼저 입을 떼더군.

　　"내가 한때 마누라 몰래 눈이 맞아 좋아하던 여자가 있었는데 최근 이혼을 했어요. 한국노총 이 건물에 작은 점포를 하나 임대해서 생계를 꾸리고 싶다는데 혹시 임대 놓을 여분의 점포가 있는지 물어보려고 왔습니다. 가능하겠습니까?"

　　그는 위원장의 눈을 빤히 쳐다보면서 당당히 말했어. 두 가지 감정을 동시에 느꼈어. 그의 솔직함에 대한 감동과 뻔뻔함에 대한 놀라움. 그나저나 노무현은 그렇게 거짓 없는 솔직하고 진실한 인간이었어. 아마 그의 가족들이나 아주 가까운 친구들도 언제나 진실하고만 마주친다는 것이 괴로운 일이었을 거야.

　　그런데 나는 여기 왜 있지? 나는 그곳에 그들과 함께 앉아 있는 나 자신이 우스웠어.

　　둘러앉은 노동계 인사들도 아무런 감응 없이 노무현의 그

말을 듣고 있는 거야. 위원장은 얼굴에 살짝 미소를 짓더니 간단하게 대답했어.

"최근에 임대를 모두 갱신해서 점포는 여분이 없습니다. 미안합니다."

나는 좀 무안했는데 노무현은 아무렇지도 않은 듯 말했어.

"그렇습니까? 타이밍이 늦었군요."

난 그 여자가 걱정이 되었지만 그 이후로 노무현은 그녀에 대해 아무 말도 한 적이 없었어. 바로 대선국면으로 들어가서 여유도 없었고 어쩌면 그 사랑이 지금도 진행 중인지 모른다는 생각을 가끔 했기 때문에 물어보지도 않았던 거지. 물론 지금 이 이야기를 하면서도 노무현이 내가 이런 이야기 하는 것을 좋아할까 아닐까 하는 생각이 여러 번 스쳐가지만, 다시 한 번 말하는데 진실보다 더 품위 있는 게 어디 있겠어? 적어도 내가 기억하는 한 노무현은 그가 누구에게 질문을 받으면 거짓말로 대답하는 것을 한 번도 본 적 없는 그런 인간이었거든.

그날 저녁 먹을 때 내가 그에게 물었어.

"아까 노총 건물에서 보니까 가게가 두세 평 정도 되던데 임대료가 얼마나 하겠어요? 다른 데 목 좋은 곳으로 얻어주지 그래요? 제가 빌려드려요?"

그는 끝내 아무 말도 안 했지. 대신에 페미니즘, 노동운동과 여성, 이런 주제에나 어울릴 만한 이야기를 한참 떠들었어. 갑자기 내가 그 현장에 있었다는 것이 불편해졌을까. 이수인 의원이 늦게 도착했던 탓에 화제가 궁했던 건지도 모르고.

그 나이 또래의 한국남자들이 가지고 있는 봉건적 습성과 새롭게 주입된 의식의 신뇌new brain, 이 갈등에서 노무현도 예외일 수는 없었겠지. 그는 대학생들을 만나기 이전의 자신에게 무심코 밴 봉건성에 대해서 부끄러워하고 괴로워하고 반성도 많이 했다고 말하는 거야. 그날 나는 그가 경험했던 우발적인 경험에 대해서도 이야기들을 들었거든. 그런데 디테일이 기억나지 않아. 그리고 기억하고 싶지도 않고.

오로지 사랑만 남아 있는 거지.

사랑.

지금 그녀들은 어디서 뭘 하고 있을까. 한 번도 만난 적이 없는 그녀들의 안부가 가끔 궁금해지는 이유도 참 알 수 없어.

노무현과 친구로 지냈던, 그것도 수없이 사적인 만남을 가졌던 90년대 중반 그가 날 좋아하는 게 아닌가 하고 한두 번 착각을 한 때도 있었어. 왜냐하면 그와 함께 있으면 이상하게 누군가에게서 사랑받는다는 확신이 생겨. 그래서 시간이 흐르면 마음속에서 알 수 없는 자신감, 따뜻함 이런 게 치밀어 올라오는 것을 느끼게 돼. 타인에게 존경받는다는 느낌으로 충만하게 되는 거지.

여자가 남자하고 사랑에 빠질 때 느끼는 그런 것하고는 사뭇 달라. 처음에는 너무나 소소해서 잘 알아채지 못하는데 시간이 흘러가면서 인간과 인간의 관계가 이렇게 따뜻하고도 진실할 수 있구나라는 그런 경험을 하게 되는 거지.

이런 것을 사랑이라고 말한다면 사랑에 대해서 애인에 대해서 새로운 정의를 만들어내야 해. 물론 우정도 일종의 사랑이니까. 그가 죽었을 때 많은 국민들이 그를 사랑한다고 거리낌 없이 말했잖아.

우리는 일생 동안 서로 극존칭을 사용했고 의례적인 인사로 전화 통화를 시작하고 끝맺고 또 만날 때도 그랬어. 한마디로 예절 충만이었지. 내가 그와 특히 자주 만나던 기간에는 말은 안 했지만 그러고 보니 그게 주로 YS 정부 동안이더라고. 노무현은 법정에는 나가지 않았기 때문에 다른 사건을 수임할 수 없었어. 그가 열심히 하려고 했던 IT사업도 생수사업도 전망이 불투명하거나 실패를 했던 암울한 시기였던 것 같아. 자존심 센 노무현이 일일이 이야기를 안 했지만 말이야.

정치적으로도 마찬가지였지. 법률사무소에 상담이 들어오는 사건들은 대개 무료변론을 필요로 하는 것들이라 정규적인 수입도 없어 보였어. 그는 강하게 버티고 있었지만 실업자증후군을 앓고 있었다고나 할까.

나중에야 생각해냈는데 어쩌면 우리들병원 치료비 청구사

건과 자질구레한 치료비에 얽힌 사건 등에서 받은 작은 수입이 그의 전 수입이 아니었을까. 그는 위축되어 있었고 고독해 보였어. 주로 지하철이나 택시를 타고 다녔고 수행원도 없었거든. 나하고 이런저런 이야기를 하거나 사건에 대해 의논하다가 택시를 함께 타고 와서 경복아파트 사거리나 역삼동 골목길 앞에서 택시를 내리곤 했지.

내가 살고 있던 빌라 입구가 자주 공사로 막혀서 택시 기사에게 골목 안까지 들어가자고 하면 짜증을 내기도 했거든. 그래서 큰길에서 내려 집까지 걸어가는 것이 편했지. 그는 자주 택시로 날 바래다주고 다시 택시를 타거나 역삼역까지 걸어가서 지하철을 타고 귀가하곤 했어.

그날은 무슨 용무로 만났던 거지?

그 용무에 대해서는 잘 기억이 안 나.

내가 이천 승마장에서 외승을 갔다가 인근 산에서 낙마를 한 적이 있지. 우리들병원에 일주일 입원하고 퇴원한 바로 그날 아니었을까. 입원해 있는 동안 그가 병원까지 병문안을 왔다고 내가 감사의 저녁을 산 날이 아닌가 싶어.

나는 택시에서 내리자마자 빠른 걸음으로 집을 향했어. 그런데 이상하게 뒤통수가 정말 뜨겁게 느껴졌어. 무심코 뒤를 돌아보았지. 노무현은 택시에서 내린 그 자리에 서서 한 손을 바지 주머니에 넣고 날 쳐다보고 있는 거야. 오던 길을 되돌아 그에게로 다가갔지. 그는 가까이 다가가야 들릴 정도의 낮은 목소리로 흥얼거리고 있었어.

송창식의 「왜 불러」.

마음 없이 부르는 소리는 안 들려. 안 들려.

"왜 집에 가시지 않고?"

내가 궁금해서 물었지.

"여자들에게 하도 차여봐서 여자하고 헤어질 때 그 여자가 한 번도 뒤돌아보지 않으면 날 안 좋아하는 거라는 생각을 하게 됐습니다. 김 회장은 대부분 뒤돌아보지 않고 종종걸음으로 재빨리 사라지지요. 오늘은 마음먹고 뒷모습을 쳐다봤습니다. 혹시 뒤돌아볼지도 모른다는 생각에서. 절 좋아하시는군요. 잘 들어가십시오."

그는 고개를 꾸벅하고는 경복아파트 사거리 앞에서 빈 차로 대기하던 택시로 성큼성큼 걸어가 그 차를 타고 사라졌어.

나는 어두운 언덕길을 따라 천천히 아주 천천히 발걸음을 디뎠어. 하늘에 별이 뜨고 달이 떠 있었지.

나 자신이 그리고 그가 정말 아름답게 느껴졌어.

노무현은 우리들병원 치료비 청구소송을 맡겠다고 수락하고는 나에게 진지하게 물었어.

"김수경은 어떤 사람입니까?"

그는 그 사건의 배후가 궁금했으며 이 여자하고 같이 사는 아직은 만나지 못한 이상호란 사람에 대해서도 궁금해했어. 사건을 수임한다는 것은 누군가의 인생을 들여다보는 것과 다를 바 없으니까. 이건 내가 그에게 재빠르고 긴 문장으로 나 자신을 소개했던 내용이야.

…중략하고요. 나는 중산층 음악대학 교수의 딸로 태어나 1975년 의과대학생인 이상호와 결혼을 하고 5년 동안 열심히 아이를 셋 가졌는데 1980년 3월 불과 서른에 막내아들을 출산했지요. 인턴 레지던트를 끝내고 80년 4월 경기도 일동면에 있는 103야전병원 신경외과 과장 이상호 대위의 '군인각시'가 되어 경기도로 이사를 가게 되었답니다.

남편은 전문의 시험에 합격한 뒤 훈련을 마치고 막 대위로 임관했지요. 시대가 절망적으로 돌아가도 짝짓고 아이 낳고 여자로 사느라 분망하기 짝이 없었죠. 개인이라는 동굴 속에 갇혀 사는 것이나 마찬가지였습니다. 79년 박정희가 총에 맞아 죽었는데도 현실은 더 암담해져갔습니다. 그동안의 삶에 지쳐 3년간의 남편의 군대생활을 휴가처럼 보내겠다고 마음먹고 이사를 간 거였습니다. 군의관의 월급이 10만 원도 안 되는 수준이었지만 전문의 과정 동안 힘들었던 기간을 보상받을 만큼 시간은 많았습니다. 50년 동안 전쟁 한 번 없었던 야전병원 과장이니 매일 응급이 밀려오는 진짜 야전병원과는 달랐지요. 혹시 「매쉬」라는 영화 보셨나요? 아니면 헤밍웨이의 소설 『무기여 잘 있거라』에도 야전병원이 나오지요.

그렇군요. 영화를 별로 안 좋아하시는군요.

1980년 한국의 야전병원은 권위적이고 강압적인데 시간은 지천으로 널려 있는 그런 곳이었지요. 학교의 보건실 같은 곳이라고나 할까요. 전문의를 따고 임관한 열다섯 명의 군의관이 각 과의 과장을 맡았는데 동네 사람들은 군의관 부인을 군인각시라고 불렀어요. 이 말은 그들에게 '놀고먹는 팔자 좋은 여자'란 뜻이래요. 사회학적으로 말하면 부르주아지요. 농사를 짓지 않아도 되는 사람들이라는 거지요.

우리가 살았던 집은 뒷산에 봄꽃이 만개한 농가였어요. 103야전병원까지 걸어가는 들길에는 작은 교회도 하나 있고 실뱀들이 발걸음에 놀라 도망다니고 이름 모를 야생화 향기가 제법 농밀하던 그런대로 좀 예쁜 마을이었습니다.

맨 처음 그곳에 부임해가서 내가 사는 집의 주소를 내 마음대로 편지봉투에 적어 후방에 있는 친구에게 보냈다고 보안대의 지적을 받았어요. 야전병원의 주소를 공개적으로 사용하는 것은 군사기밀에 속하기 때문에 장교 가족이 해서는 안 되는 일이라나요?

그곳에 부임한 지 한 달 정도 흘렀을까요?

산부인과 과장이 남한산성으로 잡혀가는 사건이 일어났어요. 군대감옥이 남한산성에 있었던지 부하가 잘못하거나 잘못한 일이 발각되면 "이 새끼 남한산성 가려고 그러냐?"란 말을 하곤 하더라고요. 그 군의관은 아직 미혼이라 그 동네 농가에 하숙을 하고 있었는데 그 하숙집에서 밥을 먹다 전두환 욕을 한두 마디 했다는 거예요. 그런데 그가 정말 남한산성에 잡혀갔어요. 군사재판을 받게 되었지요. 어느 날 쥐도 새도 모르게 사라져 그 공포가 말도 못 했어요. 그러다가 5·18이 일어난 거예요.

밤새 탱크들이 서울 쪽으로 이동해갔습니다. 우리는 아! 한국에 드디어 전쟁이 났구나 하고 생각을 했는데 무슨 영문인지 몰랐잖아요. 탱크부대, 150밀리, 250밀리 포대들이 서울을 향해 내려가는 거예요. 그런데 전남의대나 조선의대 출신 의사들 중에서 광주에 가족이 있는 사람들은 며칠째 가족들과 연락이 끊긴 거예요.

논 한가운데 있는 슬라브 단독주택을 빌려 살던 우리 집에서 군의관들이랑 그 각시들은 밤마다 모여 커다랗게 음악을 틀어놓고 혹은 대한전선에서 나온 TV를 보면서 말없이 공포의 시간을 보내곤 했지. 80년 그해 처음으로 컬러 TV가 방송되었지요. 사물이 흑백이 아닌 총천연색으로 각색되어 보이기 시작한 그해부터 이 브라운관 속의 현실이 우리들의 실제 현실을 압도해가기 시작했던 것 같습니다. 진짜 현실은 보기도 듣기도 괴로운 일이니까 가상의 현실인 드라마 속으로 모두 들어가 살게 된 걸까요?

가장 끔찍했던 악몽은 삼청교육대였어요.

그해 여름의 끔찍한 악몽. 잊을 수 없는 악몽 말이지요.

나는 인간이 얼마나 포악하고 잔인한 본성을 가지고 있는지 목도했거든요. 삼청교육대가 아니더라도 군대에서 자행되는 폭력의 결과물들을 종종 보게 되었어요. 도저히 이해할 수 없는 상관의 구타 때문에 죽거나 죽을 만큼 다쳐서 실려오거나 헬리콥터로 통합병원에 후송을 가야 하는 경우가 생각 외로 많거든요. 야전병원에 응급으로 실려오는 환자들을 보면 또 다른 의미에서 그것이 진짜 매쉬는 매쉬였지요.

겨우 1년을 야전병원의 군인각시로 보냈는데 나는 완전히 딴사람이 되었습니다. 머리의 신경전달 물질이나 호르몬 성분이 틀림없이 완전히 다르게 변했을 거예요. 그렇지 않았다면 견딜 수 없었을 겁니다. 살 수도 없었을 거예요.

우리가 집을 빌려 살던 곳 바로 근처에 있는 부대가 삼청교육대 훈련장이라는 소문이 있었어요. 그 내부에서 실제로 어떤 일이 벌어지는지 몰랐지만 나는 사람들이 밧줄에 굴비처럼 엮여 야전병원 외래진료소로 끌려오곤 하는 장면을 자주 보았어요.

나중에야 이들이 삼청교육대로 끌려온 사람들이고 삼청교

육대가 나치의 집단수용소 같은 곳이라는 것을 알게 되었지요. 야전병원까지 산길을 걸어서 남편에게 도시락을 가져다주거나 아이들이 아파서 소아과를 방문하거나 치과 치료를 받으러가기도 했는데 그럴 때마다 마치 도살 순서를 기다리는 개들처럼 묶여 한쪽 구석에서 진료 차례를 기다리는 그들과 마주치게 되는 거예요. 더럽고 비굴하고 비참한 인간의 몰골을 본다는 것은 더할 나위 없이 역겹고 불쾌하기 짝이 없는 일이었어요. 무엇보다도 공포는 나의 상상력 속에서 확장되고 새로운 지옥도를 만들어내고 나는 그 공포 속에서 자다 말고 깨어나 소릴 질렀어요.

부림사건 때 자식의 생사도 모른 채 57일을 헤맨 어머니 이야기를 하셨지요?

상상도 못 할 일이 벌어지고 있었어요.

『안네의 일기』나 솔제니친이 쓴 『이반 데니소비치의 하루』나 아우슈비츠의 수많은 이야기가 실제 이야기들이라니! 우리는 삼청교육대란 말도 소리 내서 말하지 않았어요. 그냥 소문을 숨죽여 속삭였을 뿐이에요. 얼마나 많은 어머니들이 아들들의 생사를 알 수 없어 애를 태웠던 것일까요. 또 자식들이 간 곳을 알 길 없는 부모들이 전국 군 부대를 샅샅이 뒤지고 다녔던가요. 이리저리 수소문 끝에 아들이 그 부대에 있음을 알고 찾아왔으나 면회가 불가능할 뿐만 아니라 실제로 아들이 부대

내에 있는지조차 확인도 못하는 가족들이 우리 집 담벼락에 기대서 밤을 새우며 서성이는 것을 보았지요.

그들은 80년 8월 4일 국가보위비상대책위원회에서 사회악 일소 특별조치 및 계엄포고령 19호에 의한 삼청 5호 계획에 따라 군대식 기관을 만들었지요. 피검자의 삼분의 일 이상이 죄 없는 일반인이었습니다. 폭력배, 마약현행범, 흉기소지자 등은 군사재판으로 바로 회부되었고 주로 경미범들, 동네에서 개인적으로 원한을 산 일반인들이 많았던 거지요. 그들의 첫 목표는 2만 22명으로 정해졌으나, 파출소와 경찰서 사이에 경쟁이 붙어 그후에는 머리 숫자 채우기식으로 검거가 진행되었답니다. 군·경 합동으로 영장 없이 검거된 시민들의 수는 6만 명을 넘었다고 해요.

난 이들에게 아무 짓도 한 게 없는데 그냥 그들을 우연히 목도했을 뿐인데 왜 그 상처가 오래 끈질기게 나를 따라다녔던 거지요? 죄의식이 왜 시도 때도 없이 날 억눌렀을까요. 남편은 그때 대학원에 다니고 있었어요. 103야전병원은 전방으로 분류되어서 주말에 학교에 가려면 위관급이어도 외출허가증이 없으면 의정부 이상 나가지 못했어요. 일주일에 한 번 나가려면 중령인 병원장 부인에게 3만 원씩 뇌물을 가져다줘야 했어요.

오히려 편한 구석도 있었어요. 오랜 관행으로 일정한 가격

표가 매겨져 있었으니까요. 별로 죄의식 없이 부패의 쇠사슬 속으로 편입되었는데 아마 난 그곳에서 철들기 시작했나봐요. 나이 서른이 되어서야 어른의 세계를 이해하게 된 거지요. 내가 남편의 외래진료실에 도시락 들고 갔을 때 나의 하잘것없는 일상 위에 그들의 모습이 얹혀졌지요. 나는 맘껏 그들을 외면해버리려고 노력했거든요.

전업주부이건 시인이건 군인각시건 누구나 살면서 만나는 사건들에 관해 정치적 태도를 결정해야 한다는 걸 나중에야 알았습니다. 그때는 가능하면 잊어버리고 살려고 했어요. 그냥 덮어버리고 죄의식이 없는 개인적 자유 속으로 도피하고 싶었어요. 나름대로 마음의 지옥에서 벗어나는 해결책을 모색했어요.

맨 처음 나는 헨리 데이빗 소로의 초월적 태도, 개인 양심에 대한 최소한도의 불복종 이런 데 관심이 쏠렸지요. 고매한 생각과 소박한 삶high thinking and plain life. 그래, 내적인 양심 위에 최소한도의 정의와 불의의 울타리를 쳐놓고 살자. 그런데 그들의 모습은 내 사타구니 깊은 살 속에 남겨진 수술자국처럼 사라지지 않고 다시 또 나타나는 겁니다. 한밤의 꿈속에서도 백일몽 속에서도.

미칠 지경이었습니다. 81년 남편이 무릎 부상으로 1년 반 일찍 제대를 하게 됩니다.

10만 원 정도 되는 봉급으로 생활하다가 국군수도병원에서

1년간 수입 없이 지내다보니 현실이 피폐할 대로 피폐해져 있었어요. 우리는 미래의 방향을 선택해야 했지요. 그때는 남편과 나의 운명이 우리라는 말로 한데 꽁꽁 묶여 있었지요. 첫째 '국경 없는 의사'로 의술을 사회에 봉헌할 건지 고민했어요. 당시 의료봉사라는 말은 아프리카에 간다는 말과 같았고 의료봉사를 한다면 아프리카로 가는 게 의사들의 현실이었지요. 한국에는 시스템이 없어요. 그냥 시골 의사를 하면 되지요. 둘째 대학교의 교수로 재직하는 것, 셋째 개업의가 되는 것이었어요. 남편은 두 번째를 택하고 싶어했고 나는 첫 번째를 원했어요. 그러나 남편은 자신이 전문의이고 자신의 의료기술에 대한 자부심과 호기심과 동기유발 면에서 볼 때 일반의로 남아야 하는 것이 절대로 싫다고 해서 개업을 선택하게 되었습니다.

아마 노무현도 비슷한 고민을 하지 않았을까요. 연수원 때 검사나 판사가 되는 것 그리고 변호사로 바로 개업하는 것.

개업의를 선택한 것은 결과적으로 자본주의의 심장인 시장으로 곧장 몸을 던진 거나 마찬가지였습니다. 6개월 봉급의를 거친 뒤 부산 동래에 작은 신경외과 의원 이상호신경외과를 개업했지요. 일동의 103야전병원이 매쉬잖아요. 그런데 한국에서는 일선 개업의들의 삶이 매쉬 그 자체예요.

김영삼 대통령 선출에 대한 희망이 들끓고 있던 부산은 내가 부산으로 낙향한 이후부터 부림사건, 미문화원 방화사건 등으로 언제나 터지기 직전의 시한폭탄이 장착된 것 같았습니다. 그 시기에 부산에 같이 계셨으니까 잘 아시겠지요. 나는 유신 정부나 제5공화국에 대해서 말할 수 없는 증오심을 가지고 있었지만 당시 한국의 지식인 사회를 온통 물들인 운동권 논리에서도 새로운 희망을 가질 수 없었답니다. 노무현이 속해 있는 재야단체들에서도 군부에게 받는 억압 이상을 느끼고 있었거든요. 요컨대 독재정권과 싸우기 위해서는 정신적인 무장이 필요했고 그 사회가 지닌 이런 모순을 타파하기 위해서 혁명이론을 차용하는 것을 이해는 했지만 나는 그 중간 사타구니에서 흔들리는 패종 같은 존재였어요. 삼청교육대의 악몽은 일종의 트라우마로 남아 있었고요.

80년대 초만 해도 아주 간단한 의료기구조차 우리나라에서 생산을 못 하던 때였지요. 수술용 가위나 포셉 등 미군부대에서 쓰다가 나온 중고품들이 돌아다니고 있었어요. 정식으로 수입하는 회사도 별로 없었지요. 남편 이상호는 신경외과 의사로서 당연히 뇌신경외과를 전문으로 하고 있었어요. 물론 병원은 잘됐어요. 직원이 일곱 명인 아주 소란스러운 야전병원 같았어요. 우리는 병원의 옥상에서 살았어요.

당시 한국인의 약 30퍼센트 정도가 의료보험에 가입되어 있었고 의료수가는 중구난방이었어요. 산재産災나 자동차보험의 수가산정 시스템이 총체적으로 부패해 요령에 따라 수입이 천차만별로 차이 날 수 있는 그런 때였습니다.

내가 남편이 의과대학 교수가 되는 것을 왜 절대 반대했느냐 하면 의사사회의 봉건적 권력구조 때문이었어요. 지적으로 정서적으로 독립된 삶이 불가능하다고 판단했던 거지요. 나중에야 알았어요. 사업자 등록을 한다는 것은 이익을 창출하겠다는 사회적 약속이라는 것을요.

열심히 노동한 대가로 풍족한 삶을 살 수 있었어요. 그런데 인생이란 공평해서 돈이란 노동과 시간의 축약이라고 했잖아요? 인생이 그 종이 속으로 찌그러져 들어가버린 거잖아요. 노무현도 비슷한 고민을 했던 것 같은데요.

"당시 큰 고민거리 중의 하나가 사건 알선 커미션이었다. 법원과 검찰의 직원들, 법조계 주변 경찰관, 교도관, 거기다 전문 브로커들까지 설치며 사건을 변호사에게 알선해주고 커미션을 챙겨갔다. 점잖은 변호사도 관례화된 액수만큼은 주는 것을 당연한 것으로 받아들이고 있었다.

나도 관례에 따라 커미션을 주고 있었다. 그중에서도 사건을 소개하는 사람이 다른 변호사는 얼마 주겠다는데 여긴 얼마 주겠냐며 흥정을 걸어올 때마다 정말 견디기 어려웠다. 그러다가 82년 연수원을 졸업한 문재인 변호사와 동업하면서 커미션을 일체 끊어버렸다.

부림사건은 내가 재야운동에 뛰어들게 된 결정적 계기였다. 그리고 내 삶에서 가장 큰 전환점이기도 했다. 그 일 이전에 부산에서는 79년 부마항쟁이 있었다. 김광일, 이흥록 변호사가 영장도 없이 구금되고 수많은 학생들이 붙잡혀 고문당하고 감옥으로 끌려갔다. 전두환 정권은 집권 첫해인 80년에 이미 저항세력을 대부분 제거했다. 그리고 마지막 남은 학생운동권을 최종적으로 정리했는데 그것이 바로 부림사건이었다."

— 노무현, 『여보 나좀 도와줘』

직원이 예닐곱 명 되는 작은 개업의원 원장의 마누라. 시적 요소의 소멸. 이익을 창출해야 한다. 교통사고 환자가 택시에 실려와요. 급하게 뛰어나가면 기사 아저씨가 시트비를 달라고 그래. 시트 세탁비라는 것인데 가끔 피가 묻어 있을 경우도 있으니까 그건 그렇다 쳐도 교통경찰이 환자를 싣고 와도 커미션을 계산해야 했어요. 또 자동차 보험회사, 각종 손보사損保社들이 환자를 데리고 와서는 뇌진탕 얼마 뇌수술환자 얼마 이런 식으로 되어 있었어요. 처음 개업했을 때는 사람들이 "장사 잘 됩니까?"라고 묻는 말이 불쾌하고 어색했는데 차츰 일상에 익숙해져가는 겁니다.

나는 길거리를 걷다 꽃이나 책이나 음반을 파는 사람들을 보면 그들이 부러웠어요. 이익창출 면에서 말한다면 대박이었지만 어떤 경우에도 자유로의 개인적 도피라는 것은 불가능했어요. 예를 들면 점심시간에 의사들과 함께 점심을 먹고 있어요. 그러면 안기부 직원이, 물론 하급직이지요. 무례하게 노크도 없이 문을 쓱 열고 들어와 아! 원장님 사모님이십니까? 311호 환자 말입니다. 이 사람은 국가 유공자입니다. 무료 처리해주시기를 부탁합니다라고 하는 것이었어요. 혹은 내가 아는 사람 중에 물리치료사가 있는데 이 병원에 취직을 부탁드린다고도 했어요. 그동안 남편의 인턴·레지던트 시절에 뒷바라지를 하고 군인각시로 힘들게 살면서 쌓인 욕망의 충족은 옷가지 몇 벌, 보석 액세서리 몇 개를 끝으로 내 속에서 동나버렸습니다. 게다가 나의 개인적 고독이나 센티멘털리즘은 더 먼저 고갈되었지요.

전두환 정부의 파시즘과 운동권 논리가 양쪽에서 옥죄어왔지요. 부림사건은 부산에서 일어났고 내 대학교 동기 한 명이 부산대학 앞에서 서점을 하다가 연루되기도 했어요. 나는 그들이 읽었던 불온서적 제목을 보고 말도 안 된다며 펄펄 뛰듯이 분노했어요. 그러나 난 그 현장으로부터, 진짜 야전병원보다 더 매쉬한 개업의사 마누라로부터 도망가고 싶었어요. 그대로 그렇게 1년만 더 지낸다면 난 죽을 것만 같았어요.

아버지가 어느 날 나를 부르셨어요.

"수경아, 우리 대학에 문창과가 생길지도 모르는데 외국에 가서 공부라도 해보지 그러냐? 난 네가 아이들이나 키우고 남편 내조만 하면서 살 거라고는 생각 안 했다. 아이들은 엄마하고 내가 돌봐주마."

부림사건, 미문화원 방화사건, 내 동생의 죽음이 몰고 온 말할 수 없는 슬픔으로부터, 내게 슬퍼할 마음의 자유도 허락하지 않는 운동권 친구들에게서 나는 도망쳤어요. 프랑스 파리로.

난 스스로를 망명시켰습니다. 노무현 당신이 부르주아가 보장하는 모든 안락함, 가족들과의 행복한 미래사실 이 모든 것들이 지금 우리가 쓰는 소설보다 더한 허구야를 포기하고 운동권으로 자신의 존재 의의를 옮겨간 것처럼. 나하고는 엇갈린 길이었습니다. 난 그저 도망친 거지요. 그리고 다시 돌아왔을 때 현실은 그리 변하지 않았다는 것을 알고 타협점을 찾아 서울로 옮겨온 겁니다.

그 시점에 서면에서 노무현을 본 거지요. 마음이 많이 움직였어요. 그렇다고 무엇이든지 명징하지는 않았어요. 그러나 서울로 오니까 문제가 생겼어요. 서울대 연대로 둘러싸인 강남에서 우리들병원의 치료법이 사기라고 소문이 난 거예요. 남편은 최소침습수술minimal invasive surgery이라고 내시경을 이용한 각종 첨단수술에 미쳐 있는데 사기수술이라고 심사평가원에서 돈을 안 주는 거지요.

간단하게 말할게요. 전통적인 척추 수술은 약 15센티미터를 절개해서 외과의사가 눈으로 보면서 상한 디스크를 적출해냅니다. 내 남편 이상호는 이런 재래적 수술을 레이저 빔과 내시경을 이용해서 0.5센티미터 절개만으로도 수술할 수 있다고 했고 또 하고 있습니다. 기존의 의사들은 믿을 수 없다며 이 최소침습수술은 수술도 안 하고 환부를 열었다가 그냥 닫는다고 보건복지부 등에 건의를 해서 각종 억압과 린치를 가하는 거지요. 전통적인 척추 수술은 눈으로 보면서 약 15센티미터를 절개하고 전신마취를 하기 때문에 척추 구조인 뼈, 근육, 혈관 신경 관절, 디스크의 섬유륜과 수핵 등을 손상시키지 않을 수 없어서 치료 기간이 길고 정상 복귀가 어렵습니다.

노무현과 나는 그렇게 서로를 알아봤어.
인생에 대해서
정치에 대해서
문학에 대해서
영화에 대해서
동의하는 것이 하나도 없는데도 불구하고.
참 이상하지?

긴 여정 그리고 작별

누군가와 함께
시간 속을 걸어간다는 것은
이루 형언할 수 없는 몸짓으로
역사 속에 흔적을 남기는 것.

• 폴 발레리

죽은 자들의 도시여행은 스위스 발스에서 마지막 밤을 맞았다. 수없는 부엉이바위들이 도열한 쿠르에서부터 발스로 가는 여정은 말하자면 이 여행의 클라이맥스였다. 쿠르 공동묘지는 조화 없이 생화로만 장식되어 있었다. 이번 여행에서 가본 묘지 중에서 가장 아름다운 사자死者의 마을이었다. 산 자들이 그렇게도 많은 죽은 인간들과 동거하고 있었다니!

할머니, 아버지, 동생, 조카의 시신을 담았던 관과 그녀 사이에는 언제나 병풍이 둘러처져 있었다. 이제 돌아가면 그 병풍을 걷어내버리리라. 마음속에 죽은 자들을 살게 하리라.

여행을 떠난 것은 잘한 결정이었다.

소설『내 친구 노무현』을 써볼 엄두를 낸 것도.

비로소 죽은 자들의 도시로부터 빠져나와 페터 춤토르가 설계한 테르메 발스의 온천에서 하나의 과정을 끝내는 셈이다. 열하루 동안의 '노상에서'On the Road가 끝났다. 거의 대부분의 시간을 버스에서 보냈으며 잠깐씩 공동묘지에 머물렀으나 죽음은 따뜻하고 여운이 길었다.

집으로 가기 전에 기독교인이 세례받듯이 온천에 몸을 담그고 근육과 살과 시간의 피로를 풀고 정화시키는 셈이다.

집?

공식적으로는 민주당 경선부터 시작했지만 87년 서면 로터리에서부터 시작된 노무현 대선의 여정도 그녀가 우연히 동행했던 여로였고 그 끝은 봉하에서의 죽음이었다. 그 죽음이란 것이 얼마나 삶을 장엄하게 장식해주는가 말이다. 그녀는 죽은 노무현의 집을 설계한 건축가 승효상에게 말하고 있었다.

"죽은 자들의 도시를 여행하고 난 느낌은 뭐랄까요. 한국식 봉분도 아름답고 괜찮다는 생각이 들기도 했어요. 그러나 사실은 죽음과 나 사이에 있는 모든 것을 다 치워버리려고 마음먹었지요. 병풍도 꽃도 역사도 없는 아무것도 아닌 자의 아무것도 없는 무덤, 아니 사당祠堂? 그런 공간을 꿈꾸기 시작했답니다. 덕분에 즐거운 여행이었어요."

이쯤에서 이 책의 막을 내려야 하지? 참!

그 장면을 잊어버릴 뻔했어.

"조선 건국 이래 600년 동안 우리는 권력에 맞서서 권력을 한 번도 바꿔보지 못했습니다. 비록 그것이 정의라 할지라도 진리라 할지라도 권력이 싫어하는 말을 했던 사람은 또는 진리를 내세워서 권력에 저항했던 사람들은 전부 죽임을 당했습니다.

그 자손들까지 멸문지화를 당했습니다.

패가망신했습니다.

600년 동안 한국에서 부귀영화를 누리고자 하는 사람은 모두 권력에 줄서서 손바닥을 비비고 머리를 조아려야 했습니다.

그저 밥이나 먹고 살고 싶으면 세상에서 어떤 부정이 저질러

져도 어떤 불의가 눈앞에서 벌어지고 있어도 강자가 부당하게 약자를 짓밟고 있어도 모른척하고 고개 숙이고 외면했습니다.

눈 감고 귀 막고 비굴한 삶을 사는 사람만이 목숨을 부지하면서 밥이라도 먹고살 수 있었던 우리 600년의 역사! 제 어머니가 제게 남겨준 가훈은 '야, 이놈아, 모난 돌이 정 맞는다. 계란으로 바위 치기다. 바람 부는 대로 물결치는 대로 눈치 보며 살아라'였습니다. 80년대 시위하다가 감옥 간 정의롭고 혈기 넘치는 젊은 아이들에게 그 어머니들이 간곡히 타일렀던 그들의 가훈 역시 '야, 이놈아, 계란으로 바위 치기다. 그만둬라. 너는 뒤로 빠져 있어라'였습니다.

이 비겁한 교훈을 가르쳐야 했던 우리 600년의 역사, 이 역사를 청산해야 합니다. 권력에 맞서서 당당하게 권력을 쟁취하는 우리의 역사가 이루어져야만 비로소 우리의 젊은이들이 떳떳하게 정의를 얘기할 수 있고 떳떳하게 불의에 맞설 수 있는 새로운 역사를 만들어낼 수 있습니다!"

그날 그의 목소리는 우렁차고 자신과 확신에 차 있었다. 누군가의 확신을 옆에서 지켜본다는 것은 경이로운 일이었다. 그녀에게는 인생의 모든 것이 명확하지 않았다.

언제나 흔들렸다. 집 앞의 무화과나무에 올해에도 열매가 열릴까, 둘째 딸이 해 넘기기 전에는 남자 친구를 사귈 수 있을까, 라디오헤드가 올해 한국에서 콘서트를 열까, 심지어는 몇 달 전에 담아둔 복분자 술이나 매실청이 제대로 발효될까, 확실한 것은 아무것도 없었다. 언제나 확신에 차 있는 노무현의 연설을 무심코 듣고 있는 동안에는 그런 종류의 확신이 그녀에게 가끔씩 전염되기도 하는 것이었다.

2002년 4월 27일이었을 것이다. 아직 역삼동의 튜더식 창문이 달린 삼익빌라에 살고 있었다.

성장한 아이들은 뉴욕으로 공부하러 갔다. 영산홍도 늙어서 푸른 이파리에 검은색을 띠고 있었다. 아무도 깎지 않은 정원의 잔디도 잡초처럼 자랐다. 다섯 집이 살고 있던 그 빌라 정원 중에서 3호인 그녀의 집만 봄인데도 마치 가을 정원 같았다.

주말마다 각 시도를 돌며 진행하고 있는 새천년민주당 대통령후보 경선 중계도 마지막 주였다. 광주경선 이후에는 모두 형식적이었다. 그래도 노무현이 나오기에 그녀는 중계방송을 보고 있었다.

"이제 제주로 갑니다. 잘 싸우고 돌아올 겁니다."

그가 전화를 끊고 길을 떠날 때는 비장하기까지 했다.

"남자가 싸움터에 나가면 어떻든 이기고 돌아와야 하는 거지요. 아니면 죽어서 돌아오거나."

그녀는 그렇게 대답했다. 죽음과 승리는 언제나 대등한 가치체계를 가지는 거라고 그렇게 자주 말을 하곤 했다. 영웅은

이기거나 죽거나 둘 중의 하나라고.

통속.

토, 일요일 방영되는 주말 인기 드라마처럼 16회의 대단원이 막을 내리려 하고 있었다. 이제 결말이 다 드러나버린 참이라 아슬아슬함도 긴장감도 떨어져서 그녀는 잠실에서의 마지막 경선 날 저녁 하와이산 땅콩을 입안에 톡톡 던져 집어넣으면서 목이 마르면 캔맥주로 목을 축이며 중계를 보고 있었다.

이제 공식적으로 최종 확정되는 순간만 남아 있을 뿐이었다. 대선 본선은 말하자면 또 다른 여로를 택하는 또 다른 여행이었다. 그녀는 거의 승리를 예감하고 있었다.

경기도에서는 정동영이 추월했으나 그것은 이 드라마의 작은 양념에 불과했다. 그녀가 생각하기에는 그 순간이 노무현과 작별할 맞춤한 시간인 것 같았다. 서면 로터리에서 시작된, 아니 3당 합당부터 시작된 대통령놀이 소꿉장난은 이제 실제로 그가 대통령 자리를 두고 이회창과 다퉈야 하는 현실이 돼버림으로써 좋이 났다.

두려움이 몰려왔다.

지금부터의 싸움은 소꿉장난도 시뮬레이션도 아닌 진짜 현실일 것이었다.

이제 그녀는 아웃하려는 참이었다.

대통령!

그곳에는 재미없고 무시무시한 국가기밀들과 함께 지루한 의전과 국가위기에 대한 가상의 대응책들 그리고 위계만 남을 것이었다. 권력 말이다.

그녀는 결과가 뻔한 중계방송을 끄고 잠시 쳇 베이커의 「My Funny Valentine」을 들었다. 그때 그녀와 노무현은 확실하게 갈림길에 서 있었던 거지. 그리고 그것으로 끝났어야 했어.

그가 이회창에게 패해서 대통령이 되지 못했다면!

그건 폼페이에서 화산이 폭발하지 않았다면 어땠을까 하는 가정과 마찬가지다. 어떻든 그렇다면 그가 원했던 것처럼 그는 김해 진영에서 그녀는 서울에서 토론도 하고물론 인터넷으로 의견 합의도 가끔은 하면서 형이상학적 우정이라는 도식을 한번 만들어볼 수 있었을지도 모른다. 그러나 승리하는 것이 그의 목적이었기 때문에, 그녀도 그의 승리를 열망하고 있었기 때문에 그것은 포기되어야 하는 희망이었다.

물론 대통령에 당선된 그 순간을 승리의 순간이라고 말하는 것은 좀 모순된 일이다. 그녀는 평생 아웃사이더였기 때문에 승리라는 단어를 사용해본 적도 없었다. 언제나 자기라는 동굴 안에서 사는 그녀 같은 인간에게 타자와의 투쟁 결과는 무의미했다.

다수결의 원칙에 따라 행해지는 민주적 절차도 사실은 큰 의미가 없었다. 카프카의 말처럼 "나의 머릿속에 있는 세계는 놀랍다. 그런데 나를 이 내면의 세계로부터 어떻게 해방시킬 것인가"가 더 다급한 독거녀일 뿐인데.

외부세계와의 싸움은 오히려 단순했다.

선과 악, 좌와 우, 정의와 부정의 식으로 단순하게 나뉘어 있고 아군과 적군 중에서 적이라고 간주할 만한 사람들은 가시적이어서 복잡할 것도 없었다. 세부 전쟁이 아니라 전 한국인이 크게 두 갈래로 나뉘어 청백전을 하는 꼴이라 너무나 단순한 전투였다. 그러나 정치적 참여라고 말하기에는 너무나 개인적이었고 개인적 우정이라고 말하기에는 그녀의 소위 혁명에 관한 욕구는 강렬한 사회적 분출력을 가지고 있는 셈이었다.

그가 경선을 통과하고 민주당 대선주자가 되던 그 순간에는 무심하고 덤덤했다. 그녀는 지난 시간들을 절대로 재현할 수 없다는 사실을 기억하며 무의식적으로 땅콩을 입안에 넣었다.

어떨 때는 파노라마로 어떨 때는 분절되어 그녀의 뇌리에 두서없이 섞이는 장면들. '이인제가 나가면 나도 나간다'라는 원고를 밤새 써서 르네상스 호텔 23층 호라이즌에서 함께 교정을 했지. 그때가 가장 극적인 타이밍이었다.

통추 멤버들 각자는 길을 놓고 갈등 중이었다. 이인제에게로 한나라당으로 DJ에게로 제각각 갈 길을 모색하는 중에 통추가 이인제를 공식적으로 지지한다면 노무현이 대통령이 될 수 있는 발판을 아예 잃어버리게 된다. 그가 쓴 원고 내용은 대강 이렇다.

"3김을 한 번도 비판해본 적이 없는 이인제의 세대교체론은 그 자체가 거짓말이고 모순이다."

"이인제가 나가면 나도 나간다."

통추가 명분상 이인제를 지지할 수 없게 쐐기를 박았다. 김원기만 해도 통추가 이인제를 지지하는 것에 대한 반발이 이인제에 대한 개인적 질투와 혐오의 발로라고 했지만 실제로 노무현이 대통령의 꿈을 꾸고 있다고 생각하는 사람은 아무도 없었다.

노무현은 또라이 취급을 당했다. 김정길은 처음에는 이인제를 도와줄 생각이 조금 있었으나 그가 자신을 무시하는 것 같다며 이인제 지지를 내켜하지 않았다. 옛 동지였던 자신에게

"형님 한번 도와주시오."

하고 허심탄회하게 부탁했으면 모를까 통추 대표인 김원기를 직접 만났다는 사실에 대해 괘씸하게 생각했다.

작은 우연들이 모여 통추는 결국 김원기의 의도대로 DJ에게로 낙착되었다.

1997년이었다.

노숙을 하던 그들이 겨우 DJ의 문간방에 세를 얻어 들어간 것이나 마찬가지였다. 그녀는 전부터 김원기가 DJ를 지지할 것

을 알고 있었다.

"나는 말이여. 개인적으로는 김대중을 지지하기로 맘을 먹었어. 그런데 통추 대표로 그것을 공식적으로 천명할 수는 없잖여? 자기들끼리 의논을 혀서 결론을 내릴 때꺼정 기둘려봐야제. 노무현이 그눔 미친눔이여. 대통령 나간다고 난리 치는데 성질하고는. 대통령을 아무나 하간디? 아마 이인제가 미워서 그랬을 거여."

그녀는 김원기가 이미 DJ를 만나 지지를 결정했는지 궁금했다.

"아니여. 뭐 만나기까지 헐 필요가 있을깨벼. 전화 한 통이면 되제. 가만히 한번 있어볼란게."

이회창이 한나라당 대선후보로 확정되기 전 한나라당 원내 경선 때 통추의 정치적 전망은 여러 각도로 검토되고 있었다. 무엇보다도 한나라당이 변해야 한국의 민주주의가 어느 정도 진보할 수 있겠다는 의견도 있었고 김원기가 이수성과 개인적 친분이 있으니 한나라당 내 경선에서는 이회창 대신 이수성이 승리하는 것이 좋겠다는 의견도 있었다.

보수정당이 점차 개혁되는 것이 더 합리적이고 효과적이라는 의견도 나왔다. 실제로 김원기는 이수성과 절친한 관계였기에 개인적으로 이수성의 원내 경선을 위해 이전보다는 자주 모였다. 그들은 매번 조선일보의 의견에 대해 걱정했다. DJ는 그

전 선거 때 조중동의 최소한의 지지를 받지 못한 것을 패인으로 보고 언론을 어떻게 다룰 것인가 고심하고 있다고 했다.

노무현이 새천년민주당 대통령후보로 확정되는 순간인데 쳇 베이커 음악이나 들으면서 나른해진다는 것은 미안한 일인 것 같아 도로 TV를 켰다.

광주를 기점으로 승리는 이미 정해져 있었다. 숨가쁘게 스릴 넘치는 경선경주의 클라이맥스는 광주였어. 지구상에서 가장 정치의식이 높은 도시는 광주일 거야. 그녀는 약간은 허무해진 그러나 달콤한 마음으로 광주경선 때의 흥분을 생각하며 번듯이 드러누워 TV를 쳐다보고 있을 뿐이었다.

참여는 없었다. 관전만 있을 뿐.

빨간색 넥타이를 매고 감색 양복을 입은 노무현의 모습은 활기차고 젊어 보였다. 패기가 넘쳐났다. 누구나 그런 순간에는 머리에서 혈관으로 엔도르핀을 흘러보낼 것이다. 정동영도 빨간색 넥타이에 감색 양복을 입고 있었던 것 같다.

"노풍은 이변도 돌풍도 아닌 정치 혁명입니다.

이 위대한 혁명은 바로 이 자리에 모인 국민 여러분과 당원 동지 여러분의 승리입니다. 감사합니다. 지금 이 순간까지 민주당의 정치문화를 변화시키기 위해 노력해주신 당의 중진 여러

분들과 흔쾌히 국민경선에 참여해주신 민주시민 여러분께 감사드립니다. 여러분이 이 기적을 만들어주신 것입니다.

노풍은 거품이 아닐 것입니다. 정말 마치 하나님이 개입한 것처럼, 마치 천지신명의 음모가 있었던 것처럼 한 분 한 분 참여를 통해 민주당 국민경선이 국민 사랑 경선이 된 것입니다. 이 자리를 빌려 중도에 뜻을 접은 동지들에게도 격려 박수를 부탁드립니다.

저는 꺼지지 않는다는 말씀을 다시 한 번 드리고 싶습니다. 국민들은 우리 정치를 한번 바꿔보라는 요청을 바람에 실었습니다. 이러한 간절한 소망이 노풍을 만들어내고 있는 것입니다. 국민들의 정치 개혁에 대한 소망이 식기 전에 노풍은 절대 꺼지지 않을 것입니다.

우리 국민들은 권위주의 정치를 청산하라고 요구하고 있습니다. 지역주의를 청산하라고 요구하고 있습니다. 권위주의 정치, 계보정치, 제왕적 1인 지배 등 구시대적 정치를 국민들은 비난하고 있습니다. 그런데 지금 민주당에 제왕적 권위를 누리는 사람이 누구이며, 후보들 가운데 막강한 계보를 가진 사람이 또 누가 있습니까. 누가 줄을 세웠으며 측근 밀실정치를 했습니까. 바로 민주당이 앞장서서 정치 개혁을 하고 있습니다. 미래를 내다보는 국민들은 노무현을 선택할 것입니다."

땅콩 그릇과 빈 맥주캔이 어지러이 흐트러진 방에서 중계 방송이 끝나자 TV 스위치를 껐다. 가슴에 밀려오는 허전함을 달래려고 냉장고에서 맥주를 한 캔 더 꺼내 목을 축였다. 전화가 울리고 또 울렸다.

노무현이었다.

그녀는 가슴이 턱 막혔다.

"축하합니다."

"감사합니다. 덕분입니다."

노무현의 말 속에는 웃음이 가득 머금어져 있었다.

"그런데 지금 어디세요? 현장이세요?"

"집 앞입니다."

"네, 어느 집 앞요?"

"김 회장 집 앞입니다. 역삼동."

그녀는 게으른 동네 아줌마처럼 머리를 풀어헤치고 홈웨어 차림으로 얼른 밖으로 뛰어나갔다. 노무현의 차가 집 앞에 서 있었다. 그리고 만면에 웃음을 머금은 노무현이 차 옆에 서 있었다. 그녀는 땅콩이 어질러지고 맥주캔이 나뒹구는 지저분한 거실이 걱정되었다. 그가 들어와서 차라도 한잔 할까?

"좀 들어오시겠어요?"

"아닙니다. 인사만 드리고 가야지요. 모든 게 김 회장 덕분입니다."

그가 덕분이라고 말했던 순간에 떠오른 것은 be 동사부터 노무현이 처음 시작했던 영어수업이었다. 그녀도 첫 영어수업 때는 참석했다. 메리라는 외국어대학교 영어선생과 G, 그 두 사람이 선생이었지.

"부산상고에서는 영어수업을 제대로 안 했나보지요? 기초 공부가 잘 안 되어 있네요."

노무현은 얼굴이 빨개졌다.

"영어수업이 부실했다기보다는 대학에도 안 갈 건데라는 절 망감이 실용적이지 않은 모든 공부를 포기하게 했던 거지요. 그 런데 김 회장은 다음 수업부터는 참석 안 해주면 좋겠는데요."

그들의 대통령 소꿉장난은 영어공부로부터 시작되었다.

메리는 그녀가 만난 학생들 중에서 노무현이 가장 총명한 학생이었다고 말했다. 그리고 발음도 좋다고.

그녀는 대통령놀이에 그녀가 기울인 헛된 노력들을 뒤돌아 보고 고소苦笑를 머금었다. 간단하고 단순한 인사를 건네고 노 무현의 검은색 에쿠스였나? 그는 집 안으로는 들어갈 시간이 없다며 바로 골목길을 돌아 사라져갔다. 다시는 이 차가 이 골 목길로 들어오는 일은 없을 것이었다. 그리고 예전처럼 집 앞 큰길의 작은 카페 까시줌마에서 커피를 마실 일도 더 이상 없 을 것이었다. 그녀는 되돌아오지 않을 친구가 사라진 길을 한 참 바라보고 서 있었다.

노무현이 죽기 얼마 전 검찰수사에 대해 여론이 시끄러워지자 중수부에서는 기자간담회를 열었다. 중수부장 그는 노무현에 대한 수사가 앞으로 더 혹독해질 것이라는 것을 T.S. 엘리엇의 「황무지」를 빌려 예언했다.

4월은 잔인한 달.
죽은 땅에서 라일락을 꽃피우고
추억과 욕망을 뒤섞으며
봄비로 잠든 뿌리를 일깨운다.
지난겨울은 오히려 따뜻이 우릴 감싸주었네.
망각의 눈이 대지를 덮고
마른 구근으로 가냘픈 생명을 키웠네.

노무현의 구속을 확신하고 있었지만 피의사실 공표로 비난받고 있는 검찰조직을 위해서 적절한 비유를 찾기 위해 아마 많이 고심했을 거다.

그래. 맞았다.

노무현 그가 세상에 태어나서 보냈던 그 모든 혹독한 겨울들이 그 잔인한 봄보다는 그래도 따뜻했겠지. 어린 열세 살의 그가 이유 없이 담임선생에게 맞은 싸대기보다도 그가 사람들에게서 받은 모멸보다도 그 죽음의 봄은 더 잔인해서 중수부장의 그 예언은 지금 뒤돌아보아도 뛰어난 공포영화의 압권인 한 장면을 보는 것이나 마찬가지로 쇼킹하다. 정말 목줄기가 뒤로 당겨져 숨도 쉬지 못할 장면이었다.

울림이 깊고 아름다운 죽음의 예고장이었다.

저승사자의 조종弔鐘.

아마 모르긴 해도 봄이 올 때마다 그의 귓가에는 이 시가 울려오지 않을까.

어디선가 우연히 그 중수부장을 저녁식사 자리에서 만났다.

그녀는 실례를 무릅쓰고 행여 그 시의 환청을 듣고 계시지는 않으신지 물어보고 싶어서 안달이 날 지경이었다. 부부가 나란히 그녀의 건너편 의자에 앉아 있었다. 너무나 교양 있고 아름다운 부인과 점잖고 자상한 남편은 내내 감미로운 저녁을 그녀와 함께하면서 그해 태어난 그들의 손녀딸 생년 빈티지 와인에 대해서, 야생화에 대해서 대화를 나눴다. 모든 것은 모자람 없이 너무나 우아했다. 저녁식사가 끝나갈 즈음에는 저녁식사 자리의 달콤함에 빠져 엘리엇의 「황무지」에 대해 거의 망각할 뻔했다. 만약 한나 아렌트가 쓴 「악의 평범성에 대한 보고서」를 애써 상기하지 않았다면 말이다.

그러나 사람이 꼭 죽음으로써만 작별하는 것은 아니다.

잔인했던 봄날 봉하의 마을회관에서 노무현의 산산이 부서진 시신이 담겨 있던 관 앞에서 했던 말없는 인사가 그와의 작별이었는지, 아미가 호텔 중식당에서 함께했던 점심식사가 노무현과의 마지막 작별이었는지, 아니면 이 소설의 첫 장에 썼던 마지막 전화 통화가 작별이었던 건지 언제나 헷갈렸다. 그러고 보니 살아오면서 수많은 작별을 했다. 하루하루의 숙제를 마치듯이.

물론 그녀가 겪은 가장 최악의 작별은 이혼이었다.

지금도 꾸고 있는 악몽.

아니면 아직 한 번도 진짜로는 작별을 해본 적도 없고 그 모든 시간은 지금도 노상路上일 뿐이고 작별이란 없는 것일까. 길 따라 걸어가듯 죽은 자들의 도시 여행을 하는 열하루 동안에도 매일 밤 호텔 방으로 돌아오면 늘『내 친구 노무현』원고를 썼다. 적어도 이 글을 쓰고 있는 동안에는 노무현은 언제나 그녀에게는 실존이었다.

폴 발레리도 그랬고 발터 벤야민도 그랬다.

왜 그랬는지 그녀는 인생에 무슨 일이 있을 때마다 폴 발레리를 인용했다. 남편 이상호와 결혼 30주년 기념으로 공동시집을 낼 때도 그랬다. 밤새 발레리 시집을 읽고 나서 시집 제목을 『우리는 함께 시간 속을 걸어가네』로 정했다. 서로 다른 차원의 시간을 각자 걸어가고 우리는 서로 형언할 수 없는 존재의 빛을 쳐다볼 뿐이라고 사실상 작별을 그렇게 말했는지도 모른다.

그녀가 이혼하자 친구들이 열어준 이혼 파티 때도 답시로 폴 발레리를 읽었다. 그녀는 발레리를 빌려 그녀의 이혼을 정의했다.

"눈부신 추락, 이토록 기분 좋은 끝장."

그녀가 여행에 들고 갔던 폴 발레리 시집은 낡아서 종이가 너덜너덜했다. 옛날 민음사에서 출간된 시 전집은 절판되어 구할 수도 없다. 그러나 한때 그녀의 사유를 점했던 발레리가 혹은 벤야민이 이미 백골이 되어 흙이 되어 사라졌다 해도 노무현처럼 그들의 존재는 그 자체가 실존이었다.

죽은 자들의 도시 속에 있는 무덤들은 사실 아무런 의미도 없었다. 기억과 사유의 지팡이처럼. 그랬기 때문에 그녀는 죽은 자들의 도시여행 중 버스 안에서 각자 자기 자신에 관한 발언을 15분간 하게 되었을 때 여행을 함께 떠난 낯선 사람들 앞에서 이렇게 말했다.

죽음은 없다고.

오직 망각만 있을 뿐이라고.

"당신이 누군가를 잊어버리기 전에는 그 혹은 그녀는 결코 죽지 않을 것입니다."

선거가 끝난 후부터 노무현의 소식은 매체를 통해서만 접할 수 있었다. 그는 안부전화조차 할 여유가 없었을 것이었다.

모든 걸 이해했다. 이제부터 그녀는 대한민국 국적을 가진 모든 사람과 마찬가지로 5년간 노무현 정부의 국민일 뿐이었다.

그녀는 인수위원회가 어떻게 꾸려진다거나 새로운 내각에 누군가가 임명될 것이라는 등 일상적으로 전달되는 뉴스를 관심 있게 보지도 않았다. 그가 대통령으로 재직하는 5년 동안 점잖은 시민이 될 마음의 준비를 하고 있었다.

선거가 끝난 뒤의 나른함에서 벗어나 노무현 노래방사단이 오랜만에 모여 르네상스 호텔 라운지에서 점심을 먹었다. 그들 노래방사단 모두의 마음에는 '친구'가 대통령에 당선된 사건에 대해 아직 흥분 상태가 지속되고 있었다. 그것은 분명히 권태롭고 지리멸렬한 일상을 깨는 하나의 사건이었으니까.

대통령에 당선되면 청와대 안에 노래방을 하나 설치한다거나 댄스홀을 하나 만들자거나 하는 술자리에서 한 부질없는 약속을 믿거나 희망하는 사람은 아무도 없었다. 앞으로 그를 이전처럼 만날 수 있을 거라 생각하는 사람도 없었다. 다만 그들끼리 그날 축하의 점심을 하기로 했던 것이다.

대통령 당선자인 노무현에게서 전화가 걸려왔다. 이전에는 그저 일상적인 일이었지만 그날은 사건이었다. 대통령 당선자니까.

"우리들병원에서 수술을 받기로 했습니다. 수술 날짜는 모레입니다.”

디스크는 선거 때 벌써 터져 있었고 이상호는 의아한 듯 말했다.

“극심한 통증을 느낄 텐데 어떻게 견디고 있는지 도무지 알 수 없고 불가사의하다.”

그가 시술을 받아야 할 만큼 허리가 나빠진 것은 거의 2년이나 전의 일이었다. 경선 때부터 요추 4, 5번이었던가, 디스크가 터질 지경이라고 했다. 극심한 통증 때문에 진통제를 처방받아가곤 했던 것을 생각하면 취임식 이전에 시술을 받는 것이 좋겠지. 그런데 이런 일은 보안을 지켜야 되지 않을까. 그녀는 옆에 앉아 있는 절친들의 얼굴을 흘깃 쳐다보면서 낮은 목소리로 물었다.

“보안을 지켜야 되지요?”

“뭐 그럴 필요 있습니까? 아무래도 공개될 텐데요. 뭐 또 어떻습니까.”

여느 때와 다를 것 없는 목소리로 그는 그의 허리 시술을 비밀에 부칠 필요가 없다고 했다.

“통증 때문에 고생했는데 이제 고통에서 벗어나겠네.”

같이 점심을 먹던 친구들은 안도하며 유쾌하게 웃었다.

그녀는 1인실을 비우게 하고 의전을 고려해 대통령 당선자가 입을 가운과 슬리퍼를 따로 준비시켰다. 그는 예정대로 입원했고 병원에서 하루를 묵기로 했다. 권양숙 여사는 대통령 당선자가 우리들병원에서 수술받는 것을 반대했고 인수위원회 내부에서도 대통령 당선자가 권위 있는 서울대병원을 두고 개인병원에서 시술받는다는 것은 적절치 못하다고 말리는 모양이었다. 그녀가 생각하기에 노무현은 우리들병원의 '최소침습 수술 요법' 치료비 청구소송을 맡아 심사평가원을 상대로 재판을 하고 싸웠던 변호사로서 일주일 이상 입원해야 하는 전통적 절개요법을 받을 수는 없었을 것이다. 할 일이 너무 많아 병상에 누워 일주일을 보낼 수도 없었을 것이다.

서울대학교병원은 발 빠르게 대통령 주치의를 연세대학교 세브란스병원에서 서울대학교병원으로 도로 가져오도록 물밑 작업을 한창 진행시키고 있었다. 김대중 대통령 재임기간에는 연세대학교 세브란스병원이 대통령 주치의였다.

그가 우리들병원에 입원했던 하루 사이에 그녀는 노무현의 병실을 한 번 방문했다. 그녀가 낙마하여 역삼동 우리들병원에 입원하고 있었을 때 노무현은 병문안을 두 번 왔다.

"이런 놈 때문에 학교가 큰일이라고."

죄도 없는 열세 살 소년 노무현의 싸대기를 갈긴 선생님, 겨우 고졸인 그가 대통령이 되는 것은 역사의 역린이라고 모멸을 주던 사람들의 면면이 순식간에 파노라마로 지나갔다. 그녀는 병실에 1분 정도 머무르며 겨우 한마디 했을 뿐이었다.

"쾌차하세요."

그리고 하루도 지나지 않아 비난이 쏟아져 들어왔다. 노무현이 서울대학교병원 등 권위 있는 병원을 놔두고 일개 지방대학을 나온 개인병원에서 시술받는 것은 정치적 후원에 대한 보답이라고.

퇴원한 후 며칠 뒤 그는 외래환자로서 마지막으로 우리들병원을 방문한다고 했다. 며칠간 쏟아지는 기사들 때문에 마음의 상처가 깊었던 그녀는 이상호에게 자신의 말을 전해달라고 부탁했다. 대통령 당선자에게 안부 전해달라고 또 대통령직을 잘 수행하시기를 빈다고. 그러고는 병원에 나가지 않고 집에 있었다. 몸살이 난 것처럼 온몸이 아팠다.

그런데 인수위원회라면서 전화가 왔다.

"외래에 가시는 날 대통령 당선자께서 김 회장님과 점심식사 하시기를 원하십니다. 장소는 회장님께서 정해주셨으면 하셨습니다. 경호를 위해 장소는 미리 알려주셨으면 좋겠습니다."

그녀는 우리들병원에서 가장 가깝고 따로 방이 있는 지금은 임페리얼 호텔인 아미가 호텔 중식당에 예약을 했다. 노무현의 백수시절 얼마나 자주 갔던 곳인가 말이다. 그러나 대통령 당선자와 식사를 하는 일은 번거롭기 짝이 없는 일이었다.

시간을 포함해 모든 사적 영역들이 틈새 없이 공적으로 변환되어야 하는 것이었다. 외래 당일 날 경호원들이 미리 예약된 호텔의 경호 상태와 위치를 점검했고 식사하는 동안 경호를 맡을 자리를 배치하고 나서야 그는 호텔 안으로 들어올 수 있었다.

미리 도착해 있던 그녀는 작은 방에 앉아서 준비를 끝내고 그 방으로 들어올 노무현을 기다리고 있었다. 그녀는 이 만남이 사실상 그들의 마지막 만남이 될 것이라고 생각하고 있었다. 두 번 다시 그런 요식절차를 거치고 싶지 않았다. 오랫동안 거의 10년 이상 노래방사단이 자주 밥 먹고 술 마시고 가라오케 하던 장소였다.

경호문제 때문에 번거로워서 그랬는지 그녀와 당선자를 모셔야 하는 웨이터의 얼굴은 딱딱하게 굳어 있었다. 호텔 종업원들은 나중에 서울경선이 무산되어 필요 없게는 되었지만 제주경선이 시작되자 열심히 경선인단에 이름을 신청했다. 선거 기간에는 친구 친척들에게 단골손님인 노무현을 대통령으로 추천한다는 전화를 자발적으로 돌리던 사람들이었다.

여느 때와 다르게 호텔 측에서는 점심식사 테이블 위에 환영의 꽃바구니를 올려놓았다. 그저 간단한 점심을 할 뿐이라고 말했는데. 물론 대통령 당선자에 대한 예우였겠지. 하얀 식탁보 위에 화려한 꽃바구니가 놓여 있었는데도 식당은 그 어느 때보다도 쓸쓸했다.

이렇게 쓸쓸한 방을 이전에 한 번도 본 적이 없어. 왜 그렇게 가슴이 아팠을까.

그녀도 그랬고 그의 얼굴도 어둡게 가라앉아 있었다. 그 방으로 들어올 때만 해도 짐짓 이전의 유쾌한 모습이었다.

"제가 이 박사에게 오늘 김 회장하고 데이트한다고 양해를 구했습니다."

그는 좌우로 약간 몸을 건들거리면서 들어왔다. 그런데 마주 앉아 있으면서 점점 분위기가 가라앉았다. 그렇게 서로 마주 앉아 있는 것이 어색했다.

왜?

앞으로 그들에게 닥쳐올 미래에 대한 예감을 벌써 감지하고 있었던 것일까. 아니면 그녀가 그를 친구로 대하는 것이 아니라 대통령으로 대하고 있어서였을까.

"점심값보다 꽃값이 더 나가겠군요."

웨이터가 빼주는 의자에 앉으면서 그가 말했다.

어쩌면 형식적이고 의례적인 흐름을 깨버리려고 평소처럼 유쾌한 반어적 어투를 구사하느라 노력하는지도 몰랐다. 이제 이주일만 지나면 그는 대한민국 대통령으로서 공적인 존재로서 새로운 삶을 시작해야 한다. 그녀는 자신의 침묵이 다소 버거워 아주 낮은 소리로 입안에서 멜로디를 흥얼거렸다.

"마음 없이 부르는 소리는 안 들려. 안 들려."

거의 들리지도 않을 소리로 허밍을 하다 그것도 무거워 입을 다물고 나니 육중한 침묵이 그들을 가로막았다.

한 번도 이런 적은 없었는데?

뭔가를 말해야지.

뭘 말하지?

갑자기 샘물이 빠르게 고갈되어버리는 것처럼 그들 둘 사이에는 해야 할 말도 할 말도 남아 있지 않았다. 아마 그동안 너무 많은 말을 쏟아내버렸는지도 모른다. 실제로 모든 말이 증발되어버린 관계의 삭막한 한 사막이 테이블을 사이에 두고 펼쳐져버렸는지.

"꽃바구니가 향기도 없어 보이고, 아직 봄도 이르고, 급하게 사다놓은 모양입니다. 지나치게 의례적이지요? 행사하는 것도 아닌데 말입니다. 늘 하던 대로 해줬으면 좋았을 텐데. 그렇지요? 당선자님?"

그는 무뚝뚝하게 대답했다.

"네."

"몸은 어떠세요?"

"괜찮습니다."

"뭐 드시고 싶으세요? 당선 축하로 제가 점심을 살게요."

"아무거나 적당한 걸로요. 별로 밥맛이 없는데요."

그들이 잘 먹던 유산슬과 큰 칠리 새우 두 마리를 주문했지만 둘 다 음식에는 거의 손대지 않았다. 그녀는 그와 전에 나눈 얘기가 생각나 물었다.

"미국에 가게 되면 파티하기로 한 것은 어떻게 하실 겁니까?"

"아, 참 그런 약속들이 있었지요."

그는 만나는 많은 사람들에게 자신이 만약 대통령이 되어 한 가지 청을 들어줄 수 있다면 무엇을 부탁하겠느냐는 질문을 자주 했다. 그녀에게도 그랬고 조선호텔 여종업원에게도 그랬고 노래방사단에게도 그랬다. 그녀는 『뉴욕 타임스』 헤드라인에 한국 대통령 노무현의 기사가 뜨면 좋겠다고 했다. 청와대에 노래방이나 댄스클럽이 하나 있으면 좋을 것 같다고도 했다.

그는 아무 말도 안 하고 가만히 있다가 불쑥 말했다.

"외교안보수석이 정해지면 한번 의논을 해봅시다."

"아, 네."

말과 말 사이에는 무거운 벽돌 같은 침묵이 끼어들었다.

시간이 그렇게 긴 것도 아니었는데 그들 사이에 돌멩이처럼 막아서는 침묵이 젓가락 하나 들기도 버거운 것처럼 무겁게 느껴졌다. 그들의 이야기를 누군가가 도청할지도 모른다는 생각에서 내내 벗어날 수 없었다. 로비 커피숍에도 중식당 모서리에도 경호원들이 숨어서 보고 듣고 있을 것이었다. 거미줄에 걸린 곤충새끼처럼 그들의 망에서 벗어날 수 없어.

이것은 진정한 작별이야.

길이 두 갈래로 갈라지는 길목 말이다.

그녀는 아니 그들은 이것이 작별이라는 것을 깊이 느끼고 있었다.

그가 죽고 난 다음 봉하에 갔을 때도 다른 모든 작별들은 거의 허구에 가까웠다.

어쩌면 미미한 우정의 광채만 남기고 그들 사이의 모든 것은 이제 소멸하려는 순간이었다. 함께했던 그 시간들은 형체도 없고 흔적도 없이 사그라져 꺼져가고 있었으며 마치 허구 속의 주인공들처럼 서로를 현실 없이 기억해야 할 것이다. 거의 푸른색에 가까운 방황의 늪 그 안개 속에서.

대선 기간의 노고와 수술 후의 몸살로 수척해지고 안색이 어두워진 맞은편의 노무현을 한참 쳐다보다 그녀가 침묵을 깼다. 약속했던 시간은 아직 상당히 남아 있었다.

"일어나시지요."

"그럴까요?"

"대통령 취임식에는 가지 않겠습니다. 임기 끝날 때까지 만나지 않겠어요. 어쩌면 5년 후에 만나게 되겠지요. 안 만나게 되어도 좋고요. 그리고 그것이 무엇이든 언제 어디서나 친구 혹은 친구였던 도리는 다하겠습니다."

그들은 자리에서 일어나 잠시 그대로 서 있었다. 눈시울이 붉어지는 느낌이 순간 스쳐 지나갔다. 노무현은 슬프게 그녀를 쳐다보았다.

두 사람은 악수를 했다.

"잘 계십시오."

노무현이 가볍게 목례를 하고 먼저 방을 나갔다. 그녀는 한 동안 우두커니 서 있었다.

그렇다.

이 소설을 이 대목에서 멈출 수 있었다면 얼마나 좋았을까.

한국사회가 한 정치인과 한 시인 사이의 우정을 이 정도에서 멈추도록 최소한의 배려를 했다면 얼마나 좋았을까.

그를 혹은 그녀를 아무리 사랑하고 존경하고 좋아한다고 할지라도 누군가의 인생과 실제로 교차한다는 것은 애당초 불가능한 일이다. 서로의 존재의 광채를 멀리서 바라보면서 시간 속을 함께 걸어갈 수 있을 뿐이다. 이루 형언할 수 없는 몸짓으로 그가 역사 속에 남긴 흔적을 경이로운 마음으로 바라볼 수 있을 뿐이다.

노무현은 잊히지 않았다.

노무현은 아직 죽지 않았다.

여전히 갈림길에서

작가의 말

노무현을 자주 만났던 1990년대를 되돌아보면 40대 초입에 들어서 있던 나는 그때까지 살아왔던 인생에 대해 새로운 선택이 필요하다고 온몸으로 느끼고 있었던 것 같다. 더 이상 '젊은 예술가'로 존재하기에는 미래의 풍경이 뻔했다. 정치적으로나 미학적으로 혹은 도덕적으로 환멸을 경험했고 그 어느 방향으로건 내 존재를 절벽 끝으로 몰아가며 실험하기에는 용기도 부족했다. 어정쩡한 상황이었다. 글쓰기를 시작했던 지점이 바로 그 끝이었다.

나는 짐짓 길을 잃었고 침묵 속으로 깊이 도피했다.
그 방황의 시절을 함께했던 친구들 중의 한 사람이 노무현이다. 그때는 잘 인식하지 못했지만 노무현도 정치에 입문한 뒤 닥쳐온 배신의 계절을 그 나름대로 속으로 삭이며 참고 기다리던 시기였다. 고통스럽고 외로운 나날들이었다.

79년부터 한국의 역사적·시대적 체험을 하고 난 뒤로 나는 이전보다 더 냉소적으로 변했고 한국에 있기가 싫어져 긴 여행을 떠나버리기도 하고 외국에 파묻혀 몇 달을 머물기도 했다. 혼자만의 세계에서 문 잠그고 살았다고 해야 할까.

김정길의 소개로 만나게 된 노무현에 대한 관심은 애당초 그의 정치적 신념이 그 실천의지가 진심일까 하는 의심에서 시작되었는지도 모른다. 그러다가 진심일지도 모른다는 호기심으로 발전하게 되었고 궁극적으로 그의 뜻에 동의하기에 이르렀다. 어찌 보면 무모해 보이기도 했던 '대통령'이 되겠다던 그의 꿈이 현실적으로 영글어가는 것을 보면서 내 속에 있던 차가운 냉소도 허무도 어느 정도 날려버릴 수 있었다.

내게 대통령이라는 말은 정치적이라기보다는 문학적 알레고리였다. 이 소꿉장난같이 시작된 소박한 '대통령놀이'를 하는 동안 나는 실제의 현실에서는 존재할 수 없다고 믿었던 이타적 가치, 꿈을 향한 자기 헌신, 인생에 대한 솔직한 태도, 순진한 전진, 고독을 이겨내는 힘 그리고 이런 가치를 이룩해내기 위한 필수 덕목인 용기와 겸손, 이런 것들을 원래부터 지니고 이 세상에 태어난 사람이 있다는 것을 알게 되었다.

그의 존재 자체가 내겐 경이였다.

그는 나뿐만 아니라 많은 사람들에게 꿀 수 없었던 꿈을 꾸게 만들었다. 마음 한구석에 처박아놓았던 열정에 불을 지필 수 있게 했다. 효용 가치뿐인 이 세상에서 아무것도 아닌 어쩌면 무용한 자들의 현현한 아름다움을 전해주고 세상을 떠났다.

나는 이 세상에 태어나 그토록 거짓 없는 영혼을 만날 수 있었다는 것을 행운으로 생각한다.

그의 친구였던 것을 행복하게 생각한다.

나는 마음으로 그 우정에 응답했고 도리를 다하려 했다.

그 또한 그랬다는 것을 고맙게 생각한다.

내 기억의 창으로 되돌아본 노무현이 많은 다른 사람들이 기억하는 노무현과 다를지도 모른다는 두려움이 매번 나를 움츠러들게 했다. 하지만 그가 "진실보다 더한 품위는 없습니다"라고 말했던 것처럼, 사실寫實보다는 소설적 진실로 그를 기억해보려고 애썼다. 5년이나 흘렀고 아직도 그를 잃은 슬픔이 가슴을 짓뭉개지만 그래도 나날이 소소하게 잊혀가는 기억들을 떠올리면서 몽타주로 쓴 글이다.

쓰는 동안 몇 번이나 눈시울을 적셨다.

나는 15년간이나 긴 글을 쓰지 않고 지냈다. 극도의 정신적 작업을 요하는, 이 쓰는 일의 결과물을 상품으로 만들어서 팔고 싶지 않았다. 재능이 없다는 것을 잘 알게 되어서이기도 했다. 다시 시작하는 것이 처음 글을 쓰는 사람처럼 부끄럽고 설레고 염려되었다.

관계되는 사람들에게 본의 아니게 마음의 피해를 주는 것은 아닐까. 나의 글은 진실한가. 이런 의문이 꼬리를 물고 날 괴롭혔다.

노무현이 남긴 유언 하나면 족할 일을 부질없이 쓰는구나 하는 생각에 중도에 그만두려고 마음먹었던 적이 한두 번이 아니다. 한길사 김언호 대표와 편집부 유재화 씨의 격려와 재촉이 없었다면 결코 이 세상에 나올 수 없는 글이었다. 한기와 고독 속에서 컴퓨터 앞에 앉아 있는 내게 새벽마다 더글러스와 인미 부부가 뜨거운 커피와 베이글 빵을 구워다준 것, 노래방 사단으로 90년대에 노무현과 함께했던 김원기 의장, 친구 김정길, 혜숙, 영희, 명진, 수진의 한결같은 우정에 고마움을 전한다. 나의 이혼으로 가정이 해체되는 고통스러운 시간을 지내야 했는데도 불구하고 늘 내 곁을 함께해준 내 아이들, 어머니, 사랑하는 사람들 모두에게 고마움을 전한다.

여기 펴내는 『내 친구 노무현』은 아직 대통령으로서 공적 생활을 하지 않았던 노무현과의 사적인 만남들에 대한 기억들이다. 이어 나올 『이것은 소설이다』에서는 그가 대통령이 되고 난 이후 다른 5천만의 국민들과 같은 처지에서 그를 다시 한 번

해독해보려고 한다. 진실이며 사실이라고 주장하는 언론들에 의해서 작성된 기사·뉴스 등의 자료와 허구를 표방한 나의 글 사이의 간극에서 우리가 어떤 시대에 살고 있는지 짚어보려고 한다.

그다음에 출간할 『62세의 이혼』은 이런 국가, 이런 사회가 어떻게 내 개인의 인생에 내재화되어 어떻게 얼개를 만들고 어떻게 현재의 나라는 존재로 와 있는지를 묻는다. 앞으로 남은 인생을 어떻게 살 것인가 하는 현실적이고 존재론적인 문제에 대해서도 생각해볼 것이다. 이혼, 노년의 사랑, 과거의 기억과 상상의 증폭, 결혼의 제도적·심리적 덫. 아마도 역사적으로 의미가 규정된 노무현이라는 역사적 인물에 관한 글을 쓰면서 제약받은 상상력이 증폭돼 자유로운 허구 설정에 대한 욕망으로 씌어질는지도 모르겠다.

죽어서 묻힐 묘지가 빤히 보이는 이 나이에 아직도 앞날의 인생이 불확실하다는 것은 부끄러운 일일지도 모른다. 그러나 지금도 청춘 시절 한 젊은 시인에게 주어졌던 질문이 여전히 내게 똑같이 남아 있다는 것이 너무 신기하지 않은가. 어떻게 사랑하고 누구를 사랑하며 어떤 정치적 태도를 취하고 다음에는 어디를 여행할 것인지 아무것도 알 수 없다는 생의 신비 말이다.

여전히 갈림길이고 매 순간 선택이 요구된다.

이 책이 나오면 누구보다도 신해철과 함께 그가 만든 레퀴엠을 다시 듣고 싶었다. 내년 봄에는 노무현의 6주기 콘서트도 해야지 생각하며 전화를 해도 통 받지 않아 혹 외국으로 갔나 하고 있었는데 아프다는 뉴스 끝에 끝내.

누구보다도 많은 책을 읽었고 누구보다도 위트 있었고 누구보다도 로커의 정신이 투철했던 신해철 잘 가. 아마 많이 그리울 거야.

신해철이 부르는 흐느끼는 레퀴엠을 들으며 한없이 슬픈 한 밤을 지새며.

2014년 10월
김수경

작가 김수경

1949년 부산에서 태어나 자랐고 영문학을 공부했다.

미당 서정주에게 추천받아 시인이 되었다.

신경외과 의사 이상호와 결혼하여 2녀 1남을 두었으며 결혼 후 7년간 전업주부로 살다가 우리들병원의 설립, 경영을 맡았다.

1983년 시집『어느 영원의 길이로』를 발간한 이후 계간『외국문학』월간『문학정신』발행인 겸 편집인이자 도서출판 열음사 대표로 있었다.

소설『자유종』을 비롯해 다수의 시와 드라마·영화·무용 대본 등을 썼다. 1997년부터 창업투자회사, 바이오 회사, 제약회사, 리조트 회사 등을 경영했다.

여행을 좋아하고 보이차와 와인과 파티를 즐긴다.

2012년 이혼하고 지금은 혼자 살고 있다.